昭和十一年に〈新青年〉で六箇月連続短篇執筆の重責を担った大阪圭吉は，うらぶれた精神病院に出来したグロテスクな事件を描く「三狂人」を皮切りに，捕鯨船と共に海の藻屑と消えた砲手が生還した一夜の出来事から雄大な展開を見せる「動かぬ鯨群」，雪の聖夜に舞い下りた哀切な物語「寒の夜晴れ」など，代表作に数えられる作品を書き上げた。そのほか，水産試験所長が燈台に迫る怪異の絵解きをする「燈台鬼」や，同じく燈台守に取材した「人間燈台」のシリアスな佇まい，ユーモラスな「大百貨注文者」といった筆遣いも多彩な全十一篇を収録。戦前探偵文壇に得難い光芒を遺した早世の本格派，大阪圭吉のベスト・コレクション。

銀 座 幽 霊

大 阪 圭 吉

創元推理文庫

THE PHANTOM OF GINZA

AND OTHER DETECTIVE STORIES

by

Keikichi Osaka

1934, 1935, 1936, 1938, 1947

目次

銀座幽霊

資料提供　小林　眞
編集協力　藤原編集室
挿絵　清水　崑（三狂人・銀座幽霊・寒の夜晴れ・動かぬ鯨群・白妖）
高井貞二（燈台鬼）
横井福次郎（大百貨注文者）

三狂人

一

赤沢《あかざわ》医師の経営する私立脳病院は、M市の郊外に近い小高い赭土山《あかつちやま》の上にこんもりした雑木林を背景に、火葬場へ行く道路を見下すようにして立っているのだが、それはもうかなり旧式の平屋建で立っていると云うよりは、なにか大きな蜘蛛でも這いつくばったという形だった。

全く、悪いことは続けて起るとはうまいことを云ったもので、今度のような世にも兇悪無惨な惨事がもちあがる以前から、もう既に赤沢脳病院の朽ちかけた板塀の内には、まる

で目に見えぬ瘴気《しょうき》の湧きあがるように不吉な空気が追々色を深め、虫のついた大黒柱のように家ぐるみひたむきに没落の道をたどっていたのだった。

尤も赤沢医師の持論によると、いったい精神病者の看護というものは、もともと非常に困難な問題で、患者の多くは屢々《しばしば》些細な動機やまた全く動機不明に暴行、逃走、放火などの悪性な行動に出たり、或はまた理由のない自殺を企て、つまらぬ感情の行違いから食事拒否、服薬拒否等の行為に出て患者自身はむろんのこと看護者に対しても社会に対しても甚だ危険の多いものであるから、これを社会的な自由生活から隔離して充分な監護と患者自身への精神的な安静を与えるためには、どうしても一定の組織ある病院へ収容しなければならないのだが、けれどもこれも又一面から考えると、大体が精神病者というものは普通一般の病人や怪我人と違って自分自身の病気を自覚しない者が多いのだから、自分で自分の体を用心することを知らず、いつどこからどんな危険が降って来ても極めてノンビリしているから、その看護には特別な注意と親切が必要で、どちらかと云えば病院のような大規模なところよりも、寧《むし》ろ家庭のような行届いた場所で少数の患者を預り所謂《いわゆる》家庭看護を施したほうが成績もよいわけだし、第一看護の原則としても一人の患者には絶えず一人の看護者がつきまとっていなければならない、と云うのだった。

赤沢院長の父祖と云うのは、流石《さすが》に日本一の家庭看護の本場、京都岩倉村の出身であるだけに、いち早くこの点に目をつけた。そして互に矛盾し合う二つの看護形式を折衷して謂わば家庭的小病院と云うようなものを創立したのだった。けれども一人の患者に必らず一人の看護者を抱えて置くという、これは仲々経費のかかる病院だった。初代目はどうやら無事に過ぎた。が、二代目にはそろそろ経営難がやって来た。そして三代目の当主に至って、とうとう私財を殆ど傾けてしまった。

新らしい時代が来て、新らしい市立の精神病院が出来上ると、その頃からたださえ多くもない患者がめきめきと減って行った。勲章をブラ下げた将軍や偉大なる発明家達が、賑やかに往《ゆき》来《き》していた病舎を一人二人と去って行くにつれて、今までは陽気でさえあった歌声も、何故か妙にいじけた寂しいものになって来て、わけても風の吹く夜などはいたたまれぬほどの無気味さを醸《かも》し出し、看護人も二人三人と逃げるように暇をとって今ではもう五十を越した老看護人が一人、からくも居残った殆ど引取人もないような三人の患者の世話を続けていた。尤もこの外《ほか》に薬局生を兼ねた女中が一人いて、院長夫妻を加えて七人の男女が暮しているわけだが、それとても荒廃しきった禿山の静けさを覆うには、余りにも陰気な集りに過ぎなかった。

締め切った窓に蜘蛛の巣が張り、埃の積った畳に青カビの生えたような空室が数を増すにつれて、赤沢医師の気持も隠しきれない焦燥に満たされて来た。いつからか凝り始めた盆栽の手入れをしながら、うっかり植木の新芽を摘みすぎてしまったり、正規の回診時間にひどい狂いが起きたりするうちはまだよかったが、やがて嵩《かさ》んだ苦悩のはけ口が患者に向けられて、「この気狂い野郎！」とか「貴様ア馬鹿だぞ、脳味噌をつめ替えなくっちゃア駄目だ」などと無謀な言葉を浴せるようになると、側《そば》に見ていた看護人や女中達は患者よりも院長のほうに不安を覚えて、そっと眼を見交わしては苦い顔をするのだった。けれどもそんな時患者の方は、急に口をつぐんでいつも教えられたように院長の言葉を聞分けようとでもするのか、妙な上眼を使いながらのそりのそりと尻込みするのだった。

三人の患者は三人とも中年の男で、むろんそれぞれ本名があるのだが、ここでは特別な呼名をつけられていた。即ち「トントン」と云うのは一号室の男で、毎日病室の窓によりかかっては、火葬場へ行く自動車の行列を眺めたり、電柱の鴉《からす》を見詰めたりしながら、絶えず右足の爪先で前の羽目板をトントンと叩く癖を持っていた。この癖は非常に執拗で、だから「トントン」のいつも立っている窓の下の畳の一部は、トントンとやる度毎の足裏の摩擦でガサガサに逆毛《さかげ》立ち、薬研《やげん》のように穿《ほじ》くれていた。

二号室の男は、（断って置くが、患者が少くなってから各室に散在していた三人の狂人は、なにかと看護の便宜上最も母屋に近い、一二三号室に纏《まと》めて移され、四号室から残りの十二号室までは全部空室になっていたのだ。）さて二号室は「歌姫」と呼ばれ、いい髯面の男だてらに女の着物を着て可憐なソプラノを張りあげ、発狂当時覚えたものであろう古臭い流行歌《はやりうた》を夜昼なしに唄いつづけては、われとわが手をバチバチ叩いてアンコールへの拍手を送り、送ったかと思うとケタケタと意味もなく笑い出したりした。

次に三号室は「怪我人」と呼ばれ、決してどこも怪我をしているわけではないのだが、自から大怪我をしたと称して頭から顔いっぱいに繃帯を巻き、絶対安静を要する意味でいつも部屋の中で仰向きに寝てばかりいた。偶々《たまたま》看護人でも近寄ろうものなら大声を上げて喚き出す始末で、他人の患部へ手を触れることを烈しく拒絶するのだった。けれども流石《さすが》に院長にだけは神妙に身を委せ、時どき繃帯をとり替えて貰っては辛うじて清潔を保っていた。

以上三人の患者達は、どちらかと云えばみんな揃って温和な陽性の方で、赤沢病院が潰れようと潰れまいとそのようなことにはとんとお構いなく、狭い垣の中で毎日それぞれの営みにせっせと励んでいたのだが、それでもだんだん看護が不行届になったり食事の質が落ちて来たりすると、陽気は陽気ながらも一抹の暗影が気力にも顔色にもにじむように浮出して来て、それが常にない院長の不興の嵩《かさ》みにぶつかったりすると、ひどく敏感に卑屈な反映を見せたりして云うに云われぬいやァな空気がだんだん色濃く風のように湧き起っていった。そしてその風は追々に強く烈しく旋風《つむじ》のように捲きあがって、とうとう無惨な赤沢脳病院の最後へ吹き当ってしまったのだ。

それは何故か、朝から火葬場へ通う自動車の行列が頻繁で、絶えず禿山の裾が煙幕のような埃に包まれた、暑苦しい日の朝だった。

老看護人の鳥山宇吉《とりやまうきち》は、いつものように六時に目を醒すと、楊枝《ようじ》を啣《くわ》えながら病舎へ通ずる廊下を歩いて行ったのだが、歩きながら何気なしに運動場の隅にある板塀の裏木戸が開放《あけはな》しになっているのを見ると、ハッとなって立止った。

茲《ここ》でちょっと説明さして貰うが、赤沢脳病院の敷地は総数五百五十坪で、高い板塀に囲まれた内部には診察室、薬局、院長夫妻その他家人の起居する所謂母家と、くの字に折曲った一棟の病舎が百五十坪程の患者の運動場を中に挟んで三方に建繞《たちめぐ》り、残りの一方が直接板塀にぶつかっていて、板塀の病舎寄りのところに今いった裏木戸が雑木林へ向ってしつらえてあるのだが、むろん狂人の運動場へ直接続く木戸であるから母屋の勝手口なぞと違って表門同様に開放《あけはな》されると云うことは絶対になく、いつも固く錠がおろされている筈だった。尤も時たま院長がここから裏の雑木林へ朝の散歩に出かけたりすることがあるので、ふと思いついた看護人の鳥山宇吉は、それでは院長が出られたのかなと思いながら取りあえず木戸の方へ歩いて行った。

けれども仮令《たとえ》院長が散歩に出るにしても大事な木戸を開放しにすると云うことは、少しの間と雖《いえど》も決して許されないことだ。鳥山宇吉はそう思いながら木戸まで来ると、立上って不安そうに塀の外を見廻した。

誰もいない。

雑木の梢で姿の見えない小鳥共が、ピーチクピーチク朝の唄を唄っていた。すると宇吉はふと奇妙なことに気がついて思わず

啣《くわ》えた楊枝を手にとった。
　いつも朝早くから唄いつづけ
る「歌姫」のソプラノが、そう云えば、
今朝は少しも聞えない。「歌姫」のソプラノどころか、あれほど執拗でこうるさい「トントン」さえも、どうしたものか聞えない。ガランとした病舎はひどく神妙に静まり返って、この明るさの中に死んだように不気味な静寂《しじま》を湛えていた。全く静かだ。その静けさの中から、低く遅くだが追々速く高く、宇吉の心臓の脈打つ音だけが聞えて来た。

「……これァ……どえらい事になったゾ！」

　思わず呟いた鳥山宇吉は、みるみる顔色を青くしながらそのまま丸くなって病舎の方へ駈け込んで行った。

　ガラガラ……バタンバタン……暫く扉《ドア》を開け閉《た》てする音が聞えていたが、やがて悲しげな顫える声が「……せ、せんせいィ……大変だァ……」と四号室から一号室へ、続く廊下を押切って、まだ寝ている母屋のほうへバタバタと駈けこんで行った。

「……大変だ。大変でス。患者がみんな逃げてしまいましたぞォ……」

　間もなく屋内が、吃驚《びっくり》した人の気配で急に騒がしくなった。

「先生はどうしました。先生は？」

「向うの寝室に……早く起して下さい」

「向うの寝室には見えません」

「いらっしゃらない？」

「兎に角、患者が皆逃げちまいました」

「空室には？」

「全部いません」

「先生を起して……」

「その先生が見えません」

やがて鳥山看護人と赤沢夫人、続いて女中の三人が、しどけない姿で運動場へ飛び出して来た。

——大変だ。こうしてはいられない。

宇吉を先頭にして三人の男女は、早速病院の中から外の雑木林の中まで、眼を血走らせながら手分けで探しはじめた。が、狂人共はいない。そして間もなく人々は、今にも泣きだしそうな顔をして、裏木戸の前へ落集《おちあつま》った。

「……でも、先生は、どうしたんでしょう？」

女中がおどおどしながら云った。

物音に驚いた鴉共が、雑木の梢で不吉な声をあげだした。宇吉は膝頭をガクガク顫わしながら戸惑っていたが、不意に屈みこむと、

「おやッ。こいつァ……？」

と叫んで前のめりになった。成る程木戸のすぐ内側には、ビール瓶のようなものが微塵に砕けて散らばっている。見れば病舎の便所に備えつけた防臭剤のガラス瓶だ。そしてその附近一帯に、もう乾枯《ひから》びて固くなりかかった赤黒い液体の飛沫《しぶき》が、点々と目につきだした。女中が黄色い声をはりあげた。

「鳥山。なにか引きずった跡じゃない？」

赤沢夫人の指差す先の地面には、たしかになにか重いものを引きずった跡が、ボンヤリと病舎の方へ続いている。そいつを縫うようにして赤黒い雫《しずく》の跡がポタリポタリ……

三人は声を呑んでまろぶように跡をつけだした。直ぐに板塀に沿って病舎の外れの便所へ来た。床板のないセメント張りの土間だ。だがその土間を覗き込んだ三人は、瞬間アッともギャッとも云いようのない恐怖の叫びをあげて釘づけになってしまった。

土間一面の血の海で、その血溜りの真ン中へのけぞるように倒れた人は、昨夜のままのパジャマを着た明らかに赤沢院長の無惨な姿だった。血海の中に冷く光っているガラス瓶の欠片《かけら》でつけたものであろう、顔から頭へかけて物凄い掻傷《かききず》が煮凝《にこごり》のような血を吹き、わけても正視に堪えぬのは、前額から頭蓋へかけてバックリ開いた大穴から、なんと脳味噌が抜きとられて頭の中は空っぽだ。とられた脳味噌はどこへ行ったか、辺りには影も形もない……

二

急報を受けたM市の警察署から、司法主任を先頭に一隊の警官達が赤沢脳病院に雪崩《なだ》れ込んだのは、それから二十分もあとのことだった。

司法主任吉岡警部補は、すっかり上《あが》ってしまった鳥山宇吉から一通りの事情を訊きとると、取りあえず部下の警官を八方に走らして、脱走した三人の狂人の捜索逮捕を命じた。

間もなく検事局の連中がやって来ると、直ちにテキパキした現場の検証や、予審判事の訊問が始まった。宇吉、赤沢夫人、女中の三人は、気も心も転倒したと見えて、最初のうちしどろもどろな陳述で係官を手古摺《てこず》らしたが、それでも段々落つくに従って、赤沢脳病院の現状からあのいまわしい雰囲気、院長の荒《すさ》んだ日常、そして又三人の狂人の特長性癖等に就いて、曲りなりにも問わるるままに答えて行った。

一方警察医の意見によると、院長の死は午前四時頃と推定され、その時刻には家人はまだ睡《ねむ》っていて、物音なぞは聞かなかったこと。院長はいつも早起きで、寝巻のままで体操や散歩をする習慣であったこと等々も判って来た。

ひと通りの調査が終ると、検事が司法主任へ云った。

「兎に角犯行の動機は明瞭です。問題は、三人の気狂いの共犯か、それとも三人の内の誰かがやって、あとは扉《と》が開いてるを幸いそれぞれバラバラに飛び出してしまったか、の二つです。ところで、犯人の逮捕に、警官は何名向けてありますか?」

「取りあえず五名向かわしました」

「五名?」と検事は顔を顰《しか》めて、「それで、なんとか情報がありましたか?」

「まだです」

「そうでしょう。五名じゃアとても手不足だ。だいたい逃げ出した気狂いは三人でしょう。それも隠れとるかも判らないし……」

云いながら検事は、ふと恐ろしい事に気がつくと、みるみる顔を硬張らせながら、あとを続けた。

「そうだ、この場合、捕える捕えないどころの問題じゃアないよ。いや、こいつァ大変なことになる……いいかね、犯人は狂人で三人、それもただの気狂いじゃアなく、突然兇暴化して、なにをしでかすか判らない連中なんだ」

「まったく」と予審判事が青い顔をして割り込んだ。「……そんな奴等が、万一、婦女子の多い市内へでも逃げ込んだら……どうなる?」

「恐ろしいことだ」と検事は声を顫わせながら、司法主任へ云った。「いや全く、ぐずぐずしてはいられない。直ぐに警官を増援して呉れ給え。そうだ、全市の交番へも通牒して……」

吉岡司法主任は、眼の色を変えて、あたふたと母屋の電話室へ駈け込んで行った。

現場から警察へ、警察から市内の各交番へ……急に引締った緊張が眼苦《めまぐる》しく電話線を飛び交わして、赤沢脳病院の仮捜査本部は色めき立って来た。

間もなく増援されて来た警官隊は、二手に分けられて一部は市内へ、一部は脳病院の禿山を中心として郊外一帯へ、直ちに派遣されて行った。

けれども、好もしい情報は仲々やって来なかった。司法主任は苛立たしげに歯を鳴らした。まだこれ以上の兇悪な事件がもちあがらないだけが、せめてもの幸《しあわせ》だった。

――だが愚図愚図してはいられない。少しも早く逮捕して、惨事を未然に防がねばならない。そうだ、それにしても、若《も》しも狂人達が人を恐れてどこかへ身を隠したとしたなら、こいつは仲々困難な問題だ。

そう思うと司法主任は、いよいよじりじりしはじめた。

――いったい狂人の気持として、こんな場合、隠れるだろうか？　いや、若し隠れるとしたら、いったいどんなところへ隠れるだろうか？……そうだ、こいつァ一寸専門家でなくては判らない。

正午《ひる》になっても吉報がないと、主任は決心して立上った。そして本部を市内の警察署に移し、留守を署長に預けると、赤沢病院とは反対側の郊外にある、市立の精神病院へやって来た。

乞《こい》に応じて院長の松永博士は、直ぐに会って呉れた。

「ひどいことをやったもんですね」

もうどこからか聞込んだと見えて、赭顔《あからがお》の人の好さそうな松永博士はそう云って主任へ椅子をすすめた。

「実はそのことで、早速ですがお願いに上りました」

「まだ、三人とも捕まらないんですか？」

「捕まりません」司法主任は苦り切って早速切りだした。「先生。いったい気狂いなぞ、こんな場合、隠れるでしょうか？　それとも……」

「さァ……捕まらないところを見ると、隠れてるんでしょうね」

「では、どんな風に隠れてるんでしょうか？……何ぶん危険な代物で、急ぎますので……」

するとと博士は苦笑しながら、

「難問ですな。併《しか》し、どうもそれは、その患者の一人一人に就いて細かに研究して見なくては判りませんよ。一般にあの連中は、思索も感情も低いんですが、併し低いながらも色々程度があって、その一人一人には、それぞれ勝手な色彩の理窟があるんです。で、率直に私の意見を申しますと、この場合問題は、何処へ誰がどんな風に隠れたかと云うことよりも、院長殺害が三人の共犯であるか、それとも一人の犯行であるか、と云う点にかかっていると思います。若《も》し一人の犯行だったなら、その犯人は一寸六ケ敷《むつかし》いが、少くとも残りの二人だけは、今に屹度《きっと》、興奮が去って腹でも空いたなら、その勝手な隠れ場所からノソノソと出て来ますよ。ナニ興奮さえ去ってしまえば危険はありますまい。が、併《しか》し、これが共犯だと……」

博士はそう云って椅子へ掛け直ると、急に熱を帯びた口調で後を続けた。

「……共犯だと、一寸困るんです」

「と云いますと？」

思わず司法主任が乗り出した。

「つまり一人の犯行だった場合に、その犯人だけが一寸無事に出て来にくいと同じ理由で、三人の安否が気遣われるんですよ」

「……判りませんが……どう云うわけで？……」

主任は六ケ敷《むつかし》そうに顔を赭《あか》めた。

「なんでもないですよ」と博士はニヤリと笑いながら、「……これは私が、薬屋から聞いたんですが、なんでもあの赤沢さんは、最近ひどく憔悴して、患者を叱る時に『脳味噌をつめ替えろ』と云うような無謀な言葉をよく使われたそうですね」

「それです。それが動機なんです」

「待って下さい。……それで、私の一二度耳にした限りでは、確か『脳味噌をつめ替えろ』で、『脳味噌をとれ』ではなかったと思います。いいですか、『つめ替えろ』と『とれ』とでは、大分違いますよ」

「……ハァ……」

主任は判ったような判らぬような、生返事をした。博士は尚も続けた。

「ね。馬鹿は馬鹿なりに、それ相応の理解力があるんですよ。『脳味噌をつめ替えろ』と云われて、利巧な人の脳味噌を抜きとった男が、それから、いったいなにをすると思います？……」

「…………」

主任は、無言のうちに愕然となって立上った。そして顫える手で帽子を摑むと、思わず松永博士にぴょこんと頭を下げた。

「有難うございました。よく判りました」

すると博士は快活に笑いながら、

「いや、結構です。では成るべく早く、その可哀相な気狂いが、自分の頭を叩き潰して死ぬようなことのない先に、捕まえてやって下さい」そう云って立上りながら、博士はつけ加えた。

「この事件には、教えられるところが多々ありますよ……誰でも、気をつけなければいけません……」

精神病院を引きあげた吉岡司法主任は、それでも何故か気持が楽だった。

三

松永博士の教えに従えば、脱走した狂人が一般人へ対して暴行すると云う危険性が、いくらかでも緩和されたわけだ。三人の狂人、或はその内の一人は、もう他人を傷付けることよりも、まず抜き取って来た「先生」の脳味噌を、自分のそれと取替えることに夢中になっているのだ。だが、なんと云う気狂いじみた恐ろしいことだ。

吉岡司法主任は、一つの不安が去った代りに、もう一つの別の恐怖に冷汗をかきながら、本部に収《おさま》ると、やっきになって捜査の采配を振りつづけた。

だが、流石《さすが》に専門家の鑑定は見事に当って、やがて司法主任の努力は、段々酬《むく》いられて来た。まず、その日の夕方になって、脱走狂人の一人「歌姫」が、とうとう火葬場の近くで捕えられた。松永博士の推断通り興奮の鎮まった「歌姫」は、西の空が茜色に燃えはじめると、火葬場裏の雑木林の隠れ家から例のせつなげなソプラノを唄い出したのだ。それを聞きつけた気の利いた用心深い私服巡査の一人が、近寄ってバチバチと手を拍《たた》いた。すると「歌姫」は瞬間唄い止んで、暫く疑ぐるような沈黙をみせたが、直ぐに安心したように再び悩ましげに唄いはじめた。巡査はもう一度拍手を送った。今度は直ぐにアンコールだ。再び拍手。そしてアンコール。果ては笑声さえ洩れだして、二人の距離はだんだん縮まり、案外わけなく捕えられてしまった。

女の着物を着た「歌姫」が、自動車でステージならぬ警察へ連行されて来ると、司法主任は勇躍して訊問にとりかかった。が、直ぐにその相手が、到底自分の手におえられるような只の代物でないことに気のついた司法主任は、松永博士のところへ電話を掛けた。

博士は、病院を退《ひ》けてから、見舞い旁々《かたがた》赤沢脳病院へ出向いていたが、主任の電話を受けると直ぐに来て呉れた。そして事情を聞きとると、真先に「歌姫」を捕えた警官の機智を褒め上げた。

「いや大変結構でした。兎に角こう云う人達を扱うには、決して刺戟を以ってしてはいけません。柔かく、真綿で首を締めるように、相手と同じレベルに下って、幼稚な感情や思索の動きに巧《たく》みにバツを合せて行かなければいけません」

博士はそれから、「歌姫」を相手にして暫く妙な問答をしながら、それとなく鋭い眼で相手の身体検査をするらしかったが、直ぐに向き直って司法主任へ云った。

「この男は犯人ではありません。どこにも血がついていません。あれだけの惨劇を狂人がしでかして、こんなに綺麗でいる筈はありません。……やはり共犯ではなく、残りの二人のうちの誰かがやったんでしょう。兎に角、この男は、もう元の住家《すみか》へ返してもよろしい」

そこで博士の指図通り、「歌姫」は無事に赤沢脳病院へ連れ戻されて行った。

そして司法主任は、残る「トントン」と「怪我人」の捜査に全力を注ぎはじめた。

ところが、それから一時間としない内に、松永博士の恐ろしい予言が、とうとう事実となって報告されて来た。

それは――M市の場末に近い「あづま」と呼ぶ土工相手の銘酒屋の女将《おかみ》が、夜に入って、銭湯へ出掛けようとして店の縄暖簾《なわのれん》を分けあげた時に、暗い道路の向うからよろよろとやって来た男があったが、近付くのを見ると女将はキャッと声を上げた。着物の前をはだけた中年の男で、顔中血だらけにして両の眼を異様に据えつけたまま、お地蔵様のように捧げた片手の掌《て》の上に、なにか崩れた豆腐のようなものを持って見るからに蹌踉《そうろう》とした足取りで線路の方へ消えて行った、と云うのだった。

それを「あづま」の女将から聞込んだ警官の報告を受取ると、司法主任は蒼くなって立上った。そして松永博士に同行を乞うと、そのままとりあえず場末の銘酒屋まで車を走らせた。

そこで女将からもう一度前記の報告を確めると、狂人が消えて行ったと思われる線路の方角一帯に亘って急速な捜査をしはじめた。

恰度その頃、松永博士の所謂「興奮の鎮まって腹の空く時期」とでも云うのがやって来たのか、市内を縦貫しているM川の附近で、もう一人の狂人が捕えられた。

顔から頭へかけて繃帯をグルグル巻きにした「怪我人」で、恰度「歌姫」が出現した時のようにふらふらと橋の上へ立現われて、ひどく弱り切った風情で暗い水面を覗きこんでいた。それを通行人から報せを受けた警官が、蟬《せみ》をつかまえるようにして捕えたのだ。「怪我人」は「歌姫」と違って少しばかり抵抗した。が、直ぐに大人しくなって本署へ連れて行かれた。

この報告を線路の踏切小屋の近くで受取った司法主任は、駈けつけた警官に向って直ちに口を切った。

「で、その気狂いは、着物かどこかに血をつけていなかったか？」

「ハア、少しも着けていません。ただ、どこかへ寝転んでいたと見えて、頭の繃帯へ藁屑みたいなものを沢山つけていました」

するとと司法主任は、傍《そば》の松永博士とチラッと顔を見合わせて笑いながら、

「よし。じゃアその気狂いを、赤沢脳病院まで送り届けて呉れ。穏やかに扱うんだぞ」

「ハァ」

警官が去ると、主任は博士と並んで、再び線路伝いに暗《やみ》の中を歩きはじめた。

「いよいよ、判って来ましたな」

博士が云った。

「全く……」主任が大きく頷いた。「それにしても、いったいどこへ潜り込んだのでしょうナ」

あちらこちらの暗《やみ》の中で、時々警官達の懐中電燈が、蛍のように点いては消え点いては消え

した。

だが、十分と歩かない内に、突然前方の線路の上らしい闇の中から、懐中電燈が大きく弧を描いて、

「……ゥあーい……」

と叫び声が聞えて来た。

「どうしたーッ」司法主任が思わず声を張りあげた。

すると続いて向うの声が、

「主任ですかァ?……ここにおります。死んでおります!……」

こちらの二人は一目散に駈けだした。

間もなく警官の立っているところまで駈けつけると、主任はそこで、とうとう恐ろしい場面にぶつかってしまった。

線路の横にぶっ倒れた「トントン」は、恰度レールを枕にするようにしてその上へ頭をのっけていたらしいが、既にその頭は無惨にも、微塵に轢《ひ》き砕かれて辺りの砂利の上へ飛び散っていた。

やがて「トントン」の屍骸をとりあえず線路の脇へとり退《の》けると、主任と博士は早速簡単な検屍をはじめた。が、間もなく主任は堪えかねたように立上ると、誰にもなく呟いた。

「いやどうも、ジツに恐ろしい結末ですなァ……」

すると、まだ「トントン」の屍骸の前へ蹲《うずくま》るようにして、頻《しき》りにその柔かな両足の裏をひねくり廻していた博士が、不意に顔をあげた。

「結末？」

と、鋭く詰《なじ》るように云って、博士は、だがひどく悄然と立上った。

どうしたことか今までとは打って変って、その顔色はひどく蒼褪め、烈しい疑惑と苦悶の色が、顔一パイに漲《みなぎ》っていた。

「待って下さい……」

やがて博士が呻《うめ》くように云った。そして苦り切って顔を伏せると、惑うように暫くチラチラと「トントン」の屍骸を見遣《みや》っていたが、やがて思い切ったように顔を上げると、

「そうだ、やっぱり待って下さい。……貴方《あなた》はいま、結末、と云われましたね？……いやどうも、私は、飛んでもない思い違いをしたらしい……主任さん。どうやらまだ、結末ではなさそうですよ」

「な、なんですって？」

とうとう主任は、堪りかねて詰めよった。すると博士は、主任の剣幕にはお構いなく、再びチラッと「トントン」の屍骸を見やりながら、妙なことを云った。

「ところで、赤沢院長の屍体は、まだあの脳病院に置いてありますね？」

四

それから二十分程のち、松永博士は殆ど無理遣《むりやり》に司法主任を引張って、赤沢脳病院へやって来た。

夜の禿山では、雑木の梢が風にざわめき、どこかで頻りに梟《ふくろ》が鳴いていた。

博士は、母屋で鳥山宇吉をとらえると、院長の屍体を見たい旨を申出た。

「ハイ、まだお許しがございませんので、お通夜も始めないでおります」

云いながら宇吉は、蠟燭に火をともして病舎のほうへ二人を案内して行った。

二号室の前を通ると、部屋の中から、帰って来た「歌姫」のソプラノが、今夜は流石《さすが》に呟くような低音で聞えていた。三号室の前まで来ると、電気のついた磨《す》硝子《り》の引戸へ大きな影をのめらして、ガラッと細目に引戸を開けた「怪我人」が、いぶかしげな目つきで人々を見送った。

四号室から先方《さき》は電気が廃燈になっているので、廊下も真暗だ。

宇吉は蠟燭の灯に影をゆらしながら、先に立って五号室へはいって行った。

「まだ棺が出来ませんので、こんなお姿でございます」

宇吉は云いながら、蠟燭を差出した。

院長の屍骸は、部屋の隅に油紙を敷いて、その上に白布をかぶせて寝かしてあった。博士は無言で直ぐにその側へ寄添うと、屈み込んで白布をとり退《の》けた。そして屍骸の右足をグッと持ちあげると、宇吉へ、

「灯《あかり》を見せて下さい」

と云った。

顫える手で、宇吉が蠟燭を差出すと、博士は両手の親指で、屍骸の足裏をグイグイと揉みはじめた。揉みはじめたのだがその足裏は、どうしたことかひどく硬くて凹《へこ》まない。どうやら大きな胼胝《たこ》らしい。博士は、今度はもう少し足を持ちあげて、その拇指《おやゆび》の尖端《さき》を灯の前へ捻《ね》じ向けるようにした。灯に向けられたその拇指は、だがなんと、大きく脹《ふく》れあがって、軽石のようにコチコチだ。

途端に宇吉が、蠟燭を落した。

不意にあたりが真暗になった。そしてその真ッ暗な闇の中で、泣くとも喚くとも判らぬ世にも恐ろしげな宇吉の声が、

「……ウあああ……そ、それァ、『トントン』の足ですゥ！……」

けれどもその声が止むか止まぬに、もうひとつ別の、松永博士の、鋭い擘《つんざ》くような叫び声が、激しい跫音《あしおと》と共に、闇の中を転ろげるように戸口のほうへつッ走った。

「主任ッ！　直ぐ来て下さいッ！」

続いて廊下で、激しい跫音《あしおと》が入乱れたかと思うと、なにかが引戸へぶつかって、ジャリンとガラスの砕ける音——

おッ魂消《たまげ》た司法主任が、夢中で廊下へ飛び出ると、二つの争う人影が、三号室の前で四ツに組んで転っている。駈けつけて、戸惑って、だが直ぐ頭の白い繃帯を目標《めじるし》に、二十貫の主任の巨軀が、そっちへガウンとぶつかっていった。

「怪我人」は直ぐに捕えられた。手錠を嵌《はめ》られると、不貞腐《ふてくさ》れてその場へベタンと坐り込み、まるで夢でも見たように、妙に浮かぬ顔をして眼をパチパチやり出した。

松永博士は、腰を揉みながら立上ると、片手でズボンの塵《ちり》を払い払い、

「私は、格闘したのは、これが始めてです」

司法主任は、とうとう堪りかねて、

「いったい、こ、これァ、どうしたと云うんです?」

するとと博士は「怪我人」の方を見ながら、

「ふン。トボケてるね。……ほんとにトボケてるのか、わざとトボケてるのか、これから実験して見ましょう」

そう云って「怪我人」の前へ屈み込むと、眼だけ覗いている繃帯頭の顔を、ジーッと睨みつけた。

「怪我人」が再びもがき始めた。

「主任さん。しっかり捕まえていて下さい」

そう云って博士が、「怪我人」の頭へサッと両手を差伸べると、相手は俄然、死物狂いで暴れだした。主任は、ムキになって押えつける。とうとう二人は力余って立ってしまった。博士も続いて立上ると、容赦なく頭の繃帯を解きはじめた。白い長いその布が、暴れながらも段々ほどけて、下から……顎……鼻……頰……眼! と、いままで博士の後ろで立竦《たちすく》んでいた宇吉が、肝を潰したように叫んだ。

「ややッ……これは先生ッ!」

――まったく、皆んなの前には、死んだ筈の赤沢医師が、蒼い顔をしてつッ立っていた。

警察から差廻された自動車の中で、松永博士は云った。

「――こんな狡猾な犯罪は、聞いたことがありませんね。……いつも『脳味噌をつめ替えろ』と叱られた狂人が、とうとう狂人らしい率直さから、その教えを実行してしまった、と見せかけて、実は逆に狂人のほうを殺して、自分が死んだような振りをするなんて……成る程、荒療治で脳味噌をとったりすれば、顔なぞ誰の顔だか判らなくなってしまいますからね。着物をとり替えて置きさえすれば、それでいいんですよ……だが院長、『トントン』と『怪我人』の屍体を間違えるなんて、えらい失敗をやったもんですね。……え？　ああ、銘酒屋の女将の見た男は、『トントン』じゃアなくてむろん院長ですよ。誰かにああ云う場面を見せて置いて、線路へ来ると、予め殺して置いた『怪我人』の頭を、いかにも脳味噌をつめ替えるために『トントン』が自身でしたように見せかけて、汽車に轢かしたわけでしょう。この辺は流石《さすが》にその道の人だけあって、狂人の心理を巧みにとらえていますよ。だが『怪我人』を殺して置いて、その癖自分で、事件の結末を早く完全につけるために、『怪我人』に化けてわざと一時捕まったから、いけないんですよ。そうすれば、いやでも私達は、線路で死んだ男を『トントン』だと思うんですからね。思うだけならいいんですが、その『トントン』の足裏に、畳を凹《へこ》ますほどにいつも擦りつけていたその足裏に、胼胝《たこ》がなかったりして、駄目になったんです。……そうだ、あれは、先に病院で『怪我人』の方を殺して、線路のところで『トントン』を殺すと、完全に成功しましたよ。そして二三日のうちに、どこからか引取人が来たとでも云って、贋《にせ》の

『怪我人』は、赤沢脳病院から永久に姿を消す……それから、一方赤沢未亡人は、病院を整理して物件を金に代え……そうだ、屹度《きっと》あの院長には、莫大な生命保険もついてますよ……そして金を握った未亡人は、独りでどこか人に知れない片田舎へ引越して行く……そしてそこで、死んだ筈の主人とうまく落合う……おおかた、そんな風にするつもりじゃアなかったでしょうかね。……いや兎に角、あの院長も気の毒な位いあせっていたらしいが、併《しか》しどうも、ああ云う無邪気な連中を囮《おとり》に使ってのこんな惨酷な仕事には、好意はもてませんね」

博士はそう云って司法主任の顔を見たが、ふとなにかを思い出して、いまいましそうな顔をしながら、ちょっと威厳をつくろって附加えた。

「いや併し、いずれにしてもこの事件には、教えられるところが多々ありますよ……誰でも、気をつけなければいけませんな」

（〈新青年〉昭和十一年七月号）

銀座幽霊

連續短篇小説
銀座幽霊
大阪圭吉
TOBACC
KON

一

みち幅三間《げん》とない横町の両側には、いろとりどりの店々が虹のように軒をつらねて、銀座裏の明るい一団を形づくっていた。青いネオンで「カフェ・青蘭《せいらん》」と書かれた、裏露路にしてはかなり大きなその店の前には、恒川《つねかわ》と呼ぶ小綺麗な煙草店があった。二階建で間口二間《けん》足らずの、細々《こまごま》と美しく飾りたてた明るい店で、まるで周囲の店々から零《こぼ》れおちるジャズの音を掻きあつめるように、わけもなくその横町の客を一手に吸いよせて、ぬくぬくと繁昌していた。

その店の主人というのは、もう四十をとっくに越したらしい女で、恒川房枝《ふさえ》——女文字で、そんな標札がかかっていた。横町の人びとの噂によると、なんでも退職官吏の未亡人ということで、もう女学校も卒《お》えるような娘が一人あるのだが、色の白い肉づきの豊かな女で、歳にふさわしく地味なつくりを装ってはいるが、どこかまだ燃えつきぬ若さが漲《みなぎ》っていた。そしていつの頃からか、のッぺりした三十がらみの若い男が、いり込んで、遠慮深げに近所の人びとと交際《つきあ》うようになっていた。けれども、酔い痴《し》れたようなその静けさは、永くは続かなかった。煙草店が繁昌して、やがて女中を兼ねた若い女店員が雇われて来ると、間もなく、いま迄穏かだった二人の調和が、みるみる乱れて来た。澄子《すみこ》と呼ぶ二十《はたち》を越したばかりのその女店員は、小麦色の血色のいい娘で、毬《まり》のようにはずみのいい体を持っていた。

煙草屋の夫婦喧嘩を真ッ先にみつけたのは、「青蘭」の女給達だった。「青蘭」の二階のボックスから、窓越しに向いの煙草屋の表二階が見えるのだが、なにしろ三間と離れていない街幅なので、そこから時どき、思いあまったような女主人のわめき声が、聞えて来るのだった。時とすると、窓の硝子扉《ドア》へ、あられもない影法師のうつることさえあった。そんな時「青蘭」の女達は、席をへだてて客の相手をしていながらも、そっと顔を見合せては、そこはかとない溜息をつく。ところが、そうした煙草屋の不穏な空気は、バタバタと意外に早く押しつめられて、ここに、至極不可解きわまる奇怪な事件となって、なんとも気味の悪い最後にぶつかってしまった。そしてその惨劇の目撃者となったのは、恰度その折、「青蘭」の二階の番に当っていた女給達だった。

それは天気工合からいっても、なにか間違いの起りそうな、変な気持のする晩のこと、宵の口から吹きはじめた薄ら寒い西の風が、十時頃になってフッと止まってしまうと、急に空気が淀んで、秋の夜とは思われない妙な蒸暑さがやって来た。いま迄表二階の隅の席で、客の相手をしていた女給の一人は、そこで腰をあげると、ハンカチで襟元を煽《あお》りながら窓際によりそって、スリ硝子のはまった開き窓を押しあけたのだが、何気なく前の家を見ると、急に悪い場面《とこ》でも見たように顔をそむけて、そのまま自分の席へ戻り、それから仲間達へ黙って眼で合図を送った。

煙草屋の二階では、半分開けられた硝子窓の向うで、殆んど無地とも見える黒っぽい地味な着物を着た、色の白い女主人の房枝が、男ではない、女店員の澄子を前に坐らせて、なにか頻《しき》りに口説きたてていた。澄子は、いちいち頷きもせず、黙ってふくれッ面をして、相手に顔をそむけていたのだが、黒地に思い切り派手な臙脂《えんじ》色の井桁《いげた》模様を染め出した着物が今夜の彼女を際立って美しく見せていた。けれども房枝は、直ぐに「青蘭」の二階の気配に気づいてか、キッと敵意のこもった顔をこちらへ向けると、そそくさと立上って窓の硝子戸をぴしゃりと締めてしまった。ジャズが鳴っていてかなり騒々しいのに、まるでこちらの窓を締めたように、その音は高く荒々しかった。

女給達は、ホッとして顔を見合せた。そして互に、眼と眼で囁き交した。

——今夜はいつもと違ってるよ。

——いよいよ本式に、澄ちゃんに喰ってかかるんだ。

まったく、いつもと変っていた。無闇と喚き立てず、黙って中《うち》でじりじり責めつけているらしかった。時折、高い声がしても、それは直ぐに辺りの騒音の中に、かき消されてしまった。十一時を過ぎると、母親に云いつけられたのか女学校へ行っている娘の君子《きみこ》が、店をしまって、ガラガラと戸締りをしはじめた。煙草屋は、十一時を打つといつも店をしまう。ただ売台の前の硝子戸に小さな穴のような窓が明いていて、そこから晩《おそ》い客に煙草を売ることが出来るようにしてあった。達次郎《たつじろう》——それが房枝の若い情人《おとこ》の名前だったのだが、この男も、どうしたのか、今夜は店先へも顔を出さなかった。

――確かに今夜は深刻だよ。

――達次郎と澄ちゃんの仲、とうとう証拠を押えられたんかな。

女給達は、再び眼と眼で囁き合うのだった。けれどもやがて辺りがだんだん静かになって来て、四丁目の交叉点をわたる電車の響が聞えるようになる頃には、もうカンバンを気にしだした彼女達は煙草屋を忘れて、宵のうちからトラになっている三人組の客を追い出すことに腐心していた。惨劇のもち上ったのは、恰度この時のことだった。

最初、泣くとも呻《うめ》くとも判らない押しつぶしたような低い悲鳴が、さっきのままで栄螺《さざえ》の蓋のように窓を締められたまま電気のともっていた煙草屋の二階のほうから聞えて来た。

「青蘭」の女達は、期せずして再び顔を見合した。が、直ぐに同じ方角からなにか人間の倒れるような音がドウと聞えて来ると、ハッとなった女達は顔色を変えて立上り、身を乗りだすようにして窓越しに向いの家を覗きみた。

煙草屋の二階の窓には、その時、たじたじとよろめくような大きな人影がうつったかと思うと、ゆらめきながらその影法師はジャリーンと電気にぶつかり、途端に部屋の中が真ッ暗

になった。が、直ぐにそのままよろめく気配がして表の硝子窓によろけかかり、ガチャンと云う激しい音と共にその窓硝子の真ン中にはまった大きな奴が破《わ》れおちると、そこから影法師の主の背中が現れた。

　殆んど無地とも見える黒っぽい地味な着物を着た、うなじの白いその女は、われた窓からはみ出した右手に、血にまみれた剃刀《かみそり》らしい鋭い刃物を持ち、背中を硝子戸にもたせかけたまま、はげしく肩で息づきながらそのましばらく呆然と真ッ暗な部屋の中をみつめていたが、すぐに「青蘭」の窓際の人の気配に気づいてか、チラッと振返るようにしながら再びよろよろと闇の中へ掻き消えてしまった。真ッ蒼で、歪んだ、睨みつけるような顔だった。

「青蘭」の窓際では、「ヒャーッ」と女給達の悲鳴があがった。泣き出しそうなおろおろ声も混った。が、女達の後ろから同じように惨劇を目撃していた三人組の客達は、流石《さすが》男だけに、すぐに馳けだしてものも云わずにドタドタと階段を馳けおりると、階下《した》で遊んでいた客や女に、

「大変だ！」

「人殺しだ！」

と叫びながら表に飛び出して行った。そのうちの一人は交番へ飛んでいった。あとの二人がすっかり酔もさめはててうろうろしていると、その時、煙草屋の店の中からバタバタ音がして、激しくぶつかるようにゴジゴジと慌しく戸をあけて、桃色のタオルの寝巻を着た娘の君子が飛び出して来た。そしてもう表に飛び出してうろうろしていた男や女を見ると、誰彼のみさかいもなく、

「澄ちゃんが、誰かに殺されてるよウ！」

泣声で、喚きたてた。

間もなく警官達がやって来た。

殺されていたのは、やっぱり澄子だった。電気の破《わ》れ消えた真ッ暗な部屋の中に、さっき「青蘭」の女達の見たときのままの、派手な臙脂の井桁模様の着物を着て、裾を乱して仰向きにぶっ倒れていた。最初、懐中電燈を持って飛び込んで来た警官の一人は、倒れた澄子の咽喉《のど》がヒューヒューと低く鳴っているのを聞きつけると、直ぐに寄りそって抱き起したのだが、女は、喘《あえ》ぎながら、

「……房……房枝……」

と蚊細い声で呻いたまま、ガックリなってしまった。

咽喉元《のどもと》へ斬りつけられたと見えて、鋭い刃物の創《きず》が二筋ほどえぐるように引ッ掻かれていた。あたり一面の血の海だ。その血の海の端のほうに、窓に近く血にまみれた日本剃刀が投げ捨てられていた。

問題の房枝は、もう人びとが駈けつけた時には、家の中には見当らなかった。房枝だけではない。達次郎もいなかった。ただ、娘の君子だけが、二階へも上れずに、青くなって店先でガタガタと顫えていた。

「青蘭」の女達は、さっきから自分達の見ていた全部の出来事を、簡単にかいつまんで、だがひどく落つきのない調子で、警官に申立てた。例の三人組も、その申立てを裏書きした。この証人連の申立てと云い、被害者の残した断末魔の言葉と云い、早くも警官は事件の大体を呑み込んで、早速房枝の捜査にとりかかった。

煙草屋の二階には、殺人の行われた部屋の他に、裏に面した部屋と、間の部屋と、都合二部屋あった。が、その二部屋ともに房枝の姿は見えなかった。階下《した》には、店の他に、やはり二部屋あった。が、むろん房枝は見当らない。表には、もう十一時から戸締りがしてある。警官達が崩れ込んだ前後にも、そこから逃げ出す隙はなかった。そこで彼等は、台所へ押掛けた。そこはこの家の裏口になっていて、幅三尺位の露次《ろじ》が、隣に並んだ三軒の家の裏を通って、表通りとは別の通りへ抜けられるようになっていた。その露次を通り抜けて街へ出たところには、しかし人の好さそうな焼鳥屋が、宵から屋台を張っていた。焼鳥屋は頑固に首を振って、もう二時間も三時間も、この露次から出入《ではいり》した者はない、とハッキリ申立てた。そこで警官は引返すと、今度はいよいよガタピシと煙草屋の厳重な家宅捜査をしはじめた。そして、便所でも押入でも、片ッ端から容赦なしに捜して行くうちに、とうとう二階の、それも当の殺人の行われた部屋の押入の中に、房枝をみつけてしまった。

ところが、真ッ先にその押入の唐紙《からかみ》をあけた警官は、あけるが否や、叫んだ。

「や、や、失敗《しま》った！」

押入の中で、もう房枝は死んでいた。

さっきに「青蘭」の女達が見たときのままの、殆んど無地とも見える黒っぽい地味な着物を着て、首に手拭を巻いて、それで締めたのか、締められたのか、グンナリなって死んでいた。血の気の引いた真ッ蒼な顔には、もう軽いむくみが来ていたが、それが房枝である事は間違いなかった。娘の君子は、警官に抱き制《と》められながらも、母親の変りはてた姿へおいおいと声をあげて泣きかけていた。

いま迄警官の後ろからコッソリ死人を覗き込んでいた例の三人組の一人が、黄色い声でいった。

「ああ、この死人《ひと》ですよ。あっちの、派手な着物を着た方の女を、剃刀で殺したのは、この女です」

すると上役らしい警官が乗り出して、大きく頷いていたが、やがていった。

「――つまり、なんだな、あの澄子という女を殺してから、この房枝は、暫く呆然として立竦《たちすく》んどったが、『青蘭』の窓から、君達に見られとったと知ると、急に正気に戻って……さりとて階下《した》へおりるのは危険だから、ひとまずよろよろと押入の中へ隠れ込んだ……が、そうしているうちにも、いよいよ自責と危険に責められるにつれ、堪えられなくなってとうとう自殺した……ふむ、まずそんな事だな」

警官はそう云って、桃色の寝巻のままで泣きじゃくっている君子のほうへ、手帳を出しながら身を屈めた。

ところが、それから間もなく判検事と一緒に警察医が現場へ出張して来て、本格的な調べが始まり、やがて房枝の検屍にかかると、俄然、なんとも奇怪至極な、気味の悪い事実が立証されて来た。

それは、房枝が澄子を殺したのであるから、当然房枝は、澄子よりあとから死んだわけであって、澄子より先に死んでいる筈はないのであるが、それにも不拘《かかわらず》、まだ澄子の死体にはほのかに生気が残っており体温もさめ切っていないというのに、房枝の死後現象はかなりに進行していて、冷却や屍固《しこ》、屍斑等々のあらゆる条件を最も科学的に冷静に観察した結果、確実に最少限一時間以上を経過している、と医師が確固たる断定を下したのだった。

「そ、そいつアおかしいですね……」と先程の警官がメンクラッて云った。「そうすると……いや、飛んでもないことだ……つまり、もう澄子が殺されてから二十分位になりますが、房枝が死後一時間と云うと、澄子が殺されたより四十分くらい前に、被害者より先に、加害者が死んでいた――ってことになりますよ。……逆に考えると、澄子が断末魔に残したあの『房枝』ってのも、それから大勢の証人達が見たと云う剃刀を振廻していたその『房枝』ってのも、それは本物ではなく、もうその時にはとっくに死んでいた房枝……飛んでもない……房枝の幽霊ってことになりますよ。幽霊の殺人⁉……それも銀座の、ジャズの街の真ン中で、幽霊が出たんだから、こいつア新聞屋にゃア大受けだがね……」

二

事件は、俄然紛糾しはじめた。警官達は大きな壁にでもぶつかった思いで、ハタと行き詰ってしまった。しかも、問題が二つに分れて来た。死人が二人になった。そのうちの一人は、幽霊に殺され、他の一人は、死んでから、幽霊になってふらふらと人を殺しに出掛けたことになる。なんと云う奇怪な話だろう。

しかし、このまま踏みとどまっていることは出来ない。警官達は直ぐに気をとりなおして、再び調査にとりかかった。

まず、あとから殺された澄子のほうは、ひとまず後廻しにして、とりあえず房枝の死について調べ始めた。

――いったい房枝は、自殺したのか？　それとも他殺か？

けれどもこの疑問に対しては、警察医は、縊死《いし》とは違って、自分から手拭で首を締めて死ぬなどと云うことは、仲々出来ないと云う理由で、他殺説を主張した。判検事も、警官も、大体その意見に賛成した。そして階下《した》の店の間《ま》を陣取って、いよいよ正式の訊問が始まった。

まず、娘の君子が呼び出された。母親を失った少女は、すっかりとり乱して、しゃくりあげながら次のような陳述をした。

その晩、母の房枝は、君子に店番を命ずると、澄子を連れて表二階へあがって行った。それが十時頃だった。君子は、その時の母の様子がひどく不機嫌なのを知ったが、よくある事で大して気にもとめず、雑誌なぞ読みながら店番をしていたが、十一時になると、学校へ行くので朝早いためすっかり睡《ねむ》くなってしまい、そのままいつものように店をしまって裏二階の自分の部屋へ引きとり、睡ってしまった。二階の階段を登った時には、表の部屋からは話声は聞えなかった。が、君子にとっては、それは疑いを抱かせるよりも、妙に恥かしいような遠慮を覚えさしたと云うのだった。ところが、しばらくうとうととしたと思うころ、表の部屋のほうで、例の悲鳴と人の倒れる音を聞いて眼を醒し、しばらく寝床の中でなんだろうと考え考え迷っていたが、急に不安を覚えだすと、堪えられなくなって寝床から抜け出し、表の部屋へ行って見たのだが電気が消えていたのでいよいよ不安に胸を躍らせながら、間の部屋に電気をつけてその唐紙をそおッとあけて表の部屋を覗きみた。そしてその部屋の真中に澄子が倒れているのをみつけるとそのまま声も上げずに転ぶようにして階下《した》へ駈けおり、表の戸をコジあけるようにして人々に急を訴えたのだ——大体そんな陳述だった。

「表の部屋を覗いた時に、窓のところにお母さんが立っていなかったか?」

警官の問に君子は首を振って答えた。

「いいえ、もうその時には、お母さんはいませんでした」

「それで驚いて階下《した》へ降りた時に、お母さんがいないのを見ても、別に不審は起らなかったのか?」

「……お母さんは、時どき夜晩《おそ》くから、小父《おじ》さんと一緒にお酒を飲みに行かれますので、また今夜も、そんな事かと思って……」

「小父さん？　小父さんと云ったね？　誰れの事だ？」

警官は直ぐにその言葉を聞きとがめた。そこで君子は、達次郎のことを恐る恐る申立てた。そしてビクビクしながらつけ加えた。

「……今夜小父さんは、お母さんよりも先に、まだ私が店番をしている時に出て行きました……でも、裏口はあけてありますので、途中で一度帰って来たかも知れませんが、私は眠っていたので少しも知りませんでした」

「いったい何処へ、飲みに行くのかね？」

「知りません」

そこで係官は、直ぐに部下を走らせて、達次郎の捜査を命じた。そして引続いて、「青蘭」の女給達と、例の三人組が、証人として訊問を受けることになった。

証人達は、いちばん始めに申立てた事をもう一度繰返した。しかしむろんそれ以外に、なにも新しい証言は出来なかった。ただ、君子の申立が、自分達の見ていたところと一致していることと、それから達次郎のことに関して、女給達が、君子の知っていた程度のことを申立てただけだった。

そこで訊問が一通り済むと、大体房枝の殺された時刻が判って来た。つまり、「青蘭」の女給達に見られて、澄子と対座していた房枝が、荒々しく窓の硝子戸を締めた、あの時から、十一時頃までの間に殺された事になる。そうすると、君子の証言が正しい限り、その間達次郎は家にいなかったではないか？　しかし、君子が店番をしている間に、そっと裏口から忍び込んで二階に上り、房枝を絞殺して再び逃げ去った、と見る事は出来ないだろうか？　いずれにしても、これは達次郎を調べないことには判らない。

その達次郎は、しかしそれから間もなく、警察の手にもかからずにふらふらと一人で帰って来た。なにがなんだか、わけのわからぬ顔つきで、問わるるままにへどもどと答えていった。

それによると、達次郎は、十時からいままで、新橋の「鮹八《たこはち》」と云うおでん屋で、なにも知らずに飲み続けていたということだった。直ぐに警官の一人が「鮹八」へ急行した。が、やがて連行されて来た「鮹八」の主人は、達次郎を見ると、直ぐに云った。

「ハイ、確かにこちら様は、十時頃からつい先刻《さっき》まで、手前共においでになりました。……それはもう、家内も、他のお客さんも、ご存知の筈でございます……」

係官は、ガッカリして、「鮹八」を顎で追いやった。

達次郎にはアリバイが出て来た。さあこうなると、捜査はそろそろ焦り気味になって来た。表には君子が番をしていたし、裏口には、出たところで焼鳥屋が、誰も通らなかったと頑張っている。表二階の窓は「青蘭」の二階から監視されていたし、裏二階の君子の部屋の窓には内側から錠が下ろしてあった。よしんば錠が下してなかったとしても、その窓の外には、台所の屋根の上に二坪ほどの物干場があり、その周りには厳重な針金の忍返《しのびがえし》がついている。尚又、裏口から焼鳥屋のいた横の通りへ通ずる露次に面した隣り三軒の家々も、念のため調べて見れば、どの家も露次に面した勝手口には宵から戸締りがしてあり、怪しいふしは見当らない。すると、房枝の殺された頃に、煙草屋のその密室も同様な家の中にいたのは、後から殺された澄子と、店番をしていた君子の二人だけになる。

いまはもう、どう考えてもこの二人を疑うより他に道がない。そこで早速、君子がまず槍玉にあがった。しかし、もうここまで来ると、舞台が狭くなって、始め房枝を殺した犯人を捜すつもりの推理が、澄子の奇怪な殺害事件と重《かさな》り合って来て、まるで変テコなものになってしまうのだった。例えば、若《も》しも君子が、少からず無理な考え方だが、兎に角ひとまず母親の房枝を殺したことにする。するともう房枝は死んでしまったのだから、そのあとから澄子を殺しに出掛けるのは妙だ。そこで今度は、澄子が房枝を殺した事にしてみる。しかしこれも前と同じように、殺された房枝があとから澄子を殺しに出掛けるのは妙だ。――結局、とどのつまりは、澄子の奇怪な殺害事件に戻って来るのだった。そして係官達は、いよいよ幽霊の殺人事件に、真正面からぶつかって行くより方法がなくなってしまった。皆んなムキになって頭をしぼった。

――まず、澄子が殺された頃に、煙草屋のその密室も同様な家の中にいたのは、もう澄子より先に殺されていた房枝と、裏二階の部屋で寝に就いていたと云う君子との二人になる。が、なかなかに幽霊を信じることの出来ない警官達は、「青蘭」の窓から証人達が澄子を殺した房枝を見たと云っても、それはチラッと見ただけで、その顔が確かに房枝のものであったかどうかは誰もハッキリ云い得ず、ただ黒い無地の着物を着ていたことだけが一致した証言だったのだから、これは房枝などが澄子を殺しに出掛けたのではむろんなく、君子が、母の房枝の着物を着て澄子を殺し、あとから桃色の寝巻に着換えた、と見てはどうか？

しかしこの意見は、直ぐに破れてしまった。現場の窓から、殺人の直後にふらふらと房枝らしいその姿が消えてから、「青蘭」の連中が表へかけつけ、そこで寝衣《ねまき》を着た君子にぶつかるまでに、殆んど三分位いしか時間がない。その間に君子が着ていた母の着物を脱いで、それを再び母の死骸へ着せるなぞと云うことは到底出来っこない。

では、母の着ていた着物ではなしに、他の同じような黒っぽい、三四間《けん》離れたら無地に見えそうな地味な着物を着て、芝居を打ったとしたならどうなる？　これは出来そうなことだ。そこで警官達は、煙草屋の徹底的な家宅捜査を行った。ところが、そのような着物は、わずかに箪笥の抽斗《ひきだし》から房枝のものが二三枚出て来ただけであったが、しかしそれは皆、虫除け薬を施してキチンと文庫《ぶんこ》紙《がみ》の中に畳みこんであって、とうてい三分や四分の早業でそうと出来るものではない事が判った……いや、それでなくたって、若《も》しも君子が犯人であったとしても、それならば澄子が死際に残した房枝の名前はいったいどうなる……どう考えたって、澄子を殺したのは、君子なぞではありっこない……。

警察は、とうとうその夜の捜査を投げ出してしまった。

翌日になると、果して新聞は一斉に幽霊の出現説をデカデカと書き立てた。警察は、ヤッキになって、前と同じようなことを、蒸し返し調べたてた。新しい収穫と云えば、兇器に使われた例の剃刀を鑑識課へ廻した結果、その剃刀は柄が細くてハッキリした指紋が一つも残っていない事と、達次郎を引立てて調べた結果、達次郎がいつの間にか澄子と出来合っていて、その為めに家の中が揉め合っていた事なぞが、判明したに過ぎなかった。

ところが、そうして警察が五里霧中の境を彷徨《さまよ》いはじめようとするその日の夕方になって、茲《ここ》に突然奇妙な素人探偵が現れて、係りの警察官に会見を申し込んで来た。

それは、「青蘭」の支配人《バー・テン》で、西村《にしむら》と名乗る青年だった。ガリガリベルを鳴らして、せわしげに電話を掛けてよこした。

「……もしもし、警部さんですか。私は『青蘭』のバー・テンですが、幽霊の正体が判りました。澄子さんを殺した幽霊犯人の正体が、判ったんですよ……今晩こちらへお出掛け下さいませんか?……ええ、その折お話しいたします……いや、幽霊をお眼に掛けます……」

三

「青蘭」の二階へ、部下の刑事を一人連れてその警部がやって来た時には、もう辺りはとっぷり暮れて、昨夜の事件も忘れたように、横町は明るく、ジャズの音に溢れていた。が、流石《さすが》に物見高い市中のこととて、煙草屋の前には、弥次馬らしい人影が、幾人もうろうろしていた。

「青蘭」には、階上《うえ》にも階下《した》にもかなりに客が立てこんでいて、それがみんな煙草屋の幽霊の噂をしているのだった。

白い上着に蝶ネクタイを結んだ西村支配人《バー・テン》は、愛想よく警部達を迎え、二階へ案内すると、表の窓際に近い席をすすめて、女達に飲物を持って来させたりした。が、警部は最初から苦り切っていて、ろくに口もきかず、胡散臭げに支配人《バー・テン》のすること為すことを、ジロジロ覗《うかが》っていた。

窓越に見える直ぐ前の煙草屋の二階には、死体はもう解剖のために運ばれて行ったので、普段と変《かわり》なく、スリ硝子のはまったその窓には、電気が明るくともっていた。

「実は、なんです」支配人《バー・テン》が口を切った。「……下手に御説明申上げたりするよりは、いっそ実物を見て頂いたほうが、お判り願えると思いまして」

「いったい君は、何を見せるつもりなんだね？」

警部が、疑い深げに問返した。

「ええ、その……私のみつけ出した、幽霊なんですが」

すると警部は遮切るようにして、

「じゃア君は、もう澄子を殺した犯人を、知ってると云うんだね？」

「ええ大体……」

「誰なんだね？　君は現場を見ていたのかね？」

「いいえ、見ていたわけではありませんが……あの時には、もう房枝さんは殺されていたんですから、あとには二人しかいないわけでして……」

「じゃア君子が殺したとでも云うんかね？」

警部は嘲けるように云った。

「いいえ違いますよ」支配人《バー・テン》は烈しく首を振りながら、「君ちゃんは、もう貴方《あなた》がたのほうで、落第になってるじゃアありませんか」

「じゃアもう、誰もないぜ」

警部は投げ出すように反《そ》りかえった。

「あります」と西村青年は笑いながら、「澄ちゃんがあるじゃアないですか」

「なに澄子？」

「そうです。澄子が澄子を殺したんです」

「じゃア自殺だって云うんか？」

「そうですよ」と茲《ここ》で西村君は、ふと真面目な顔をしながら、「皆んな、始めっから、飛んでもない感違いをしていたんですよ。死んでしまった後から発見《みつけ》たんなら、こんなことにもならなかったでしょうが、なんしろ、自分で自分の笛を搔き切って、もがき死にするところを、その藻搔《もが》き廻るところだけを見たもんですから、自殺の現場を、他殺の現場と感違いしてしまったんですよ。……私の考えでは、恐らく房枝さんを殺したのも、澄子だと思うんです。つまり、昨晩あの時の房枝の折檻が、痴話喧嘩になり、揚句の果てに房枝を絞め殺してしまった澄子は、正気に返るにつれて、自分のしでかした逃れることの出来ない恐ろしい罪を知ると、ひとまず

房枝の死体を押入に隠して……これは多分、十一時になって君子が二階へ上って来る危険を覚えたからでしょうか……それから悶々として苦しんだ揚句、とうとう自殺してしまったんでしょう。つまり、最初あの房枝の死体のみつかった時に、貴方がたのお考えになった事の逆になるわけですよ。だから、あの断末魔の澄子が、房枝の名を呼んだと云うのも、自分を殺した人の名を呼んだのではなくて、自分が殺してしまった人の名を、悔悟にかられて叫んだ、とまア、そう私は考えるんですよ」

「冗談じゃアないぜ」警部がとうとう吹き出してしまった。「すると君は、あの時、ホラそこにいる女給さん達が見た、あの無地の着物を着て、剃刀を持って、ガラス窓によろけかかった女を、房枝ではなく澄子だと云うんだね？……飛んでもない、それこそ感違いだよ。いいかい。まず第一、着物のことを考えて見たまえ。房枝はあの通り地味な着物を着ていたし、澄子は、あの通り派手な着物を着ていたし……」

「お待ち下さい」支配人《バー・テン》が遮切った。「つまり、そこんとこですよ。幽霊が出たと云うのはね……もう仕度が出来たと思いますから、これからひとつ、その幽霊の正体をみて頂こうと思いますが……」とむっくり起き上りながら、「……まだお判りになりませんか？　銀座の真ン中に出た幽霊の正体が……これはしかし、あの事件の起きた時の様子や、家の構えなどを、よく考えて見れば、誰にでも判ると思うんですが……」

支配人《バー・テン》はそう云って、意地悪そうに笑うと、呆気にとられている警部達を残して、階下《した》へ降りて行った。が、直ぐに自転車用の大きなナショナル・ランプを持って引返して来ると、窓際に立って警部へ云った。

「じゃア幽霊をお眼に掛けますから、どうぞここへお立ち願います」

警部は脹《ふく》れ面をして、支配人《バー・テン》の云う通り窓際へ立った。いままで、遠慮して遠巻にしていた女給や客達も、この時ぞろぞろと窓の方へ雪崩《なだ》れよって来た。支配人《バー・テン》が云った。

「お向いの窓を見ていて下さいよ」

三間ばかり前のその煙草屋の二階の窓には、その時はまだ前と同じように静かに灯《あかり》がともっていたのだが、やがてその部屋の中に人の気配がすると、窓硝子へ人影がうつった。

こちらの人びとは、何事が始まるだろうと思わず身を乗り出すようにして見詰めていると、窓の影法師は大きくゆらめいて、手を差しのべ、途端にパッと電燈が消えた。

「いいですか。あの時は影法師の主が、ゆらめいた途端に電気にぶつかって、やはりこんな風に暗くなったんですね」

しかし支配人《バー・テン》のその言葉の終らぬうちに、向いの窓が、内側からガラガラっとあけられると、そこから、昨晩人びとの見たと同じような、殆んど無地とも見える黒っぽい地味な着物を着た女の後姿が、白いうなじを見せて暗《やみ》の中にポッカリ現れた。途端に支配人《バー・テン》が、持っていたナショナル・ランプの光を、その女の背中に投げかけた。と、なんと今まで、殆んど無地とも見える黒っぽい着物を着ていた年増女の姿が、不意に、黒地に思い切り派手な臙脂の井桁模様を染めだした着物を着た、若い娘の姿に変ってしまった。

「君ちゃん。ありがとう」

支配人《バー・テン》が、向うの窓へ呼びかけた。すると窓の女は、静かにこちらを向いて淋しげに微笑んだ。君子の顔だった。

「ご覧になったでしょう。……いや、君子さんと、あの着物は、ちょっとこの実験のために拝借したんですよ」

支配人《バー・テン》はそう云って振返ると、呆気にとられている警部の顔へ、悪戯そうに笑いかけながら、再び云った。

「まだ、お判りになりませんか?……じゃア、申上げましょう。……いいですか、こう云う事を一寸考えて見て下さい。例えばですね、赤いインキで書いた文字を、普通の色のないガラスで見ると、ガラスなしで見ると同じように赤い文字に見えるでしょう? しかし、同じように赤いインキで書いた文字を、今度は赤いガラスを通して見ると、赤い文字は何も見えませんよ。……恰度、あの写真の現像をする時にですね……私は、あれが道楽なんですが……赤い電気の下で、現像に夢中になっていると、不意に、直ぐ自分の横へ確かに置いた筈の赤い紙に包んだ印画紙が、どこかへ消えてしまって、すっかり面喰ってしまうことがよくありますね。びっくりして手探りで探してみると、チャーンとその何にも見えないとこで手答えがあったりして……ええ、あれと同じですよ。ところが、今度はその赤いガラスの代りに、青いガラスを通して赤インキの文字を見ると、前とは逆に、黒く、ハッキリと見えましょう？……」

「ふム成る程」警部が云った。「君の云うことは、判るような、気がする、がしかし……」

「なんでもないですよ」と西村支配人《バー・テン》は笑いながら続けた。「じゃ、今度は、その赤インキの文字を、紅《べに》色の、臙脂色の、派手な井桁模様の着物と置き換えてみましょう。すると、普通の光線の下では、それは臙脂の井桁模様に見えましょう？　ところが、いまの赤インキの文字の例と同じように、一旦青い光線を受けると、その臙脂の井桁模様は暗黒《くろ》い井桁模様になってしまいます。黒い井桁模様になっただけならいいんですが、その井桁模様の染め出された地の色が黒では、黒と黒のかち合いで模様もへちまもなくなってしまい、黒い無地の着物とより他に見えようがありません」

「しかし君。電燈は消えたんだぜ」

「ええそうですよ。あの部屋の中の普通の電燈が消えたからこそ、一層私の意見が正しく現れたんです」

「じゃア、青い電燈が、その時いつの間についたんかね？」

「え？　そいつア始めっからついてたですよ。その時にパッとついたんでしたなら、誰にだって気がつきますよ。つまり、その時に青い電燈が始めてついたんではなくて、向うの部屋の普通の電燈が消えた時に、始めていままでついていた青い電燈が、ハッキリ働きかけたんです。

だから、この窓にいた人たちは、少しも気づかなかったんですよ」

「いったいその、青い電燈はどこについてたんです」

「いやもう、皆さんご承知の筈じゃアありませんか！」

警部はこの時、ハッとなると、支配人《バー・テン》の言葉を皆まで聞かずに窓際へかけよった。そして窓枠へ手を掛け足を乗せると、外へ落ちてしまいそうに身を乗り出して、上の方を振仰いだが、直ぐに、「ウム、成るほど！」と叫んだ。

「青蘭」のその窓の上には、大きく「カフェ・青蘭」と書かれた青いネオン・サインが、鮮かに輝いているのだった。

「しかし、それにしても、よくまアこんな事に気がついたね？」

あとでビールを奢《おご》りながら、警部は支配人《バー・テン》にこう尋ねた。若い支配人《バー・テン》は、急にてれ臭そうに笑いながらいった。

「いや、なんでもないですよ。……第一私なぞ、こんな幽霊現象なら、いつもちょっとしたやつを見て暮しているんですからね」と女給達のほうを顎でしゃくりながら、「この連中、昼と夜では、同じ着物もまるで違っちまうんですからね……これも一種の、銀座幽霊ですよ……」

（〈新青年〉昭和十一年十月号）

寒の夜晴れ

また雪の季節がやって来た。雪というと、すぐに私は、可哀そうな浅見《あさみ》三四郎《さんしろう》のことを思い出す。

その頃私は、ずっと北の国の或る町の——仮にH市と呼んでおこう——そのH市の県立女学校で、平凡な国語の教師を勤めていた。浅見三四郎というのは、同じ女学校の英語の教師で、その頃の私の一番親しい友人でもあった。

三四郎の実家は、東京にあった。かなり裕福な商家であったが、次男坊で肌合の変っていた三四郎は、W大学の英文科を卒《お》えると、教師になって軽々《かるがる》諸国行脚の途についた。なんでも文学を志したというのだが、いまだ志成らずして、私

とH市で落合った頃には、もう三十面《づら》をかかえて八つになる子供のいい父親になっていた。少しばかり気の短い男だったが、それだけに腹のないひどく人の好い男で、私は直ぐに親しくなって行った。

尤も、私が一番親しくしていたわけではない。誰れも彼《か》も、三四郎を親しみ、三四郎に多かれ少かれ好意を持たない人はなかった。実家が裕福な為めもあったろう、職員間でもなにかと心が寛《ゆる》く、交際も凡《すべ》て明るくて、変に理窟めいたところが少しもなかった。どうして、文学などという暗い道の辿れる男ではない。私はわけもなく親しくなって行きながら、すぐにそのことに気づいてしまった。

わけても微笑ましいのは、家庭に於ける三四郎だった。どんなに彼が、美しい妻と一粒種の子供を愛していたか、それは女生徒達の、弥次気分も通り越した尊敬と羨望に現わされていた。事実私は、どの教師でも必らずつけられているニックネームを、三四郎に関する限り耳にした事がなかった。それはまことに不思議なことでさえあった。

いまから思うと、すべての禍根は、こうした三四郎の円満な性格の中《うち》に、既に深く根を下していたのかも知れない。

当時H市の郊外で、三四郎の住居《すまい》の一番近くに住《すま》っていたのは私だった。それで恐ろしい出来事の最初の報せを私が受けたのであるが、悪い時には仕方のないもので、恰度その頃、当の三四郎が暫く家を留守にしていた間のことであったので、不意を喰《くら》って私はすっかり周章《あわ》てしまった。三四郎が家を留守にしていたと云うのは、その頃県下の山間部に新しく開校された農学校へ、学務部からの指令を受けて学期末の一ケ月を臨時の講師に出掛けていたのだった。その農学校は二十五日から冬の休暇に入る予定であった。それで二十五日の晩には、三四郎はH市の自宅へ帰って来る予定だった。ところが不幸な出来事は三四郎よりも一日早く、二十四日の晩に持上ってしまった。

その頃の三四郎の留守宅には、妻の比露子《ひろこ》の従弟に当る及川《おいかわ》というM大学の学生が、月始めからやって来ていた。この男に関しては、私は余り詳しく知らない。ただ明るい立派な青年で、大学のスキー部に籍を置いていて、毎年冬になると雪国の従姉のところへやって来ることだけは知っていた。全くH市の郊外では、もう十二月にもなれば、軒下からスキーをつけることが出来る。その及川と比露子と、その年の春小学校へ入ったばかりの、三四郎の最愛の一粒種である春夫《はるお》の三人が、留守宅に起居していた。いってみれば及川は、三四郎の留守宅の用心棒と云った形だった。しかし奇怪な出来事は、それにも不拘《かかわらず》降って湧いたように舞い下《さが》った。

さて、十二月二十四日のその晩は、朝からどんより曇っていた鉛色の空が夕方になって崩れると、チラチラと白いものが降りはじめた。最初は降るともなく舞い下っていたその雪は、六時七時と追々に量を増してひとしきり激しく降りつのったが、八時になると紗幕《しゃまく》をあげたようにバタッと降りやんで、不意に切れはじめた雲の隙間から深く澄んだ星空が冴え冴えと拡がっていった。こうした気象の急変は、しかし、この地方では別に珍しくも思われなかった。いつでも冬が深くなると、寒《かん》三十日を中心にして気象がヘンにいじけて来るのだった。いつもいつも日中はどんよりと曇りつづけ、それが夜になると皮肉にもカラリと晴れて、月や星が、冴えた紺色の夜空に冷く輝きはじめる。土地の人びとは、そのことを「寒《かん》の夜晴《よば》れ」と呼んでいた。

八時に遅がけの夕飯を済ました私は、もう女学校も休暇に入ったので、何処か南の方へ旅行に出掛ける仕度をしていた時だった。

三四郎が級主任をしている補習科A組の美木《みき》という生徒が、不意に転げ込んで来て、三四郎の留守宅に持上った兇事の報せを齎《もた》らして来た。私は寒空に冷水を浴びた思いで、それでもすぐにスキーをつけると、あわてふためいて美木と一緒に走りはじめた。

私達が家を出ると、直ぐに市内の教会から、クリスマス前夜《イヴ》の鐘が鳴りはじめたので、もうその時は九時になっていたに違いない。

美木という生徒は、大柄な水々しい少女で、どこの女学校にもきまって二三人はいる早熟組の一人だった。化粧することを心得、スカートの長さがいつも変って、ノートの隅に小さな字で詩人の名ばかり書き並べていようという。美木はまた、よく三四郎のところへ遊びに来ていた。「浅見先生に文学を教えて頂く」なぞと云いながら、三四郎の留守にも度々訪れたというのだから、その「文学」は三四郎でなく、及川にあったのかも知れない。いずれにしても美木は、その夜も三四郎の宅を訪ねて行ったという。けれども戸締りがしてないのに家の中に人の気配がないと、ふと不審を覚えていつもの軽い気持で玄関から奥へ通ずる扉《ドア》を開けてみた。そして家の中の異様な出来事をみつけると、一番近い私のところまで駈けつけて来たという。

さて、私の家から三四郎の家までは、スキーで行けば十分とかからない。

三四郎の住居は、丸太材を適度に配したヒュッテ風の小粋な住居で、同じように三軒並んだ右端の家であった。左端の家はもう休んだのか窓にはカーテンが掛り、真中の家は暗くて貸家札が貼ってあった。三四郎の家の前まで来ると、美木はもう顫え上って動こうとしなくなった。それで私は、ここから程遠くない同じ女学校の物理教師の田部井《たべい》氏の家まで、彼女を求援に走らした。そして流石《さすが》に固くなりながら、思切って三四郎の家へ入っていった。

玄関の隣りは、子供の部屋になっていた。壁には幼いクレオン画で、「陸軍大将」や「チューリップの兵隊さん」が、ピン付けになっていた。部屋の中程には小さな樅《もみ》の木の鉢植えが据えられて、繁った枝葉の上には、金線のモールや色紙で造られた、花形や鎖が掛り、白い綿の雪がそれ等の上に積っていた。それは三四郎が、臨時講師に出る前から可愛い春夫のために買い植えてやったクリスマス・ツリーであった。

しかしその部屋に入った私が、まっ先に気づいたものは、部屋の片隅の小机の前に延べられた、クリスマス・ツリーの小さな主人《あるじ》の寝床《ベッド》だった。その床は夜具がはねのけられて、寝ていた筈の子供の姿は、見えなかった。主人を見失ったクリスマス・ツリーの銀紙の星が、キラキラ光りながら折からの風に揺れ、廻りはじめていた。

けれども次の瞬間、私は、その部屋のもう一人の臨時の主人であった及川が、奥の居間へ通ずる開け放された扉口《ドア》のところに、頭をこちらへ向けて俯向きに打倒れている姿をみつけた。私は期せずして息を呑みこんだが、開け放された扉口《ドア》を通して、向うの居間がなんとなく取り散らされた気配をさとると、すぐに気をとり直して境の扉口《ドア》へ恐る恐る爪先立ちに歩み寄り、足元に倒れた人と見較べるようにして居間の中を覗きこんだ。

そこには、トタンを張った板枠の上に置かれたストーブへ、頭を押付けるようにして、三四郎の妻の比露子が倒れていた。髪の毛が焦げていてたまらない臭気が部屋の中に漂っていた。

私は、恐れと意外にガタガタ顫えながら暫く立竦《たちすく》んでしまったが、必死の思いで気をとり直すと、屈みこんで恐る恐る足元の及川の体に触ってみた。が、むろんそれは、もう生きている人の体ではなかった。

及川も比露子もかなり烈しく抵抗したと見えて、ひどく取り乱した姿で倒れていた。二人とも額口から顔、腕、頸と、あらゆる露出個所に、何物かで乱打されたらしく紫色の夥しいみみず腫《ば》れが覗いていた。しかしすぐに兇器は眼についた。及川の足元に近く、ストーブの鉄の灰《はい》掻棒《かきぼう》が、鈍いくの字型にひん曲って投出されていた。部屋の中も又、激しく散乱されていた。椅子は転び、卓子《テーブル》はいざって、その上に置いてあったらしい大きなボール紙の玩具《おもちゃ》箱は、長椅子の前の床の上にはね飛ばされ、濡れて踏みつぶされて、中から投げ出された玩具の汽車やマスコットや、大きな美しい独楽《こま》などが、同じように飛び出したキャラメルや、ボンボン、チョコレートの動物などに入れ混って散乱し、そこにも小さな主人《あるじ》を見失った玩具達の間の抜けたあどけなさが漂っていた。

若《も》しも私が、この場合まるで知らない人の家へ飛び込んで、そのような場面にぶつかったとしたなら、恐らくこんな細かに現場の有様に眼を通したりしてはいられなかったであろう。恐怖に魂《たま》消《げ》て死人と見るや否や、そのまま飛び出して交番へ駈けつけたに違いない。しかしこの時の私には、目に見える恐怖よりももっと恐ろしい目に見えない恐怖があった。私はその家に飛び込むと、真っ先に大事な子供の姿の見えないのに気がついた。妙なことだが、眼の前に殺されている人よりも、奪われた子供の安否に焼くような不安を覚えた。私にも、及川や比露子と同じように、留守中の三四郎に対する責任があった。三四郎の家は、皆で四部屋に別れていた。そこで私は、おびえる心を無理にも引立てるようにしながら、すぐに残りの部屋を調べはじめたのだが、しかし家中探しても何処にも子供の姿は見えなかった。

ところが、そうしているうちに私はふとあることを思い起して、思わずハッと立止った。それはあの、惨劇の部屋の窓が、引戸を開けられたままでいたことだった。考えるまでもなくこれは確かに可笑《おか》しい。この寒中の夜に部屋の窓のあけ放されている筈はない。二人の大人を叩き殺して子供を奪い取った怪しい男が、その窓から、あわてて戸も締めずに逃げ出して行く姿を私はすぐに思い浮べた。そこで私は、恐る恐る元の部屋に引返した。そして見えない敵に身構えるように壁によりそって、そっと窓の外を覗き見た。

窓の下の雪の上には、果して私の予期したものがみつかった。明らかにそこからスキーをつけたと思われる乱れた跡が、夜眼にもハッキリ残されていた。そしてその乱れた跡から二筋の条痕《すじあと》が滑り出して、生垣の隙間を通り越し、仄白い暗《やみ》の中へ消え去っていた。その暗《やみ》の向うの星空の下からはまだ鳴りやまぬクリスマスの鐘が、悪魔の囁きのように、遠く気味悪いほど冴え返って、ガラン、ゴロンと聞えていた。

私は猶予なく、決心した。そして直ちに玄関口へ戻ると、そこから自分のスキーをつけて戸外《そと》へ飛び出し、勝手口の方を廻って、裏側の、開放《あけはな》された居間の窓の下までやって来た。

雪の上に残されていたスキーの跡は、確かに二筋で、それは一人の人の滑った跡に違いなかった。踏み消さないようにしながら、生垣の隙間を越して、私は直ちにその跡を尾行しはじめた。

ところが、歩きはじめて間もなく、私は有力な手掛りを発見した。というのは、そのスキーの跡は、平地滑走でありながら、両杖を突いていない。条痕《すじあと》の左側には、杖を突いていたと見えて、杖の先の雪輪《リング》で雪を蹴散らした痕が二三間《げん》毎についているが、右側には全然ない。私の胸は高鳴りはじめた。予想が的中したのだ。つまりそのスキーの主は、左手には杖を突きながら、右手には杖を突くことが出来なかったのだ。その手は、杖の代りに何ものかを抱えていたに違いない。怪しい男に抱えられて、藻掻《もが》きつづけながら運ばれて行った子供の姿が、瞼の裏に浮上って来た。私はいよいよ固くなりながら、前の方を絶えず透《すか》し見てはスキーの跡をつけて行った。

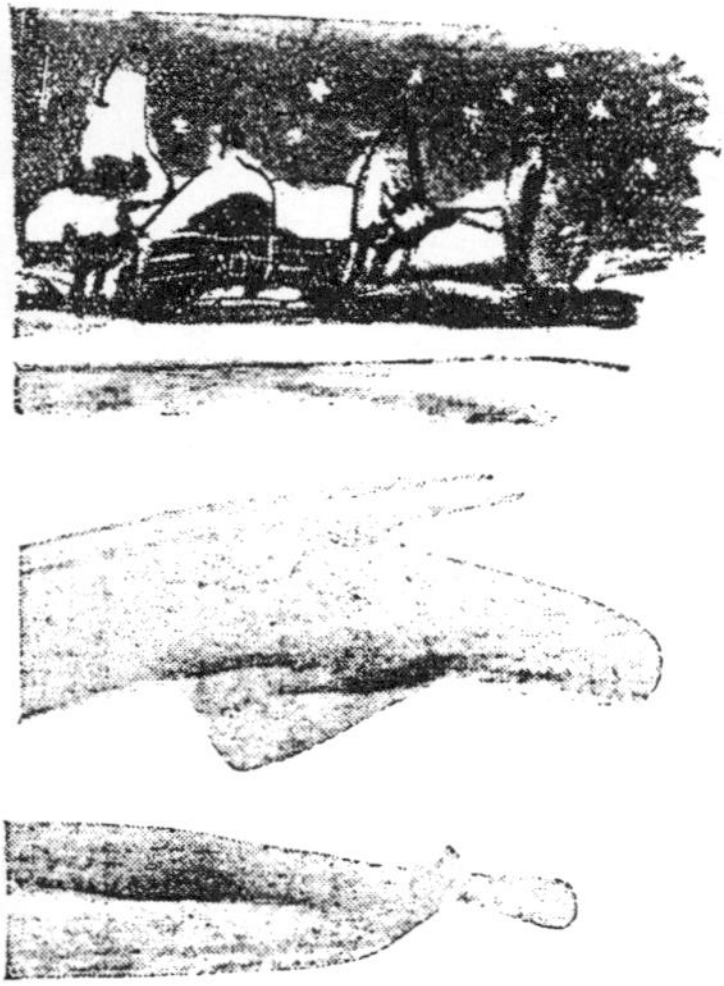

疑問のスキーは、生垣を越して空地を通り抜け、静かな裏通りへ続いて行った。この辺りはH市の郊外でも新開

の住宅地で、植込の多い人家はまばらに点在して、空地とも畑ともつかぬ雪の原が多かった。

この雪は、夕方から八時まで降った処女雪で、美しい雪の肌には他のスキーの跡は殆んどなく、時たま人家の前で新しいスキーの跡と交叉したり、犬の足跡がもつれたりしている以外には、疑問のスキーを邪魔するものはなかった。なにしろ、相手が相手である。

私は戦慄に顫えながらも、益々注意深く、森《しん》とした夜空の下を滑りつづけて行った。

疑問のスキーは、やがて裏通りを右手に折れて、広い雪の原へはいって行った。その空地の向うには、三四郎の家の前を通って市内へ通じている本通りがある。スキーの跡は市内の方へ向いてその空地を斜めに横切り、どうやら向うの本通りへ乗り換えるつもりらしい。この分では、途中で警官に応援を求めることが出来るかも知れない。私は急に元気づいて、かなり広いその原ッぱを、向うの通りへ斜めに向って走って行った。しかしその私の考えは、まるでトテツもない結果に終ってしまった。

最初私が、スキーの跡は本通りへ乗換えていると思い込んだのが、そもそもよくなかった。はじめそのつもりで斜めに雪の原を横切って行った私は、もうその原ッぱを半分以上も通り越したところで、ふと、いつの間にか疑問のスキーの跡を見失っていることに気がついた。びっくりした私は、あわててあたりを見廻した。が、雪の肌にはなんにもない。ただ私の通って来た跡だけが、少しずつ曲りくねりながら至極のんびりと残っているだけだ。

私は、自分で自分をどやしつけながら、あわてて廻れ右をした。あたりをせわしく見廻しながら、元の空地のはいり口へ向って、後もどりをはじめた。いくら戻っても、いくら見廻しても、しかし疑問のスキーの跡は、みつからない。こいつは妙だぞ、私は益々うろたえはじめた。

ところが、空地の入口の近くまで来て、やっと私は、仄白い雪の肌に、さっきのスキーの跡を再びみつけることが出来た。私はホッとして、今度こそは見失わぬように、ずっとその跡の近くまで寄添って、糸でも手繰るようにしながら進みはじめた。こうしてつけて行くと、やっぱりその跡は、原ッぱを斜めに横切って、本通りのほうへ向っている。なんだってこいつを見失ったりしたのだろう。私は、再三自分で自分をどやしつけながら、注意深く跡を見詰めつづけて行った。ところが、そうして今度こそはと注意して進むうちに、とうとう私は、まことになんとも変テコなことに気がついてしまった。

というのは、原ッぱの真ン中近くまで来ると、どうしたことかその疑問のスキーの跡は、ひどく薄くなって、いや元々古い雪の上に積った新しい雪の上のその跡は、決して深くはなかったのだが、それよりも又浅くなって、なんと云うことだろう、進むにつれ、歩むにつれ、益々浅く薄く、驚く私を尻目にかけて、とうとう空地の真中頃まで来ると、まるでその上を滑っていたものが、そのままスウーッと夜空の上へ舞上ってしまったかのように、影がうすれ、遂にはすっかり消えてしまっているのだ。

その消え方たるや、これが又どう考えてもスキーの主に羽根が生えたか、それとも、あとから、その跡の上に雪が降って、跡を消してしまったか――それより他にとりようのない、奇怪にも鮮かな消えかただった。

私は、うろたえながらも、夢中になって考えた。しかし前《さき》にも述べたように、夕方からひとしきり降りつのった雪は八時になってバタッと止んでしまうとそのまま「寒の夜晴れ」で、あとから雪なぞ決して降らなかった。よし又、仮令《たとい》降ったとしても、ここから先の跡を消した雪が、何故現場からここまでの跡を消さなかったのであろうか？　雪はあまねく降りつもって、凡《すべ》ての跡は消されなければならない。——それでは、その原ッぱに奇妙な風雪《かざゆき》の現象が起って、風に舞い上げられた雪が降りつもって、その部分の跡が消されたのではあるまいか？　しかしそのような風雪を起すほどの風は、決してその晩吹かなかった筈だ。——私は憑かれた人のように雪の原ッぱに立竦《たちすく》んでしまった。まだ鳴り止まぬ不気味な鐘の音が、悪魔の嘲笑《あざけり》のように澄んだ空気を顫わせつづける。

しかし、ここで私は、いつまでもボンヤリ立竦んでいるわけにはいかない。攫《さら》われた子供の安否は急を告げている。家には二人の死人がある。もうこの上は、猶予なく警察へ報せなければならない。

やがて私はそう決心すると、そのまま一直線に市内へ向って走り出した。一番近い交番へ飛び込んで、事件を知らせ、そこの若い警官と一緒に再び元来た道を引返しながらも、しかし私は、雪の原ッぱの消失ばかり気にしなければならなかった。

やがて私達が、ひとまず三四郎の家まで辿りついた時には、もう出来事を嗅ぎつけたらしい近くの家の人達が二三人、スキーをつけて、警察へ報せに出ようとしているところだった。三四郎の家の前には、その人達に混って度を失った美木が、泣き出しそうな顔で立っていた。家の中には、美木に呼びにやらした田部井氏が、恐らく私と同じ事を考えたのであろう、ガタピシ扉《ドア》を鳴らして部屋から部屋へ子供の行衛《ゆくえ》を探していた。

警官は家の中へはいって現場をみると、直ぐに私と田部井氏へ、本署から係官が出張されるまで、現場の部屋を犯さないよう申出た。そして三四郎の書斎に充《あ》てられた別室へ陣取ると、戸外《おもて》の美木も呼び込んで、ひと通り事情を聴取しはじめた。

美木も私も、すっかりとりのぼせてしまって、前に述べたような発見の径路や、この家の家族についての説明を、横から口を出したり後戻りしたりしながら、喋っていった。しかし田部井氏はかなり落ついていて、口数も少なかった。

やがて、数人の部下を連れた肥《ふと》った上役らしい警官が到着すると、現場の調べが始まった。パッ、パッ、と二つも三つもフラッシュが焚かれて、現場の写真が撮られて行った。現場が済むと警官達は、家の外を廻って窓の下へ集まって行った。肥った上官は、さっきの若い警官から報告を受けたり、死体の有様を眺めたりしていたが、窓の外の警官達が、生垣の隙間を越して向うの空地へ、ざわめきながらスキーの跡をつけはじめると、じっとしていられないように、あとを若い警官にまかせて窓の外へ出て行った。

私は三四郎に当てて電報を書くと、それを美木に持たせて郵便局へ走らせた。そして始めて落ついた気持で、田部井氏と差向いになった。

田部井氏は、さっき私が警官に色々と説明していた頃から、もう既に落ついてはいたが、その頃には益々落つきを増して、落ついているというよりも、なにかしきりに考え込んでしまった様子だった。いったい何を考え込んでしまったのだろう？

何か特別な考えの糸口でもみつけたのだろうか？

「田部井さん」私は思い切って声をかけた。

「いったいあなたは、どう云う風にお考えになりますか？」

「どう云う風に、と云いますと？」

田部井氏は顔を上げると、眼をぱちぱちさせた。

「つまりですね」と私は向うの部屋のほうを見ながら、「あなたもご覧になれば判ると思いますが、ああいう惨酷なことをして子供を奪いとって逃げ出した男の足跡が、なんしろ、まるで空中へ舞い上ったように消えてしまってるんですからね。妙な出来事ですよ」

「そうですね。確かに妙ですよ。しかし妙だと云えば、この事件は、始めっから妙なことばかりですよ」

「ほう、それはまた……」

「あなたは、あの部屋に散らばっている玩具《おもちゃ》やお菓子を、始めから、つまりこんな出来事の起らない先から、あの部屋にあったものと思っていますか？」

「さあ、やはり前からあの部屋にあって、食べたり遊んだりしていたものでしょうな」

「私は、そうは思わないんですよ。少くとも食べかけたものなら、キャラメルなりチョコレートの、銀紙や蠟紙が捨ててある筈なんですが、さっき警官の来ない先に、探してみた時にはなにもなかったですよ。それに、あそこに転っている玩具は、みんな新しい品ばかりですし、第一長椅子の前に投げ出されてやぶれていたボール紙の玩具箱が、お茶なぞのこぼれた跡もないのに濡れていたのは妙です……あれは、あの蓋の上に少しばかりの雪が積っていて、室内の温度で解けたのではないかと思います。……そうそう、こんなつまらない事は云わなくたって……」と田部井氏はここで語調を変えて、今度はジッと私の眼の中を覗き込むようにして、「……不思議の材料は、始めから揃っておりますよ……兎に角、クリスマスの晩にですね……雪の上を、スキーに乗って……窓から出入して……それから、天国へ戻って行く……」

田部井氏は、ふっと押黙って、もう一度私の眼の中を促すように見詰めながら、

「……いったい、何者だと思います？……」

「ああ」私は思わず呻《うめ》いてしまった。「じゃアあなたは……あの、サンタ・クロースの事を、云っていられるんですか？」

「そうです。つまり、あの部屋へ……手ッ取早くいうと……サンタ・クロースが出現したわけです」

私は少からず吃驚《びっくり》してしまった。

「しかし、随分惨酷なサンタ・クロースですね？」

「そうです。飛んでもないサンタ・クロースですよ……恐らく悪魔が、サンタ・クロースに化けて来たのかも知れません」と茲《ここ》で田部井氏は、急に真面目な調子に戻って、立上りながら云った。「……いや、しかし、どうやらその化けの皮も、剝がれかかって来ましたよ。……私には、この謎がもう半分以上、判って来ました。さア、これからひとつ、サンタ・クロースのあ

とを追ッ駈けましょう」

田部井氏は、居間の入口まで行って、その中で頻《しき》りに現場の情況をノートしていた警官へ、外出を断ると、私へ眼配《めくばせ》しながら玄関口へ出て行った。私は、わけが判らぬながらも、自信のありそうな田部井氏の態度に惹かれて、ふらふらと立上った。そして、これから追跡しようとするあの奇怪なスキーの条痕《あと》や、そして又その条痕《あと》の終点で、さだめしいま頃、腕を組んで夜空を振仰いでいるに違いない肥っちょの係員の姿を思い浮べながら、田部井氏のあとに続いて行った。

けれども戸外《そと》に出た田部井氏は、どうしたことか、裏の窓口へは廻ろうとしないで、生垣の表門へ立って、前の通りをグルグル見廻しはじめた。そこの雪の上には、出入した幾つかの足跡が入り乱れ、近所の人達が、蒼い顔をして立っていた。いったいどうしたと云うのだろう。

「田部井さん。足跡は、裏の窓口からですよ」

「ああああれですか」と田部井氏は振返って、

「あれはもう、用はありませんよ。私は、もう一つの条痕《あと》を探してるんです」

「もう一つの条痕《あと》ですって？」

思わず私は、そう訊き返した。

「そうですとも」田部井氏は笑いながら、「窓の外には一人分の跡があっただけでしょう。ね、あれでは往復したことになりませんよ。あそこからサンタ・クロースが出て行ったのなら、もう一つ入った跡がなければなりませんし、あそこから入ったのなら、出た跡があるわけですよ」とそれから、浅見家の屋根のほうを見上げてニヤッと笑いながら、「いくらサンタ・クロースだって、まさかあの細い煙突から、はいったなんてことはないでしょう……こいつは、ただのお伽噺《とぎばなし》ではないいんですからね」

成る程、何処かに入って来た跡がなければならない筈だ。私は自分の迂闊さに気づいて、思わず顔がほてって来た。が、この時私は、ふと電光のように、或る思いつきが浮んで来た。

「ああ田部井さん。判りましたよ。……八時前には、雪が降っていたでしょう。それで、サンタ・クロースは八時前にここへ入って、八時過ぎて雪が止んでから、出て行ったのでしょう。だから、入った時の跡は雪に消され、出て行った時の跡だけ残ったのでしょう」

すると田部井氏は、意外にも静かに首を振った。

「それが、大違いなんですよ。成る程、その考え方も、一応尤もですね。私も、最初あの窓の下の条痕《あと》が一つだけなのを見た時に、そんな風にも考えて見ました。しかし、あとであなたから、あの条痕《あと》が消えてしまったことを伺った時に、それが間違っている事に気づきました。問題は、あの途中で消えてしまった足跡にあるんです」

「と云われると……？」

「じゃアやっぱり、雪が積ったんですか？」

「そうですよ」

「じゃア何故、その雪は、あんな斑《むら》な、不公平な降りかたをしたんです」

するとと田部井氏は、私の肩に手をかけた。

「あなたは、推理の出発を間違えられたんです。いいですか――部屋の中で人が殺されて、大事な子供が奪われている。そして窓が明放《あけはな》されて、その外の雪の上に、確かに片手に子供を抱えて行ったらしい片杖のスキーの跡がある――と、ここまで観察されるうちに、もうあなたは、その窓から子供を奪った怪人が逃げ出して行った、と云うように推理されてしまったでしょう。それが、そもそもの間違いなんです」とここで田部井氏は調子を変えて、今度は手真似を加えながら、「じゃア、ひとつ、こういう場合を考えてみて下さい。……いいですか、こう、盛んに雪の降る中を、一人の人間が歩いていたとします。……ところが、その人が歩き続けているうちに、急に雪がやんで、カラリとしたお天気になったとしたら、その場合その人の足跡はどういう風に残りますか？……つまり、雪の降っている時には、足跡はつけられてもつけられる一方からすぐに消えてしまうが、その雪がバタッとやんでしまうと、その雪のやんだところから、始めて足跡がつきはじめるわけでしょう。その足跡を、その人の進行に逆らってこちらから辿って行けば、まるで人間がなくなってしまったように、その足跡は、薄れ、消えてしまうわけでしょう……つまり人が通ってしまったあとから雪が降ったのでもなければ、雪がやんでしまったあとから人が通ったのでもなく、実に人の歩いている最中に、その進行の途中で、いままで降っていた雪がやんだわけです……これでもう、あの消えた足跡の正体はお判りになったでしょう。つまりあの足跡の主は、この家の窓からあの時に出て行ったのではなくて、逆にはいって来たわけです。しかも今夜雪がやんだのは恰度八時頃でしたから、そのサンタ・クロースが町の方からやって来てこの家に窓からはいった時間も、まず八時頃と見当がつくわけです」

「なるほど、よくわかりました」私は頭をかきながらつけ加えた。「そうすると、あの片杖の跡はどういうことになりますか？」

「あれですか、あれはなんでもありません。あなたが始め考えられたように、やはりそのサンタ・クロースは荷物を片手に持っていたのです。しかしそれは、子供ではなくて、あの部屋に転っていた雪に濡れたボール紙の大きな玩具箱だったのです。サンタ・クロースの贈物だったのです……」とここで田部井氏は言葉を改めて、「さア、これでもう大分わかって来たでしょう。窓の足跡は確かに外から入って来たものであり、その足跡のほかに出て行ったらしい足跡もなく、家の中にもサンタ・クロースの姿はおろか子供の影もないと云えば、この表玄関からサンタ・クロースと子供は出て行ったに違いないのです……時に、あなたが最初ここへ駈けつけられた時に、表口《ここ》にそれらしい足跡はありませんでしたか？……その連中はあなたより先にここを出て行ったのですよ」

「さア、そいつは。……なんしろあわてていましたので……」

「じゃア仕方がありません。ひとつ面倒でも、この沢山の跡の中から、片杖を突いた跡を探しましょう」

田部井氏は早速屈み腰になって、それらしい跡を探しはじめた。むろん私もその後に続いて、仄白い雪明りの中をうろつきはじめた。表通りの弥次馬連は、なに事が起ったのだろうと、好奇の眼を輝かして私達のしぐさを見守った。

雪の上には、私達や警官達のスキーの跡がいくつも錯綜して、なかなか片杖のスキーの跡はみつからない。例のスキーの跡の終点まで行った警官達が、やっと帰って来たとみえて、家の中がなんとなく賑かになった。

その時、田部井氏が私のところまで来て、不意に問いかけた。

「あなたより先にここへ来たのは、あのA組の美木でしたね……美木は大人用のスキーをつけていたでしょうね？」

私が頷くと、

「じゃアやっぱり子供のものだ」

とわけのわからぬことを云いながら、道路の生垣に沿ったところまで私を誘って行きそこに残されている二組のスキーの跡を指しながら云った。

「片杖の跡のないのも無理はないですよ。子供は、サンタ・クロースに抱えられて行ったのではなく、サンタ・クロースに連れられて、自分でスキーをはいて行ったんです」

成るほど雪の上には、大人のスキーと並んで、幅の心持狭いスキーの跡が、表通りを進んでいる。

「さア、訊問に呼び出されないうちに、急いでこの跡をつけて行きましょう」

私達は、直ぐに滑り出した。

もう大分時間もたっている事だから、どこまでその跡の主人《あるじ》達は進んでいるか判らない。最初私は、そう思って滑り出したのだが、ところが、生垣に沿って五十米突《メートル》も進んだ処で、不意にその条痕《あと》は、なにか向うから来たものを避けるようにして二つとも右側へ方向転換《キックターン》している。私はギョッとなった。そこは隣りの空家である。二つの条痕《あと》は、ささやかな生垣の表からはいって玄関をそれ、暗い建物の横から裏のほうへ廻っているらしい。私達は固唾を飲んでつけだした。

「意外に近かったですね」田部井氏が歩きながら、蒼い顔をして云った。「どうも、不吉な結果になりそうです……ところで、あなたは、いったいサンタ・クロースを、誰だと思いますか？……もうお判りになったでしょう？」

私は顫えながら、烈しく首を振った。田部井氏は空家の庭へ踏み込みながら、

「判っていられても、云い難《にく》いんじゃアないですか？……この場合、サンタ・クロースになって、窓から贈物を届けるほどの人は、誰でしょう？……しかも、子供は、引ッ抱えなくても、一人でスキーをはいてついて来るんです……確か、七時半頃に、このH市へ着く汽車がありましたね？……私はなんだかその汽車で、予定よりも一日早く、浅見さんが帰って来たんじゃな

36.10
S.
KON

いかと」

「えッ、なに三四郎が⁉」私は思わず叫んだ。「飛んでもない……よしんば、三四郎が帰ったにしても、なぜ又こんな酷惨《むごたら》しいことを……いいや、あんなに家庭を愛した男が、どうしてこんなことをするものですか！」

しかしもうその時、空家の裏側へ廻っていた田部井氏は、そこの窓の下に二組の大小のスキーが脱ぎ捨てられているのをみつけると、すぐに明放《あけはな》された窓へ飛びつき、真暗な部屋の中へはいって行った。続いて窓枠に飛びついた私は、この時闇の中から顫え上るような、田部井氏の呻き声を聞いた。

「ああ……やっぱり遅かった……」

闇に眼が馴れるにつれて、やがて私も、天井に下げたカーテンのコードで、首を吊っている浅見三四郎の、変り果てた姿を見たのだった。その足元には、バンドで首を絞められた子供が、眠るように横《よこた》わっていた。チョコレートの玉が、二つ三つ転っている。その側に、キチンと畳まれた紙片が置いてあったが、田部井氏はそれを拾い上げると、チラリと表《おもて》紙を見て、黙って私にそれを差出した。それは三四郎の、私にあてた、たった一つの遺書であった。雪明りを頼りに急ぎ認《したた》めたものとみえて、荒々しい鉛筆の走書きであったが、窓際によって、私は顫えながらも、辛《かろう》じて読みとることが出来た。

鳩野《はとの》君。

とうとう僕は、地獄へ堕ちた。しかし君にだけは、事の真相を知って貰いたい。

農学校は、雪崩《なだれ》のために予定よりも一日早く休みになった。七時半の汽車で町についた僕は今夜がクリスマス・イーヴなのに気づいて、春夫の土産《みやげ》を買って家路を急いだ。

君は、僕がどんなに平凡な男で、妻を、子供を、家庭を愛していたか、よく知っていて呉れたと思う。僕は、妻や子供が、予定よりも一日早く帰って呉れた僕を、どんなに喜んで呉れるか、そう思うと、いっそうその喜びを大きくしてやりたさに、ふと、サンタ・クロースを思いついた。僕は、幸福にはち切れそうな思いで、わざわざ家の裏へ廻って、跫音《あしおと》を忍ばせ、居間の窓枠へ辿りつくと、そうッとスキーを脱いで杖に突き、窓枠へ乗って、驚喜する家人の顔を心の中に描きながら、硝子扉《ど》を開けた。

ああ僕は、しかしそこで、絶対に見てはならないものを見てしまったのだ! 部屋へ入って僕は、長椅子の上に抱き合いながら慄《ふる》えている及川と妻の前へ、僕のそれまでの幸福の塊みたいな、土産の玩具箱を投げつけてやった。

しかし鳩野君。どうしてそんなことで、沸《たぎ》り立つ憎しみがおさまろう。それから僕が、涙を流しながら、灰掻棒でなにをしたか、もう君は知っている筈だ。僕は、隣室で眼を醒した春夫に、僕のした事を知らすまいとして春夫を騙して表へ連れて逃げだした。ああしかし、僕はもう逃げ場を失ってしまった。よしんば逃げ場があったとしても、どうして傷付いたこの心が救われよう。

鳩野君。僕は、僕のこの暗い旅の門出が、愛する春夫と二人であることに、せめてもの喜びを抱いて行こう。

では、左様なら。

三四郎

窓の外には、いつの間にか夜風が出て、弔花のような風雪が舞いしきり、折から鳴りやんでいた教会の鐘が、再び嫋嫋と、慄える私の心を水のようにしめつけていった。

(〈新青年〉昭和十一年十二月号)

燈台鬼

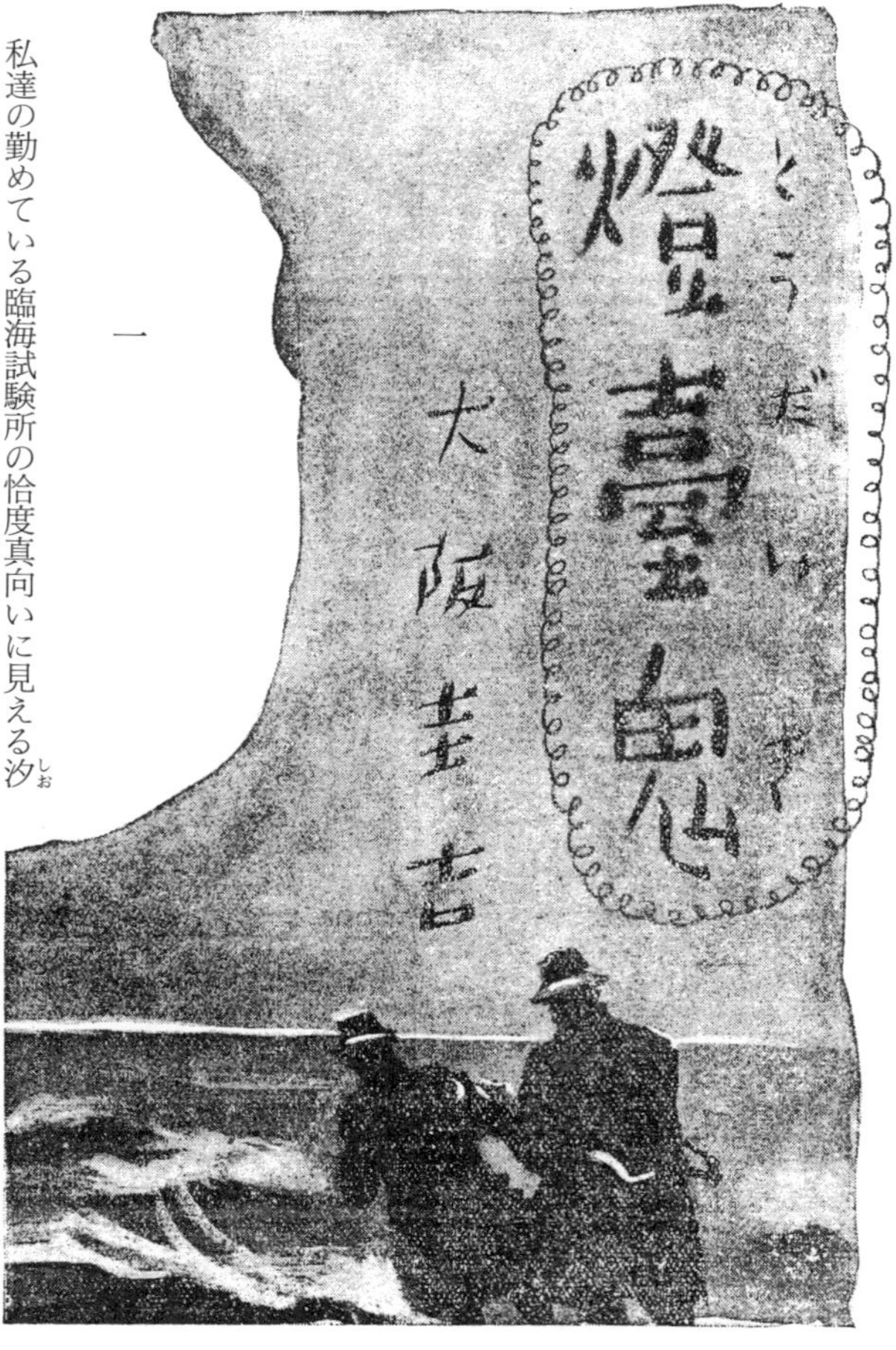

一

私達の勤めている臨海試験所の恰度真向いに見える汐《しお》

巻《まき》燈台の灯が、なんの音沙汰もなく突然吹き消すように消えてしまったのは、空気のドンヨリと粘った、北太平洋名物の紗幕《ヴェール》のような海霧《ガス》の深い或る真夜中のことであった。

　水産試験所と燈台とでは管轄上では畑違いだが、仕事の上で同じように海という共通点を持っているし、人里離れたこの辺鄙《へんぴ》な地方で、小さな入海《いりうみ》をへだてて仲よく暮している関係から——などというよりも、毎日顕微鏡と首引《くびっぴ》きで、魚の卵や昆布の葉質と睨めッくらをしているような味気ない私達の雰囲気に引較べて、荒海の彼方へ夜毎に秘めやかな光芒をキラリキラリと投げ続けている汐巻燈台の意味ありげな姿が、どんなにものずきな私達の心の底に貪婪《どんらん》な憧れをかき立てていたことか。だから、当直に叩き起された所長の東屋《あずまや》氏と

私は、異変と聞くやまるで空腹《すきばら》に飯でも掻ッこむような気持で、そそくさと闇の浜道を汐巻岬へ駈けつけたのだった。

いったい汐巻岬というのは、海中に半浬《カイリ》程も突出《つきだ》した岩鼻で、その沖合には悪性の暗礁が多く、三陸沿海を南下して来る千島寒流が、この岬の北方数浬《カイリ》の地点で北上する暖流の一支脈と正面衝突をし、猛悪な底流れと化して汐巻岬の暗礁地帯に入り、茲《ここ》で無数の海底隆起部に阻まれて激上するために、海面には騒然たる競潮《レイス》を現わしていようというところ。だから濃霧の夜などは殊に事故が多く、船員仲間からは魔の岬と呼ばれてひどく恐れられていた。

ところが恰度三四ケ月ほど前から、はからずも当時危く坐礁沈没を免れた一貨物船の乗組員を中心にして、非常に奇妙な噂が流れ始めた。というのは、汐巻燈台の灯が、殊に霧の深い夜など、ときどきヘンテコなことになるというのだ。本来この燈台の燈質は、十五秒毎に一閃光を発する閃白光であるが、こいつが時々どうした風の吹き廻しか、三十秒毎に一閃光を発するのだ。ところが三十秒毎に一閃光を発する燈質は、明かに犬吠《いぬぼう》燈台のそれであり、だから執拗な海霧《ガス》に苦しめられて数日間に亘る難航を続けて来た北海帰りの汽船は、毎三十秒に一閃光を発するその怪しげな燈質をうっかり誤認して、嬉しや犬吠岬が見えだしたとばかり、右舷《うげん》に大きく迂回しようものなら、忽ち暗礁に乗上げて、大渦の中へ巻込まれてしまうと云うのだ。船乗りには、かつぎ屋が多い。うそかまことかこのように大それた噂が、枝に葉をつけて追々に船乗り達の頭へ強靭な根を下しはじめた矢先き、それは恰度一月程前の濃霧の夜、またしても汐巻沖で坐礁大破した一貨物船が、数十分に亘る救難信号《エス・オー・エス》の中で、汐巻燈台の怪異を繰り返し繰り返し報告しながらそのまま消息を断ってしまったと云う事件が起上った。茲《ここ》で問題は俄然表沙汰になり、とうとう汐巻燈台へ本省からの厳しい注意が与えられた。

ところがこの燈台は逓信省《ていしん》燈台局直轄の三等燈台で、れッきとした看守人が二人おり、その家族や小使を合せて目下六人もの人々が暮しているのだ。而《しか》もその二人の看守の中《うち》の一人というのが、頗《すこぶ》るしっかり者で、謹厳そのもののような老看守だ。歳は六十に近く、名前を風間丈六《かざまじょうろく》といい、娘のミドリと二人暮しで、そのどことなく古武士の俤《おもかげ》をさえもった謹厳な人格は、人々の崇敬の的となっていた。そして又一段と頼もしい事に、この老看守は人一倍烈しい科学への情熱を持っており、歳に似ず非迷信的で、本省からの調査忠告に対しても、「燈台には毎夜交替で看守がつくのだから、そのような馬鹿気たことはある筈がない。それは多分、深い海霧《ガ》の流《ながれ》や、又その海霧《ガス》の中から光を慕って蝟集《いしゅう》する夥しい渡鳥の大群などによって、偶然にも作られた明暗であり、それが又尾をつけ鰭《ひれ》をつけて疑心暗鬼を生むのであろう」と、けんもほろろにはねつけた。

けれどもこの謹厳な老看守の声明を裏切って、汐巻燈台は、とうとう決定的な異変を惹き起したのだ。

はじめ、正確に放たれていた十五秒毎の閃光が、不意に不気味な不動光に変ったかと思うと、灰色の海霧《ガス》の中へなにか神秘的な光の尾を、そのままわずかに二秒ほども遠火のように漂わせて、それから急に、しかもハッキリと不吉な暗《やみ》に溶けこんでしまった。ただ、救いを求めるような霧笛だけが、時々低く重く、潮鳴《しおなり》の絶間絶間に聞えていた。

さて——なにかと云ううちに、間もなく汐巻岬の突端に辿りついた私達は、光を失った三十米《メートル》突の巨大な白塔が、海霧《ガス》の中からノッソリと見え始めた頃、不意に前方の闇の中からものも云わずに歩いて来た二人の男に出会った。燈台の三田村《みたむら》無電技手と小使の佐野《さの》だ。

「……あ、皆様……」

と小男の小使は、私達を認めると、直ぐに走り出て声をかけた。

「これはこれはよく来て下さいました」

すると三田村技手が、押かぶせるように、

「故障で、無電が利かないんです。恰度これから、試験所までお願いに上ろうと思っていたところです」

なにか妙にそわそわしたぎこちない二人の物腰から私は、並々ならぬ事件が起きたのだな、と思った。私達と一緒に、引返して歩きながら三田村技手が云った。

「実は、当直の友田《ともだ》看守が、ひどい事になったです。それがとても妙なんで、ま、風間さんが詳しくお話しするでしょうが」

すると私達の後で、小使が顫え声で突飛もないことを云った。

「とうとう、出ましただ」

「なに、出た？」

と東屋所長が聞き咎めた。すると小使は、自分の言葉を忌むように二三度首を横に振りながら、

「……はい……ゆ、幽霊が、出ました……」

二

軈《やが》て私達は、コンクリートの門をくぐって明るい燈台の構内へ這入った。向って右側に並んだ小さな三棟の官舎や左側の無電室には、明るい灯がともっているが、真ン中の海に面した燈台の頭は真暗闇だ。地上の灯の余映を受けて、闇の中へ女角力《おんなずもう》の腹のようにボンヤリと浮上ったその白塔の下では、胡麻塩髭を生《はや》して乃木《のぎ》大将然とした風間老看守が、色白な中年の女をとらえて、なにやら頻《しき》りに引留めているような様子だったが、私達を認めると、直《ただち》に小使の佐野に女の方を任せて官舎の方へ追払うと、やって来た。

「彼女《あれ》は友田君の細君のあきさんです。ひどい心気病みですから、もう少し落付かない事には、現場が見せられないんです。いやどうも、飛んでもないことになりました」

そう云って風間老看守は、手燭の蠟燭に火をつけようとするのだが、手が顫えて火が消える

ので、何度も何度もマッチを擦り続けた。

私は今迄にも数回この老看守には会っているのだが、こんなに彼が蹌踉《そうろう》としているのを見たのは始めてだ。あの謹厳な古武士のような俤《おもかげ》は、いまはもう微塵も見えず、蠟燭の焰を絶えず細かに顫わせながら、私達の先に立って、燈台の入口の扉《ドア》を静かに開きながら、振り返って云った。

「……ま、兎に角、現場を一度見てやって下さい」

そこで東屋所長と私と三田村技手の三人は、老看守の後に続いて、薄暗い階段室に這入った。ところが塔内に這入って扉《ドア》を締め終った老看守は今度は身をすりつけるようにして急に声を落すと、訴えるように云った。

「……私は、生れてはじめて、幽霊をみました……」

あのしっかり者で聞えた風間老人までが、打って変ってこのような事を云うのに、私は思わず身の固くなるのを覚えた。

「……いや、始めからお話しましょう」

と風間老人は、私達の先に立って、暗い急な螺旋階段を登りながら云った。その声が又、長い高い塔内に反響して、なんとも云えない陰に籠った呟くような木霊《こだま》を伴うのだった。

「……私は今夜は非番でしたが、あの友田看守は、此頃昼間無電の方をチョイチョイ手伝いますので、つい疲れて時々居眠りをするようですし、変な噂は立つし、それに、今夜は私の横着娘が少しばかり加減が悪いので、それやこれやで、どうも思うように熟睡出来ませんでしたが……それは恰度、一時間程前のことです……まず私は、最初ゆめうつつの中で、突然屋根の上の方でガラスの割れるような大きな音を聞いたのです。すると殆んどそれと同時に、同じ方角で、なにかしら、機械でも毀れるような激しい金属的な音がいたしました。で、吃驚《びっくり》して飛び起きた私は、暫く呆然としておりましたが、なにしろ天井の方角でそのような音がしたとすれば、この燈台より外《ほか》にありませんので、急に堪らない不安に駈られて官舎の玄関まで飛出しました。見れば塔の頂上のランプ室は灯が消えて真暗です。私は思わず大声を張り上げて、ランプ室に当直している筈の友田君を呼び上げました。すると、その返事の代りに、こんどはこの塔の根元で、突然大きな地響が起りました。こいつア大変だと急いで飛び出した時に、向うの無電室から私と同じように飛び出して来た、三田村君に出会いました」

老看守は茲《ここ》で一息ついた。なにかしら錯覚でも起しそうなこの螺旋階段は、ひどく私の神経を疲れさす。私達の後から登って来た三田村技手が、この時口を入れた。

「全くその通りです。私も風間さんと同じように気味の悪い音を聞きました。そしてこの下の入口の処へ来た時に、この塔の頂上の方から、低いながらも身の毛のよだつような呻《うめ》き声を聞きました……友田さんのでしょう……そしてその呻き声がやむかやまぬに、今度はなんとも名状し難い幽霊の声を聞いたのです」

「幽霊の声？」

東屋氏が真剣に聞き咎めた。

「ええ幽霊の声ですとも。あれが人間の声であるものですか！……それは、笑うようでもあれば、泣くようでもあり……そうそう、まるで玩具《おもちゃ》の風船笛みたいでした」

「渡鳥の中にも、あれに似た声を出すのがあったが」

と老看守だ。

「いや、似ていますが、あれとは又全然違います。寧《むし》ろさかり時の猫の声の方が、余程似ています」

「ああそうそう、そうだったな」

と風間看守が引取って云った。「……そこで私は、とりあえず三田村君に無電の方を頼んで、蠟燭の火を頼りにこの階段を登ったのです。そしてこの頂上のランプ室兼当直室で、とうとう、恐ろしいものを……」

「幽霊かね？」

と東屋所長がいった。

「そうです……あいつは、ランプ室の周囲の大事な玻璃《はり》窓を、外から大石でぶち破って侵入したのです」

恰度この時、三田村技手が、眼の前の階段を指差しながら、大きな叫びを上げた。見れば、薄暗い蠟燭の火に照し出されて、階段の踏面《ふみづら》に溜ったどす黒い血の流れが、蹴上《けあげ》からポタリポタリと段々下へ滴《したた》り落ちていた。私は思わず息を飲みこんだ。そしてものも云わずにランプ室に躍り込んだ私達は、とうとうそこでほんとうに化物の狼藉の跡を見たのだった。

円筒形にランプ室の周囲を取廻《とりま》いた大きな玻璃窓の、暗黒の外海に面した方には、大きな穴があき、蜘蛛の巣のような罅《ひび》が八方に拡がり、その穴から冷たい海風がサッと海霧《ガス》を吹き込むと、危なげな蠟燭の火がジジッと焦立《いらだ》つ。薄暗いその光に照されて、小さな円《まる》い室の中央にドッシリと据えられた、大きなフレネル・レンズのはまった三角筒の大ランプは、その一部に大破損を来《きた》し、暗黒のその火口《ひくち》からは、石油瓦斯《ガス》が漏れているらしく、シューシューと微《かすか》な音を立てていた。そしてその大きなカップ状の水銀槽に支え浮《うか》められた大ランプの台枠の縁には、廻転式燈台特有の大きな歯車が仕掛けてあるのだが、その歯車に連なる精巧な旋廻装置は無残にも粉砕されて、ランプの廻転動力なる重錘《おもり》を、塔の中心の空洞につるしている筈のロープは、もろくも叩き切られていた。

けれども何にも増して無惨で思わず私達の眼をそむけさしたのは、破壊された旋廻機の傍に、口から血を吐き、両の眼玉を飛び出さして、へなへなとつくねたように横《よこた》わっている友田看守の死体だった。そしてなんとその腹の上には、ひどく湿りを帯びた巨大な岩片《いわ》が、喰い込むように坐っているのだ。

「……こりゃアひどい……随分大きな石ですね」

東屋氏が口を切った。

「さあ、四五十貫はありますね」と三田村技手が云った。「こいつア大の男が二人かかっても、この塔の上までは一寸運べませんね。まして、外の海の方から、三十米突《メートル》の高さのこの玻璃窓を破って投げ込むなんて、正に妖怪の仕業ですよ」

「で、あなたの見た幽霊と云うのは？」

と東屋氏が、風間老看守の方へ向き直った。

すると老看守は、引ッ釣るよう

に顔を顰《しか》めながら、

「……先程申しましたように、私がこの室へ這入った瞬間に、その割れた玻璃窓の外のデッキから、それは恐ろしい奴が、海の方へ飛び込んだのです……それは、なんでも、ひどく大きな茹蛸《ゆでだこ》みたいに、ねッとりと水にぬれた、グニャグニャの赤い奴でした……」

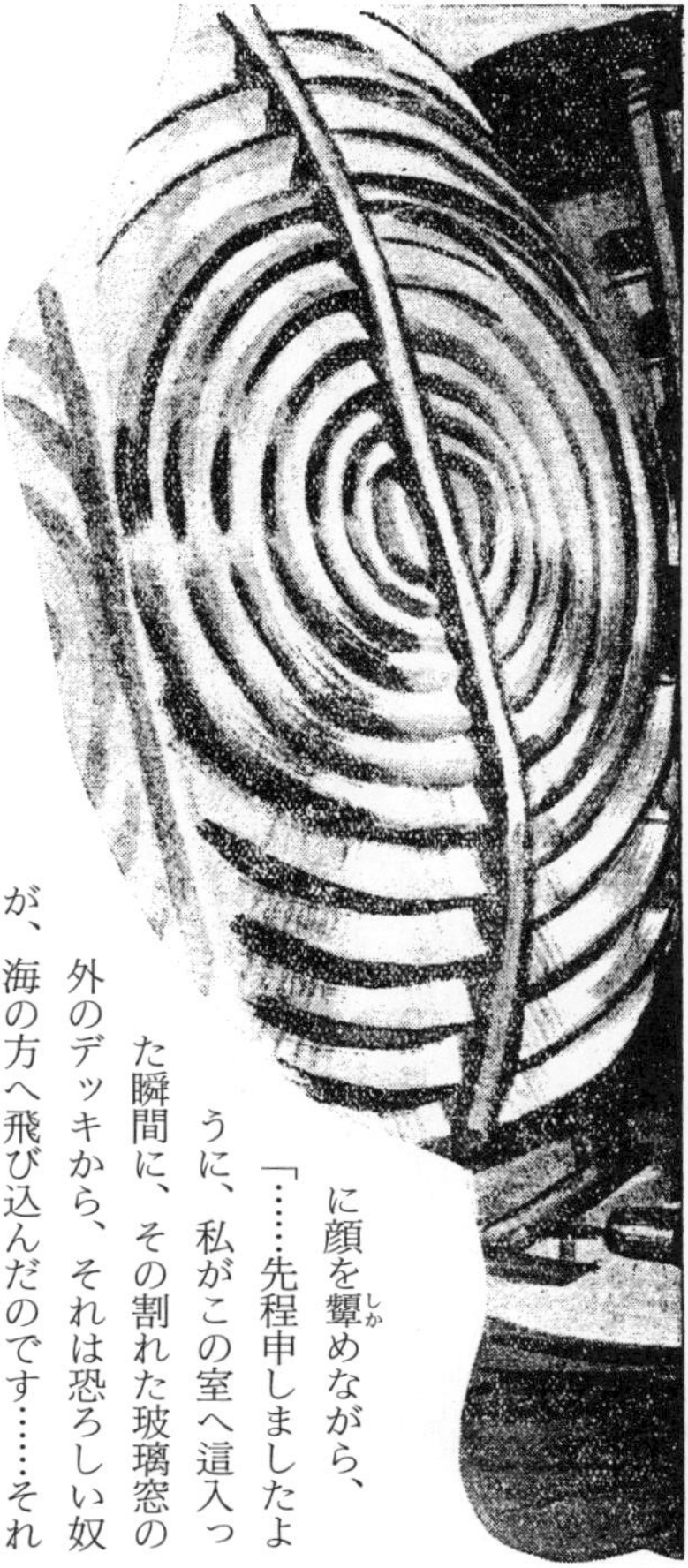

「蛸？」

と東屋所長が首を傾げた。

「蛸なら吸盤があるから、此処迄登って来るかも知れないね」

と私は冗談らしく云った。すると東屋氏は、

「いや、この近海のように寒流の影響のある海には、二三米突《メートル》からの巨大なミズダコと云う奴はいるが……けれども、そんな赤いものではない」

そう云って、頻《しき》りに首を捻り始めた。

見ればリノリウムを敷き詰めた床の上には、なるほどそのような妖怪の暴れた跡らしく、点点として夥しい硝子のかけや血海の外に、なんとなくぬらぬらした穢《きたな》らしい色の液体が、ところ構わずベタベタと一面に零《こぼ》れており、それが又なんとも云えない生臭いような臭気をさえ、室中に漂わせているのだ。

三

「……判らん」

ややあって、東屋氏が投げ出すように云った。

「さっぱり判らん……けれども、これだけのことは判るね」と腕組みを解きながら、「兎に角私達試験所の当直の報告や、あなた方のお話を綜合してみても、……まずこの大石が、玻璃窓を破って室内に飛び込み、ランプや旋廻機を破壊して当直を叩き殺す。でそのとたんに、ランプの廻転が止って閃光が不動光になり、間もなく瓦斯《ガス》管の故障で灯も消える……一方粉砕された旋廻機に巻付いていたロープは切れて、廻転動力の重錘《おもり》と云うか分銅と云うか、兎に角そいつが、この塔の中心を上下に貫いている三十米突《メートル》の円筒の底へドシンと落ちて地響を立てる……当直が断末魔の呻き声を上げる……そうだ。そしてその時、変な鳴き声を出して、こんな気味の悪い分泌液を垂らしながら、幽霊が侵入する……だが、それから先は、さっぱり判らん……」

「私は、こんな目に出合ったのは、生れて始めてだ！」

風間老看守が吐き出すように云った。すると東屋所長が老看守に向って、

「兎に角あなたは、この惨劇をみつけてから、どうされたんです」

「私は吃驚《びっくり》して、下へ降りて行く途中で、登って来る三田村君に逢いました」

「無電が通じなかったからです」

三田村技手が云った。すると風間老人が、

「向うの鉄柱からこの玻璃窓の前の手摺《てすり》へ張った架空線《アンテナ》が、大石《こいっ》のために切れてしまったからです……で、それから、私は小使を起そうと思って下へ、三田村君は現場へと、直ぐに別れました。でも、兎に角なんとかしなければなりませんので、暫く迷った揚句、三田村君と小使に、とりあえず試験所へ御後援を願いに向わせたんです」

「いやそうですか。一向お役にも立ちませんが」と東屋氏が、我に帰ったように云った。「じゃあ兎に角、こうしてもいられませんから……そうだ、風間さん、あなたは、現場《ここ》の証拠品に手をつけないようにして、早速予備燈の支度をなさっては如何ですか。海は、真ッ暗ですよ。……それから三田村さんは、架空線《アンテナ》を修繕《なお》して、少しも早く通信を始めて下さい。私達もお手

伝いしましょう」

そこで二人は暫く戸惑うようにしていたが、やがて波の音にせき立てられるように、そわそわと降りて行った。そして私達は、それぞれに烈しい興奮を押えながら、改めて取り散らされた室内を呆然と見廻すのだった。

ところが茲《ここ》で、はからずも私は重大な発見をした。それは一挺の鈍《なまくら》な手斧を、室内の薄暗い片隅から拾い上げたのだ。而《しか》もその鈍い刃先には、なんと赤黒い血がこびりついていた。

この発見で顔色を変えた東屋氏は、早速屈み込んで、改めてしげしげと友田看守の死体を眺め始めた。が、間もなく死人の頭の右耳の上に、この手斧で殴りつけたらしい新しい致命傷をみつけて立上った。

「これア君、傷口の血の固まり工合から見ても、この傷の方が、先に加えられたほんとうの致命傷らしいね……すると、この石が飛び込んだ時には、もう友田看守は死んでいたんだ……だが、そうすると、あの石の飛び込んだ音の後から聞いたと言う呻き声は、死人のものなどではない事になる……これア大分事情が違って来た」

「じゃあやっぱりあれも、幽霊の唸り声？」

と私は思わず声を出した。

けれども東屋氏は、それには答えないで頻りに苦吟し続けていたが、やがて語調を改めて云った。

「ね君……僕はまず、なんと云っても、この奇怪な暴れ石の出所の方が先決問題だと思うよ……ね、この岩片《いし》には、この辺の海岸にはいくらでもいるフジツボやアマガイのような岩礁生物が、少しもついていないところをみると、どうしてもこいつは、満潮線以下にあったものではないね。と云っても、この湿り工合じゃあ、まさか山の中のものじゃないし、どうだい、こうしている間に、一寸この下のしぶきのかかりそうな波打際を散歩して見ないかい」

と云うわけで、やがて私達は、燈台の根元の波打際へ降り立った。

そこでは、闇の外洋から吹き寄せる身を切るような風が、磯波の飛沫と海霧《ガス》をいやと云う程私達に浴びせかけた。けれども直ぐに私達は、塔の根元の一番烈しい波打際の一段高く聳《そび》えた岩の上で、同じような岩片《いし》が飛沫に濡れていくつも転っているのを、殆んど手探りで発見した。

ところがはからずも私は、同じ岩の上で、私の足元から、岩の裂目をクネクネと伝わって、一本の太い綱が、波打際から海の中へ浸っているらしいのを、拾い上げた。はてな？　と思って引張って見ると、ずるずると出て来る。いい気になって手繰り寄せる。なかなか長い。軈《やが》てその先端が来たかと思うと、妙なことに、先端《そこ》には又別の、今度はずっと細い紐の先がしっかり撚《よ》りつけてある。引張る。ところがこれが又同じようになかなか長い。やっと全部手繰り終った私は、

「妙なものですね」

と我ながら妙な声を出した。すると今迄ずッと私の奇妙な収穫物を瞳《みつ》めていた東屋氏は、

「……こいつア面白くなって来た。ね君、これが考えられずにいられるものか！」

そう云って私からその綱を取上げると、

「何に使ったものか、聞いてみよう」

と歩きだした。

構内へ戻ると、恰度倉庫の前で三田村技手が、針金の束を引張り出して頻りになにかやっている。東屋氏は早速始めた。

「この綱は燈台《ここ》のでしょう？」

「そうです。倉庫《ここ》にいくらも入れてある奴です。おや、こんな紐の付いたのは……はて、どこから拾って来られたんですか？」

　けれども東屋氏は答えようともしないで、頻りに暗《やみ》の空を振仰いでいたが、軈《やが》て突飛もないことを訊きだした。

「この燈台の

高さは、ランプ室の床までで三十米突《メートル》でしたね。じゃあ君、この綱の長さを計って下さい」

三田村技手は、手許の巻尺で計り始めた。

「……綱も紐も、両方とも二十六米突《メートル》ずつあります」

「なに二十六米突《メートル》？……待ァてよ？」

とまた暫く闇空を睨めていたが、

「ね、三田村さん。あの廻転ランプの重量《めかた》は、どれ位あります？」

「さあ、一噸《トン》はあるでしょう」

「一噸《トン》……一噸《トン》と云うと二百六十六貫強ですね。じゃああのランプをグルグル廻しながら、三十米突《メートル》の円筒内を下って来る、あの原動力の重錘《おもり》と云うか分銅は、随分重いでしょうね？」

「そうですね、八十貫は充分ありましょう……大きな石臼みたいですよ……そいつがジリジリ下まで降り切ってしまうと、また捲き上げるんです」

「成程、最近捲上げたのはいつですか？」

「昨日の午後です」

「じゃあ今夜は、分銅はまだ塔の上の方にあったわけですね？」

「そうです」

「いやどうも有難う。あ、それから、この無電室で一寸一服やらして貰いますよ」

そう云って東屋氏は、私を引張って無電室へ這入ると、扉《ドア》を締めて、

「さあ君、少しずつ判って来たぞ。まず僕の組立てた仮説を聞いて呉れ給え」

四

東屋氏は傍《そば》の椅子に腰を下ろすと、一服つけながら、話し始めた。

「まず、化物にせよ人間にせよ、兎に角あの不敵な狼藉者が、この太い綱の一方の端を、あの塔の頂のランプ室から、玻璃窓の下の小さな通風孔を通して、外の高い岩の上へ垂れて置く。それから下へ降りて来て、岩の上で例の岩片《いし》を、垂れている太い綱の端で縛って置いて再び塔上へ登る。そしてランプ室に置いてある方の綱の端を、旋廻機の蓋を開けて、円筒内の頂へ殆ど一杯に上っている分銅の把手《とって》へ、かたわな結びと云うかひっとき結びと云うか、兎に角それで縛りつけ、その一寸引張ると解けるひっとき結びの短い一端へ、この細紐をこの通りに結びつけて、さて旋廻機の捲上機《ウインチ》に捲きついているロープを、そうだ、あの手斧で叩ッ切る。すると……」

「ああつまり釣瓶《つるべ》みたいだ」

と私は思わず口を入れた。

「百貫近いその分銅の凄じい重力を利用して、大石を暴れ込ましたと云うんですね。だが、そうすると、玻璃窓や機械の毀れる音と殆ど同時に、分銅の地響がしなければなりませんが」

「勿論その点も考えたよ」と東屋氏は続ける。「ところが君、ほら、綱は分銅の落ちる三十米突《メートル》の円筒の深さよりも、故意か偶然か、四米突《メートル》も短いじゃあないか。だからつまり、あの地響は、――海上から化物が投げ込んだ暴れ石に、旋廻機が砕かれた時に傷付いたロープが、その後段々痛んで行って、ついに切れて自然に分銅が落ちて地響がした――などと云うのではなくて、友田看守を殺し、あのランプ室の破壊を僕がいま云ったような方法で行った怪人物が、一端を分銅の把手のひっとき結びの端へ縛り他の一端をランプ室で手許へ残しておいたところの、あの細紐を、破壊後に引張ると、果してひっとき結びは解けて、それまで途中にぶら下っていた分銅は、俄然円筒底へ落ちる。そして二人の証人が、硝子や機械の毀れる音の暫く後から聞いたと云う、地響を立てたのだ」

「成る程」

　私は頷いて見せた。

「一方その怪人物は、解けた綱を手繰り上げると、友田看守の腹の上に坐った岩片《いし》の方も解いて、階段から降りると物音に驚いて登って来る人に見られるから、ランプ室の外のデッキの手摺へ同じように綱をひっとき結びにして、それを伝って下の高い岩の上へ降りる。塔の根元よりは五六米突《メートル》も高い岩だ。そしてひっとき結びを解いて、不要になった綱を海中へ投げ込む……」

「成る程、素晴しい」

私は思わず嘆声を上げた。「それならどんな力のない男でも、少し働《うご》きさえすれば楽にやれますね。じゃあ一体、それは幽霊の仕業か、それとも人間の仕業か、と云うことになりますね」

「さあ、それが問題だよ」と東屋所長は立上りながら云った。

「暴れ石のからくりもこう判ってみれば、確かに人間の仕業としか思われない細かさがある。けれども一方、あの謹厳な正直者の風間看守は、確かに怪異の姿を見たと云うし、ランプ室の床に四散していた汚水と云い、妙な唸り声や、鳴き声と云い……ああ兎に角、もう一度塔の上へ登ってみよう」

そこで私達は、再び塔上の薄暗いランプ室へやって来た。けれどもそこには、三田村技手がいくつかの荷物を持って、私達よりも一足先に登って来ていた。そして私達を見ると、これから架空線《アンテナ》の取付工事をするのだが、失礼ながら一寸手伝って頂き度い、と申出た。そこで私は、玻璃窓の外側の危気《あぶなげ》なデッキに立って、なんの事はない、幾本かの針金の端を持って、速製の電気屋になった。

大分風が出て来て、さしもの深い海霧《ガス》も少しずつ吹き散らされて来たようだが、その代り波が高くなって、私達の立っているデッキから三十米《メートル》突真下の岩鼻に、眩暈《めまい》のしそうな波頭がパッパッと白く嚙み砕ける。

「随分高いね」と東屋氏が云った。

「これだけの処を、綱に伝わって降りるのは大変だ……」とそれから、突然元気な調子になって、傍に仕事をしていた三田村技手へ、急に妙なことを云い出した。

「済みませんが、一寸あなたの掌平《てのひら》を見せて下さい」

——ああ東屋氏は、掌平の胼胝《たこ》で怪人物を突止める心算《つもり》だな。成る程これは名案だ！　けれども、三田村技手の掌平には胼胝は出来ていなかった。東屋氏は急にそわそわし始めると、テレ臭そうに私と三田村技手を塔上に残してそそくさと降りて行った。

架空線《アンテナ》工事を手伝いながら見ていると、間もなく地上へ降り立った東屋氏は、恰度官舎の方から出て来た風間老人へ、

「まだ、予備燈の仕度は出来ませんか？」と云った。

「ええ、まだこれから、掃除をしなければなりませんから」

風間老人の声は、なぜか元気がない。

「済みませんが、一寸あなたの掌平を見せて下さい」

と案の定切り出した。これは面白くなって来た、と思ったのも束の間、やっぱり風間老人の掌平にも胼胝は出来ていなかったと見えて、軈《やが》て老看守は倉庫の中へ這入り、東屋氏は、今度は官舎の方へ出掛けて行った。そして私達の視野から姿を消してしまった。

架空線《アンテナ》工事はなかなか困難だ。私の両手は折れそうに痛くなった。その上ここはひどく寒く

て、眩暈もする。けれども聽てその困難な仕事が殆ど出来上った頃に、東屋所長が非常に緊張した顔つきで、飛び込むように帰って来た。

東屋氏は明かにただならぬ興奮を押えつけているらしく、途切れ途切れに云った。

「……あの細君、自分の亭主の死体が、見られない筈はないって、小使に喰ってかかってたよ……早く見せて上げた方が、却っていいと思うが……」

「掌平はどうでした？」私は待ち兼ねて訊ねた。

「なに掌平？……うん、小使にも細君にも、胼胝などは出来ていなかったよ」

「じゃあ、やっぱり妖怪の……」

「いや、まあ待ち給え……僕はそれから、そのお隣の風間さんの官舎へ、一寸失礼して上《あが》らして貰ったんだ、勿論娘さんに逢うつもりでね……そしてそこで、大発見をした！」

「大発見？　じゃあ、寝ている娘のミドリさんの掌平に胼胝でもあったんですか？」

「いいや、違う。それどころじゃあない」

「すると娘さんの身に、何か異変でも？」

「冗談じゃあないよ。僕はてんから娘さんなど見はしない。彼女は、どこの部屋にもいやしなかった」

「ミドリさんがいなかったですって⁉」

三田村技手が聞き咎めた。すると東屋氏は、薄暗い蠟燭の灯に、大きな自分の影法師をニュ

ッとのめらしながら、

「うん、その代り、先刻《さっき》老人がここで見たと云う……あの赤いグニャグニャの幽霊に出会ったよ！」

五

やがて東屋氏は、驚いている私を尻目にかけ、三田村技手へ改まった調子で云った。

「ところで三田村さん。あなたは事件のあった直後に此処へ登って来られた時、階段の途中で風間さんに逢われたのでしたね。風間さんは、何か手に持っていませんでしたか？」

「……そう云えば、洋服の上着を脱いで、こう、右手に持っていられました」

「成る程。有難う。じゃあもう一つ訊かせて下さい。あの娘さんは、何歳《いくつ》ですか？」

「ええと、多分、二十八です」

「品行はどうですか？」

「えッ、品行？……ええ、いや、なんでも、大変利口な、いい娘《こ》だったそうですが……」

「いや、ここだけの話ですから、遠慮なく聞かせて下さい」

「はア……以前は、よかったんですが……それが、その……」と三田村技手はひどく困った風で、「……恰度去年の今頃の事でしたが、当時風間さんの宅に、暫く厄介になっていた或る貨物船の機関士と、好い仲になって、家を飛び出したのが抑《そもそも》よくなかったんです……なんでもその後、横浜あたりでどうにかやっていたそうですが、なんしろ相手がよくない船乗の事で、定石通り、子供は孕《はら》む、情夫《おとこ》には捨てられたと云う事になって、半年程前に、すごすご帰って来たんです」

「ふむ、それで……」

「……それで、大変朗かな娘さんでしたが、それからはガラッと人間が変ったようになりました……そんな風ですから、自然と父親の風間さんからも、なにかにつけて、いつも白い眼で視られていたようです。……全く、考えてみれば、気の毒です……」

そう云って三田村技手は、思わず自分の軽口を悔むような、いやあな顔をして両手を揉み合せた。けれども、いままでじっと聞いていた東屋氏は、やがて暗い顔を上げると、呟くように云った。

「……僕は、あの暴れ石のからくりを弄したものが、なんだか判りかけて来たようだ」

「いったいそれは誰れです！　娘さんですか、それとも……」

「勿論それは、娘のミドリさんだよ」

とそれから東屋氏は、傍の椅子へ静かに腰を下ろし、両膝に両肘を乗せて掌指《ゆび》を前に組合せ、躊躇《ためら》うように首を捻りながら、ボツリボツリと切り出した。

「……これは、どうも少し、臆測に過ぎるかも知れない……けれども、どうしても僕の想像は、こんな風にばかり傾いて来るんだ。それに、どうもロマンスと云う奴は、畑違いで僕には苦手だが、ま、……茲《ここ》に一人の、純真な燈台守の娘があったとする。或る時難破船から救い上げた一人の船員と、彼女は恋に陥る。ところが父親は非常に厳格な人で、娘のそのような気持を受《う》け容《い》れない。当然若い二人は、相携《あいたずさ》えて甘い夢を追い求める……けれども、やがて彼女の身に愛の実の稔る頃には、おとこの心は船に乗って、遠い国へ旅立つ……そしてひとすじの心を偽られた彼女は、堪え難い憎しみを抱いて、故郷へ帰る……けれども父親の冷いもてなしは、彼女の心を狂おしいまでに掻き立て、そして夜毎日毎に沖合を通る夢のような船の姿は、彼女の心に憎しみの極印を焼きつける。おとこへの憎しみは船乗りへの憎しみとなり、船乗りへの憎しみは船への憎しみとなり、船という船を沈めつくさんとしてか、とうとう厳しい掟を犯して船乗りの命の綱の燈台へ、海霧《ガス》の深い夜毎に、看守の居眠り時を利用して沙汰限りの悪戯をしかける……けれども、或夜とうとう看守にみつけられた彼女は、驚きの余り傍《そば》にありあわせた手斧を振るって看守の頭へ打下ろす。そして自分の犯した恐ろしい罪に戸惑いながらも、犯跡を晦《くら》ますために暴れ石のからくりを弄する……そうだ、これは又、前から組立てていた燈台破壊の計画と見てもいい……」

「じゃあ、いったい、あの恐ろしい化物はどうなるんです」

私は思わず口を入れた。

「そんなものはなかったよ」

「だって、あなた自身」

「まあ待ち給え。話をぶち毀さないで呉れ給え……あの親爺さんは、大変厳格で正直で責任感が強く、ただささえ白い眼で視ていた娘の、こんなにも大それた罪を許そう筈はない。けれども、それにも不拘《かかわらず》、物音を聞いて此処へ駈け登って来た瞬間から、老人の気持はガラッと変って、生涯に一度の大嘘をついて化物を捏造《ねつぞう》し、娘の罪を隠し始めたのだ」

「だってそうすると、この化物の狼藉の跡は、いったいどうなるんです。この怪しげな水や、三田村さんも確かに聞いたと云うあの呻声《うめきごえ》や、変な鳴き声は？」

「まあ聞き給え……ね、あの時、蠟燭をともして恐怖にわななきながら、その階段を登って来た老看守は、このランプ室でいったいなにを見たと思う？……破《わ》れた玻璃窓でもない。毀れた機械でもない。友田看守の死体でもない。いいかい。二人の生きた人間を見たのだよ！……恐ろしい罪を犯し、それを又厳しい父親にみつけられて、半狂乱で玻璃窓の外から、真逆様《まっさかさま》に海中へ飛び込んだ救うべくもない不幸な娘と、それから、もう一人……蛸《たこ》のようにツルツルでグニャグニャの、赤い、柔かな……そうだ、精神的なショックや、過労の刺戟のために、月満たずして早産《うま》れおちたすこやかな彼の初孫《ういまご》なんだ！……」

私は思わずハッとした。

——ああそうか、そうだったのか！　それでこそあの怪しげな呻声も、のたうつような戦慄陣痛の苦悶であり、奇妙な風船笛のような鳴き声も、すこやかな産声《うぶごえ》であり、怪しげな濁水《にごりみず》も、胎児の保護を了《お》えた軽やかな羊水であったのか、と我れながらいまさらのように呆れ返るのだった。そして可愛い初孫の顔を見た瞬間に、勃然として心の底に人間の弱さを覚えた風間老看守の心境も、なんだか、わかるような気が頻《しき》りにしはじめるのだった。

恰度この時、私の快い夢を破って、静かに扉《ドア》の軋《きし》む音が聞え、軈《やが》てうちしおれた老看守風間丈六が、腫《は》れぼったい瞼を暗い灯に鈍く光らせながら、悄然と入口に立現れた。

（〈新青年〉昭和十年十二月号）

動かぬ鯨群

一

「どかんと一発撃てば、それでもう、三十円丸儲けさ」

いつでも酔って来るとその女は、そう云ってマドロス達を相手に、死んだ夫の話をはじめる。捕鯨船北海丸《ほっかいまる》の砲手で、小森安吉《こもりやすきち》と云うのが、その夫の名前だった。成る程女の云うように、生きている頃は、一発銛《もり》を撃ち込む

度に、余分な賞与にありついていた。が、一年程前に時化《しけ》に会って、北海丸の沈没と共に行《ゆく》衛《え》が知れなくなると、女は、僅かばかりの残された金を、直ぐに使い果して、港の酒場で働くようになっていた。砲手は、捕鯨船では高級な船員だった。だから雑夫達と違って、ささやかながらも一家を支えて行くことが出来た。夫婦の間には、子供が一人あった。女は愚痴話をしながら、家

に残して来たその子供のことを思い浮べると、酔も醒めたように、ふと押黙って溜息をつく。最初のうちは、夢のように信じられなかった夫の死も、半歳一年と日がたつにつれ、追々ハッキリした意識となって、いまはもう、子供の為にこうして働きながら、酔ったまぎれに法螺《ほら》とも愚痴ともつかぬ昔話をするのが、せめてもの楽《たのし》みになっているのだった。

北海丸と云うのは、二百噸《トン》足らずのノルウェー式捕鯨船で、小さな合名組織の岩倉《いわくら》捕鯨会社に属していた。船舶局の原簿によると、北海丸の沈没は十月七日とあった。その日は北太平洋一帯に、季節にはいって始めての時化の襲った悪日だった。親潮に乗って北へ帰る鯨群《げいぐん》を追廻していた北海丸は、日本海溝の北端に近く、水が妙な灰色を見せている辺《あたり》で時化の中へ捲き込まれて了った。

最初に救難信号《エス・オー・エス》を受信《きき》つけたのは、北海丸から二十浬《カイリ》と離れない地点で、同じように捕鯨に従事していた同じ岩倉会社の、北海丸とは姉妹船の釧路丸《くしろまる》だった。釧路丸以外にも、附近を航行していた汽船の中には、その信号を聞きつけた貨物船が二艘あった。しかし、海霧《ガス》に包まれた遭難箇所は、水深も大きく、潮流も激しく、荒れ果てていて到底近寄ることは出来なかった。

小船の北海丸は、浸水が早く沈没は急激だった。海難救助協会《サルベージ》の救難船が、現場に馳せつけた頃には、もう北海丸の船影はなく、炭塵や油の夥しく漂った海面には、最初にかけつけた釧路丸が、激浪に揉まれながら為す術もなく彷徨《さまよ》っているばかりだった。

S・O・Sによれば、遭難の原因は衝突でもなければ、むろん坐礁、接触なぞでもなかった。ただ無暗《むやみ》と浸水が烈しく、急激な傾斜が続いて、そのまま沈没してしまった。しかし、まだ老朽船と云うほどでもない北海丸が、秋口の時化とは云え、何故そんなに激しい浸水に見舞われたのか、それは当の沈没船から発せられた信号によってさえも、聞きとることは出来なかった。捜査は、救難船と釧路丸の手によって続けられた。けれども時化があがって数日たっても、北海丸は発見されなかった。

それから、もう一年の月日が流れている。

根室《ねむろ》の港には、やがてまた押し迫って来る結氷期を前にして、漁期末の慌しさが訪れていた。

「どかんと一発撃てば、それでもう、三十円丸儲けさ」

夜になると底冷えがするので、もう小さな達磨《だるま》ストーブを入れた酒場では、今夜もまた女の愚痴話がはじまっていた。

「人間なんて、あてになるもんじゃないよ……ね、そうじゃない？　丸辰《まるたつ》のとっつぁん……」

「みんな、鯨の祟《たた》りだよ」

丸辰と呼ばれた沖仲仕らしい老水夫は、酒に焼けた目尻をものうげに起しながら、人々を見廻わすようにして云った。

「鯨の祟りだよ。仔鯨を撃つから、いけないんだ」

「とっつぁん。また、ノルウェー人かい？」

トロール漁船の水夫らしい男が、ヤジるように云った。
鯨の祟り――しかしそれは、一人丸辰の親爺だけではなく、北海丸の沈没の原因について、根室港の比較的歳取った人々の間に、もうその当時から交されていた一つの風説だった。まだ日本の捕鯨船にノルウェー人の砲手達が雇われていた頃から、その人達によって云い伝えられた伝説だった。

「仔鯨を撃つ捕鯨船には、必らず祟りがある」

宗教に凝った異邦人達は、そう云って仔鯨撃ちを恐れ拒んだ。尤もそれでなくても、鯨類の保護のために、仔鯨を撃つことは法律を以って固く禁ぜられていた。親鯨でさえもその濫獲を防ぐためには、政府は捕鯨船の建造を、全国で三十艘以内に制限しているのだった。しかし、捕鯨能率を高めるために、監視船の眼のとどかぬ沖合で、秘かに仔鯨撃ちも犯す捕鯨船は、時折りあるらしかった。

根室の岩倉会社には、二艘の持船が許されていた。北海丸と釧路丸がそれだった。そして海《ガ》霧《ス》の霽《は》れた夕方など、択捉《えとろふ》島の沖あたりで、夥しい海豚《いるか》の群に啄《も》まれながら浮流されて行く仔鯨の屍体を、うっかり発見《みつ》けたりする千島《ちしま》帰りの漁船があった。丸辰流に云えば、その鯨の祟りを受けて、北海丸は沈没した。そしてもう、一年の月日が流れてしまった。岩倉会社は、損害にもひるまず、直ぐに新らしい第二の北海丸を建造して、張り切った活躍を続けているのだった。

丸辰の親爺は、酒に酔っぱらった砲手の未亡人が、客を相手に愚痴話をはじめだすと、きまって鯨の祟り——を持出す。そして話がそこまで来ると、殆んど船乗りばかりのその座は、妙に白けて、皆ないやアな顔をして滅入り込むのが常だった。

今夜も、とどのつまり、それがやって来た。

海から吹きつける海霧《ガス》が、根室の町を乳色に冷くボカして、酒場の硝子窓には霜のような水蒸気が、浮出していた。真赤に焼けたストーブを取巻いて、人々は思い出したように酒を飲んだ。冷くさめ切った酒だった。

外には薄寒い風が、ヒューヒューと電線を鳴らして、夜漁の船の発動機がタンタンタンタンと聞えていた。なぜか気味の悪いほど、静かな海霧《ガス》の夜だった。人々は黙りこくって、苦い酒を飲み続けた。

けれども、そうした白けきった淋しさは、永くは続かなかった。

全く不意の出来事であったが、いままで酒臭い溜息をもらしながら、ボンヤリ人々の顔を見廻していた砲手の未亡人が、突然ジャリンと激しく器物を撒き散らしながら、テーブルを押し傾げるようにして立ちあがった。顔色は土のように青褪め、恐怖に見開らかれたその眼は、焼きつくように表の扉口《ドア》へ注がれている。

水蒸気に濡れたそこの硝子扉《ど》には、幽霊の影がうつっていた。——ゴム引きの防水コートの襟を立てて、同じ防水帽を深々とかむった影のような男が、外から硝子扉《ど》にぴったり寄添って、蓬々《ぼうぼう》に伸びあがった髯面を突出しながら、憔悴しきった金壺眼《かなつぼまなこ》で、きょろきょろとおびえるように屋内を見廻していたが、直ぐに立上った女の視線にぶつかると、こっそり眼配《めくばせ》でもするように顎《あご》をしゃくって、そのまま外の闇へ消えてしまった。

それは沈没船北海丸の砲手、死んだ筈の小森安吉だった。

二

酒場の中では、人々が総立ちになった。

「お前の、亭主じゃないか」

丸辰が、すっかり酔のさめた調子で云った。若い水夫が、顫え声で、

「人違いだろう?」

「いや、人違いじゃあねえ。わしは、この根室に出入する男の顔は、今も昔も、一人残らず知っている」丸辰は、立ちあがりながら、「あいつア、確かに北海丸の安吉だ」

「じゃア、生残っていたんか」

「助かって、今頃帰って来たんかな」

けれどもやがて女は、ものも云わずに、扉口《とぐち》のほうへ馳けだして行った。人々もその後から

た。

雪崩《なだれ》を打って押しかけた。霧の戸外へ向った扉《ドア》がサッと開けられると、最初に飛出した女は、仄白くボヤけた向うの街燈の下を抜けて、倉庫の角を波止場の方へ折曲って行った男の影を見た。

「私の勝手にさしといておくれよ」

女は、雪崩出ようとする男達を振切って、そのままバタバタと影の男を追い出した。

倉庫の蔭を曲ると、乳色の海霧《ガス》が、磯の香《か》を乗せて激しく吹きつけて来た。男は猶《なお》も歩き続けた。幾つかの角を曲って、漁船の波止場に近い鰊《にしん》倉庫の横まで来ると、男はやっと立止って、臆病そうに辺りを見廻し、黙って馳け寄って来た女の方へ振返った。

それは幽霊でも何でもない、正真正銘の小森安吉だった。霧に濡れてかそれとも潮をかぶったのか、全身濡れ鼠になっていた。女は躍りかかるようにして、抱きついて行った。

けれども生き帰って来た安吉は、以前の安吉とはまるでガラッと変っていた。短い間にも、女には直ぐにそれがわかった。

「おれが帰って来たことは、誰にも云って呉れるな」

兎に角落付かないから家へ這入ろう――女はそう云ってすすめるのだが、安吉は、再び辺りをきょろきょろと見廻して、

「ダメダメ、おれは狙われてるんだ。家なんか、帰れるものか」

そして妻の肩を両手でかかえるようにさすりながら、声を改めて、

「時坊《ときぼう》は、大きくなったろうな？」

「そりゃお前さん……だが、いったい誰に狙われてるんだよ」

しかし安吉は、それには答えもしないで、

「ああ時坊に逢わして呉れ。おれは、むしょうに子供に逢い度いんだ」と再びおびえたように辺りを見廻し、「家へはとても帰れない。ここに隠れてるから、ここまで、子供を連れて来て呉れんか。それから、一緒に逃げて呉れ」

妻が言葉も継げずに、呆気にとられてためらっていると、安吉はかぶせるように続けた。

「とてつもない、恐ろしい陰謀なんだ。おれはもう、海を見るのさえ恐ろしくなった。……こうしてるのも、やりきれん。おい、早く逃げ仕度をして、時坊を連れて来て呉れ。わけは、それからゆっくり話す」

北海丸と一緒に海の底へ沈み込んで、死んで了ったと思われていた夫の安吉が、全く不意に帰って来た。そして、どこをどんなにして一年を過して来たのか、何者かを激しく恐れながら、子供を連れて一緒に逃げて呉れと云う。驚きと喜びと、不安の一度に押寄せた思いで、たった今まで沈滞した諦めの中に暮していた女は、激しい動揺とためらいに突落されたのだった。

けれども、やがて女は決心したように夫の側を離れると、云われるままに町外れの、小さな二階借の自宅へ引返して来た。そして半ば夢見るような気持で、まだろくに歩けもしない子供を背負ったり、いつも子供を預って貰う階下《した》の小母《おば》さんに、それとない別れを告げたりするうちに、少しずつ事態が呑み込めるようになって来た。

いままでは、まるで家庭など眼中になく、勝手放題に振舞っていた強がり屋の安吉が、どんな恐ろしい目に合ったのか、突然帰って来ると妻子を連れて逃げ出そうと云う。そこには、よくよくの事情があるに違いない。沈没船から生帰って来たと云うだけでも、それはもう大きな秘密だ。——考えるにつれて、女には夫の立場が異様に切迫したものに思われて来て、身の廻りの品を纏《まと》めると、そのままそそくさと霧の波止場へ急いだ。

歩きながらも、安吉を包む秘密への不審と不安は、追々高まって、安吉の云った「とてつもない恐ろしい陰謀」が影もなく浮上ったかと思うと、丸辰の「鯨の祟り」が思い出されたりして、それ等が一緒になって、今度は今のままの安吉の体へ、直接の不安を覚えるようになって来た。

しかし、その不安は、全く適中していた。恰度その頃鰊倉庫の横丁では、とり返しのつかない恐ろしい惨劇が持上っていたのだ。

酒場《みせ》の前を避けるようにして、露次《ろじ》伝いにさっきの場所まで引返して来た女は、そこの街燈に照された薄暗《うすやみ》の中で、倉庫の板壁へ宮守《やもり》のようにへばりついたまま、血にまみれた安吉の無残な姿をみつけたのだった。鯨のとどめを刺すに使う捕鯨用の鋭い大きな手銛《てもり》で、虫針に刺された標本箱の蛾のように板壁へ釘づけにされた安吉へ、女が寄添うと、断末魔の息の下から必死の声を振絞って、

KON

「く、く、釧路丸の……」

とそこまで呻《うめ》いて、あとは血だらけの右手を振上げながら、眼の前の羽目板へ、黒光りのする血文字で、

――船長《マスター》だ――

と、喘《あえ》ぎ喘ぎのたくらして行った。そしてそのまま、ガックリなってしまった。

三

根室の水上署員が、弥次馬達を押分けるようにして惨劇のその場に駈けつけたのは、それから三十分もあとの事だった。

倉庫の横の薄暗い現場の露次には、激しい挌闘の後が残されていた。板壁に釘づけにされるまでに、もう安吉はかなりの苦闘を続けたと見えて、全身一面に、同じ手鈷の突創《つききず》がいくつも残されていた。激しい手傷を受けて、思わず板壁によろめきかかった安吉に、背後から最後のとどめを突刺して、そのまま犯人は逃げ去ったものらしい。

取外された屍体は、直ぐに検屍官の手にうつされたが、しかしこれと云う持物はなにもなく、安吉がどこをどんなにして歩き廻っていたか、恐ろしい秘密を物語るような手掛は、一つも残

っていなかった。

今度こそ本当に未亡人になった女と、丸辰の親爺、それから最初酒場の扉口《とぐち》に安吉を見たマドロス達は、その場で一応の取調べを受けた。丸辰は、自分の見ただけのことを勝手に喋舌《しゃべ》って、それから先が判らなくなると、「鯨の祟り」を持出した。そいつの尻馬に乗ってマドロス達は、同じように勝手な憶測ばかり撒き散らして、なんの役にも立たなかった。しかし安吉の妻の陳述によって、その不満は半ば拭われ、警官達には、事件の外貌だけがあらまし呑み込めて来た。

重なる異変に気も心もすっかり転倒しつくした安吉の妻は、夢うつつで後さきもなく、夫の断末魔の有様を述べて行ったが、述べ進むにつれて少しずつ気持が落付いて来ると、最初生き帰って来た夫の何者かを恐れているらしい不可解な態度や、あわただしい自分の逃げ仕度など、繰《たぐ》り出すようにしながら、兎も角も首尾を通して説明することが出来るようになって来た。

やがて、根室の町から港へかけて、海霧《ガス》に包まれた闇の中に、非常線が張られて行った。安吉の告げ残した「釧路丸」と云えば、同じ岩倉会社の姉妹船で、北海丸が去年の秋に沈没した折、いち早く救助に駈けつけた捕鯨船ではないか。その船の船長が、安吉の殺害犯人なのだ。手配は直ぐに行届いて、峻厳な調査がはじめられた。

すると、真ッ先に海員紹介所から、耳よりな報告がはいった。

それによると、恰度惨劇の起った時刻の直後に、灰色の大きなオーバーを着た恰幅のいい船《マス》長《ター》級の男が、砲手の募集にやって来たが、時間外で合宿所のほうへ廻ると、そこにゴロゴロしていた失業海員の中から、砲手を一人雇って行ったと云うのだ。その船長《マスター》は、なにか事ありげに落付きがなく、顔を隠すようにしていたが、玄関口で雇入れの契約中を立聞きした一人のマドロスは、乗込船の名を、確かに釧路丸と聞いた。

そこで、波止場の伝馬船《てんません》が叩き起されて、片ッ端から虱潰しに調べられた。けれども、新しい砲手を雇った船長《マスター》は、まだ陸地にうろついているのか、それとも自船の伝馬で往復したのか、それらしい客を乗せて出た伝馬は一艘もいなかった。しかし、その調べのお蔭で、もう一つの新らしい報告が齎《もた》らされた。

それは、宵の口に帰港した千島帰りの一トロール船が、大きなうねりに揺られながら、海霧《ガス》の深い沖合に錨《いかり》をおろしている釧路丸を見たと云う。

水上署の活動は、俄然活気づいて来た。

齎らされた幾つかの報告を組合して、小森安吉を殺した釧路丸の船長は、海員合宿所から一人の砲手を雇うと、早くも自船の伝馬船に乗って、沖合に待たしてあった釧路丸へ引挙げたことが判って来た。

執拗な海霧《ガス》を突破って、水上署のモーターは、けたたましい爆音を残しながら闇の沖合へ消えて行った。

けれども、追々に遠去かって行ったその爆音は、どうしたことか十分もすると、再びドドドドドド……と鈍く澱《よど》んだ空気を顫わして、戻り高まって来た。と思うと、今度は右手の沖合へ、仄明《ほのあか》るくサーチライトの光芒《ひかり》をひらめかして、大きく円を描きながら消え去って行った。消え去って行ったのだがやがてまた今度は左の方に舞い戻り、舞い戻ったかと思うと戻り詰めずに再び沖合へ……

釧路丸は、もうとっくの昔に錨を抜いていたのだ。

四

「おい、美代《みよ》公。元気を出せよ」

翌る日の午下《ひるさが》り。夜でさえまともには見られない疲れ切ったその酒場へ、のっそりとやって来た丸辰の親爺は、そこの片隅で、睡《ね》不足の眼を赤く濁らせ、前をはだけて子供に乳を飲ませながらしょげ込んでいた安吉の妻へ、そう云って笑いながら声をかけた。

「まア、悪い夢でも見たと思って、諦めるんだぜ」

けれども、女が黙り込んでそれに答えないと、いままでカウンターに肱を突いて、女と話し込んでいたらしい酒場《みせ》の亭主のほうへ、向き直りながら話しかけた。

「昨夜《ゆんべ》の、水上署の大縮尻《おおしくじり》を、見ていたかい。沖でグルグルどうどうめぐりよ。見てるほうで気が揉めたくらいだった。……いやしかし、どうもこいつア、思ったよりも大きな事件になるらしいぜ」

「いったい、どうなったんかね？」

亭主が乗出して来ると、丸辰は側のガタ椅子を引寄せて腰掛けながら、

「まんまと釧路丸に逃げられて、今度は、各地の監視船へ電信を打ったんだ。つまり、みつけ次第釧路丸をひっつかまえるように、頼んだわけさ」

「ほウ、水上署から、水産局の監視船へ、事件が移牒《うつ》されたってわけだね？」

亭主が不精髯をなで廻した。

「うン、まアそんなこったろ……だが、なんしろ海は広いんだから、まだみつからない……ところが、一方そうして監視船に海のほうを頼んだ警察は、それから直ぐに、岩倉さんの事務所を叩き起したんだ。ところが、宿直の若僧が寝呆けていてサッパリはか《い》が行かないと、業を煮やして、今度は署長が自身乗り出して、社長邸へ乗り込んで、岩倉さんにジカに面会を申込んだわけさ……ここまでは、まずいい。ところがここから先が、面倒なことになったんだ。と云うのは、なんでも岩倉の大将、ことが面倒だとでも察したのか、頭が痛むとかなんとか云って、逃げたがったんだそうだ。が、まアしかし、結局行会《ゆきあ》って、署長から、これこれ云々《しかじか》と一部始終を聞き終ると、どうしたことかサッと顔色を変えて、なんだか妙にうろたえながら、『そいつはなんかの間違いだ。釧路丸は、いまは根室附近になぞおりません』と云うようなことを、

答えたんだそうだよ」

「ふム、成る程。あの大将、なかなかの剛腹者だからな……それで、いったい釧路丸は、どっちの方面へ出漁《で》ているって云ったんかね？」

「うんそれが、なんでも朝鮮沖の、鬱陵島《うつりょうとう》の根拠地へ出張《でば》ってるんだそうだ。成る程あそこは、ナガス鯨の本場だからな」

「へエー？　だがそれにしても、鬱陵島とは、大分方角が違っとるね」

「いや、兎に角それで」と丸辰は手の甲でやたらに口ばたをコスリながら、「もうその時署長は、どうも岩倉の大将の云うことは、おかしいなとは思ったんだが、どの途《みち》その場ではケジメもつけかねて、まず一応引きあげた。引挙げてそれから直ぐに、鬱陵島のほうへ電信を打った。岩倉の大将の云ったことは本当か嘘か、いや嘘には違いなかろうが、そこんとこに何かごまかしがありはしないか、それが嘘だと云う証拠を握らねばと云うので、抜からず調べて貰った。返事は向うの警察から直ぐにやって来た。ところがどうだい、まず大将の云うように、岩倉会社の釧路丸は、当地を根拠地にして、一ケ月ほど前から来とることは確かだ、が、しかし、今はいない。三日ほど前から出漁中で、まだ帰っていないってんだよ。いいかい、つまり事件のあった昨日の前々日から、向うの根拠地を出漁したと云うんだぜ。出漁したんだから広い海へ出たんだ。どこの海でどんな風にして捕鯨をしとったか、果してあそこらの海でうろうろ鯨を追っていたのかどうか、さアそいつは誰も見ていた人はないんだから、流石《さすが》の岩倉社長も証明することは出来ないよ」

「いよいよ怪しいな」

「うン、怪しいのはそれだけじゃアない。問題はその釧路丸が、事件のあった昨晩、海霧《ガス》の深い根室《ここ》の港へやって来て、それも人目を忍ぶようにしてこっそり沖合にとまっていたと云うんだから、こいつア変テコだろう。おまけに、その釧路丸の調査について、署長の訪問を受けた岩倉の大将が、サッと顔色を変えて、妙にうろたえはじめたってんだから、いよいよ以ってケッタイさ。つまり岩倉の大将も、釧路丸は日本海にいるなんて云って、根室へこっそり帰って来たことは、出来るだけ隠したい気持なんだ。こいつが、警察の見込みを、すっかり悪くしてしまった」

「そりゃそうだろう」と亭主は身をそらして腕を組みながら、「そんな風じゃ、岩倉の見込みの悪くなるのも、ムリはないな……どうもこいつア、成る程大きな事件になりそうだな。なにかがあるぜ。そこんとこに……」

「うン大有りだ。確かになにかがある……どうも、俺の思うには、あの北海丸が沈んだ時に、生き残った砲手の安吉が、いったいどうして釧路丸なんかに乗り込んでたか、ってのがまず問題だと思うよ……むろん俺は安吉が、大ッぴらで釧路丸に乗ってたのなんか、見たことアないが、昨夜、安吉を殺した釧路丸の船長《マスター》が、代りの砲手を雇って消えたってんだから、いま迄安吉は、釧路丸に乗り込んでいたってことに、ま、理窟がそうなる」

「待ちなよ……」とこの時亭主は首を傾げながら、「あの北海丸が沈んだ時に、一番先に駈けつけたのが釧路丸だったんだから……そうだ。安吉は、運よく釧路丸に救い上げられたんじゃアないかな？」

するとと今まで、気の抜けたようにボンヤリして、二人の話を聞いていた安吉の妻が、顔を上げて云った。

「お前さん。それならなぜ安吉は、直ぐその時に、救けられたって、喜んで帰って呉れなかったのさ」

「う、そこんとこだよ」と丸辰が弾んで云った。「救けられても、直ぐに帰って来なかったと云うんだから、俺ア、そこんとこに、なにかこみ入った事情があると思うんだ。帰って来たくなかったのか……それとも、帰り度くても帰れなかったのか？」

「まさか、監禁されてたわけでも……」と亭主は不意に顔色を変えて、「おい、とっつぁん。……北海丸は、どうして、何が原因で沈んだんだったかな？」

「え？　なんだって？」と丸辰は、顔をしかめて暫く考え込んだが、「……まさか、お前は、釧路丸が故意に北海丸を……いや、なんだか気味の悪い話になって来たぞ……こいつアやっぱり、鯨の祟りが……」

そう云って、ふと口を噤《つぐ》んでしまった。

表扉《おもてど》を開けて、若いマドロスが二人はいって来た。椅子について顎をしゃくった。安吉の妻が煩わしそうに立上って、奥へはいってしまうと、亭主は起直って、客のほうへ酒を持って行った。

「しかし、とっつぁん。どうして又お前さんは、そんなに詳しく警察のほうの事情が判ったんだい？」

再び元の席へ帰って来た亭主は、調子を改めてそう云った。すると丸辰は、思いついたように昂然と気どって、

「いや、それだよ……実は、白状するが、今夜から俺は、監視船に乗って、釧路丸を捜す探偵の仲間入りをするんだ」

「なんだって？　お前が監視船に……」

「うン、頼まれたんだ」と丸辰は勿体ぶって、「実は、さっきに警察から、俺んとこへ依頼が来たんだ。それで、東屋《あずまや》って人に会って来たんだがな。その人は、内地の水産試験所の所長さんだそうだが、恰度根室へ鱈漁場《たらりょうば》の視察に来ていて、今度の事件を聞き込むと、なんか目論見でもあるのか、とても乗気になって、一役買って出たんだそうだ。それで、今夜オホツクから廻されて来る監視船に、乗り込むんだが、それについて、なんでも船乗りの顔に詳しい男が欲《ほ》しいってわけで、この丸辰が呼ばれたんだ」

「へえー？　そりゃ又、えらい出世をしたもんだな」

「うん。しかし、あの東屋って人に、果して釧路丸をつかませても、鯨の祟りが判るかどうか

はアテにならんよ。俺も、監視船へ乗込むんだから、この仕事には、大いに張合があるわけさ……そうだ、もうそろそろ、乗込みの仕度をしとかんならん。親爺、酒だ。酒を持って来てくれ！」

妙に、鼻息が荒くなって来た。

五

北太平洋の朝ぼらけは、晴れとも曇りとも判らぬ空の下に、鉛色の海を果てしもなく霞《かす》ませて、ほのぼのと匂やかだった。

昨夜根室を出た監視船の隼丸《はやぶさまる》は、泡立つ船首《みよし》にうねりを切って、滑るような好調を続けていた。船橋《ブリッジ》には東屋氏を始め、船長に根室の水上署長、それから丸辰の親爺たちが、張り切った視線を遠くの海へ投げかけていた。中甲板の船室では、数名の武装警官達が、固唾を飲んで待ち構える。

こんなに広い海の真ン中で、果して釧路丸が発見《みつ》かるだろうか？　その予想は見事に当って、隼丸は、そのまま緊張した永い時間を過すのだった。

けれども、午後になって遙かな舷《ふなべり》の前方に、虹のように見事な潮を吹き続ける鯨群をみつけると、今まで無方針を押通した東屋氏の態度がガラリと変って、不意に隼丸は、ひとつの固定した進路に就くのだった。

「うまく発見《みつ》かった。あの鯨群を見逃さないように、遠くから跡をつけて下さい」

東屋氏は続けて命じた。

「それから、無線電信《むでん》を打って下さい。電文は——捕鯨船ニ告グ、東経152、北緯45ノ附近ヲ、北北東ニ向ウ大鯨群アリ——それほどの大鯨群でもないんだが」と東屋氏は笑いながら、「そうそう、序《ついで》に発信者を——貨物船えとろふ丸——とでもしといて下さい」

「えとろふ丸、はよかったですね」

船長が苦笑《にがわらい》した。

「いや、こんな場合、うそも方便ですか。釧路丸の船長《マスター》は、代りの砲手を雇ったんですから、鯨と聞いたら、じッとしてはいませんよ」

間もなく船は、スピードをグッと落して、遠くに上る潮の林を目標《めじるし》にして、見え隠れ鯨群のあとをつけるのだった。船足は、のろのろと鈍くなったが、船の中の緊張は、一層鋭く漲《みなぎ》り渡って来た。

東屋氏は、双眼鏡《めがね》を持って、グルグルと水平線を見廻していたが、やがてひと息つくと、水上署長へ、

「昨晩お訊ねしたあの釧路丸の最高速度ですね。あれは、確かに十二節《ノット》ですね？」

「間違いありません」

署長が、気どって云った。

東屋氏は頷きながら、今度は船長へ、

「鬱陵島から根室まで、最短距離をとって、八百浬《カイリ》もありますか?」

「そうですね。もっとあるでしょう。八百……五六十浬《カイリ》も、ありますかな? しかしそれは、文字通りの最短距離で、実際上の航路としては、それより長くはなっても、短いことはありませんよ」

「ああ、そうですか」

東屋氏は、再び双眼鏡《めがね》を覗き込む。

雲の切れ目から陽光《ひかげ》が洩れると、潮の林が鮮かに浮きあがる。どうやら仔鯨を連れて北へ帰る、抹香鯨《まっこうくじら》の一群らしい。船は、快いリズムに乗って、静かに滑り続ける。

やがて一時間もすると、無電の効果が覿面《てきめん》に現れた。最初右舷の遙か前方に、黒い小さな船影がポツンと現れたかと思うと、見る見る大きく、捕鯨船となって、その鯨群を発見《みつ》けてか、素晴らしい速力《そくど》で潮の林へ船首を向けて行った。

「さア、あの船に感づかれないように、もっと、うんとスピードを落して下さい」

隼丸は、殆んど止まらんばかりに速度を落した。人々は固唾を呑んで双眼鏡《めがね》を覗いた。捕鯨船は、見る見る鯨群に近付いて、早くも船首にパッと白煙を上げると、海の中から大きな抹香鯨の尻穂《しっぽ》が、瞬間跳ね曲って、激しい飛沫を叩きあげた。――併《しか》し、人々は、苦笑しながら双眼《め》鏡《がね》を外した。その船は、釧路丸ではなかったのだ。

「どうも、仕方がないですな。しかし、違犯行為はありませんか？」

「まア見てやって下さい。間違いないようですよ」

やがて捕鯨船は、両の舷側に大きな獲物を浮袋のようにいくつも縛りつけて、悠々と引きあげて行った。

鯨群は、再び浮き上って進みはじめた。隼丸は、もう一度根気のよい尾行を続ける。

それから、しかし、一時間しても、第二の捕鯨船は現れない。東屋氏の眉宇《びう》に、ふと不安の影が掠めた。――もしも、このままで釧路丸が来なかったとしたら、夜が来る。夜が来れば、大事な目標の鯨群は、いやでも見失わねばならない。東屋氏はジリジリしはじめた。

ところが、それから三十分もすると、その不安は、見事に拭われた。左舷の斜め前方に、とうとう岩倉会社特有の、灰色の捕鯨船が現れたのだ。うっかりしていて、最初船長がそれを発見《みつ》けた時には、もうその船は鯱《しゃち》のような素早さで、鯨群に肉迫していた。

隼丸は、あわてて速度を落す。幸い向うは、獲物に気をとられて、こちらに気づかないらしい。益々近づくその船を見れば、黒い煙突には〇のマークが躍り、船側《サイド》には黒くまぎれもない釧路丸の三文字が、鮮かにも飛沫に濡れているのだった。

ダーン……早くも釧路丸の船首には、銛砲《せんぽう》が白煙を上げた。東屋氏が合図をした。隼丸は矢

のように走りだした。

「おや」と船長が固くなった。「あいつ、犯《や》っとるな。仔鯨撃ちですよ」

「恐らく常習でしょう」東屋氏が云った。

釧路丸では、ガラガラと轆轤《かぐらさん》に銛綱《せんこう》が繰られて、仔鯨がポッカリ水の上へ浮上った。するとこの時、前檣《マスト》の見張台にいた男が、手を振ってなにやら喚き出した。近づく隼丸に気づいたのだ。と、早くも釧路丸は、ググッと急角度で左舷に迂廻しはじめた。

隼丸の前檣《マスト》に「停船命令」の信号旗が、スルスルと上った。時速十六節《ノット》の隼丸だ。――捕鯨船は、戦わずして敗れた。

近づいてみると、鯨群は思ったよりも大きかった。

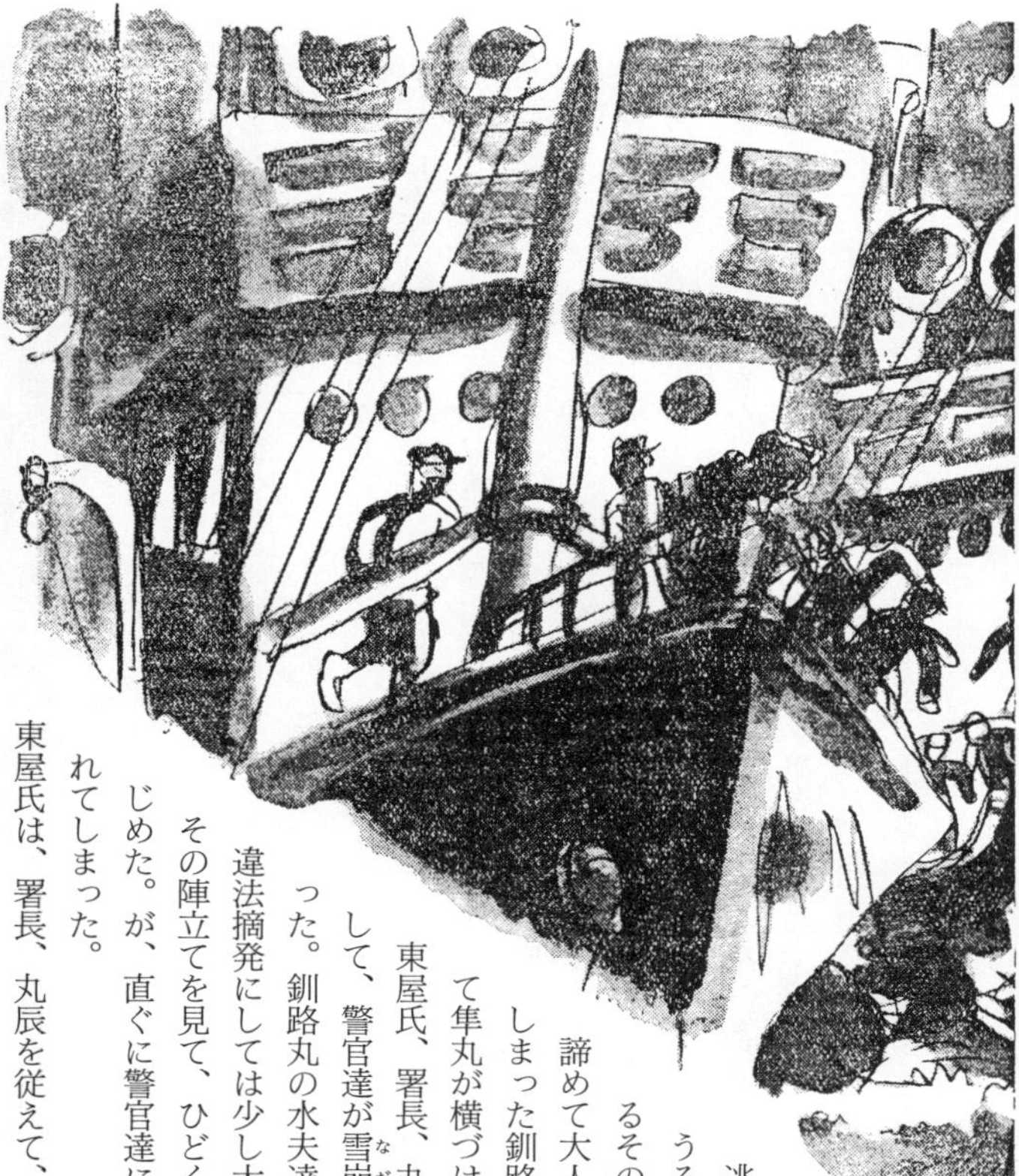

逃げもせずにうろうろしているその鯨達の中に、諦めて大人しく止ってしまった釧路丸へ、やがて隼丸が横づけになると、東屋氏、署長、丸辰を先頭にして、警官達が雪崩《なだ》れ込んで行った。釧路丸の水夫達は、ただの違法摘発にしては少し大袈裟過ぎるその陣立てを見て、ひどくうろたえはじめた。が、直ぐに警官達に依って包まれてしまった。

東屋氏は、署長、丸辰を従えて、船橋《ブリッジ》へ馳け

登って行った。そこには運転手らしい男が、逃げまどっていたが、東屋氏が、

「船長《マスター》を出せ！」

と叫ぶと、

「知らん！」

と首を振って、そのまま甲板《デッキ》へ飛び降りた。が、そこで直ぐに警官達と格闘が始った。その様を見ながら、どうしたことかひどくボケンとしてしまった丸辰を、東屋氏はグイグイ引張りながら、船長《マスター》の捜査を始めだした。

船長室にも無電室にもみつからないと、東屋氏は、船橋《ブリッジ》を降りて後甲板の士官室へ飛込んだ。が、いない。直ぐ上の、食堂にも、人影はない。――もうこの上は、船首《おもて》の船員室だけだ。

東屋氏は、丸辰と署長を連れて、前甲板のタラップを下り、薄暗い船員室の扉《ドア》の前に立った。耳を澄ますと、果して人の息使いが聞える。東屋氏は、すかさず扉《ドア》をサッと開けた。――ガチャンと音がして、室《へや》の中の男が、ランプにぶつかって大きな影をゆらゆらかしながら、向うへ飛び退《の》いて行った。けれども次の瞬間、激しく揺れ続ける吊ランプの向うで、壁にぴったり寄添いながら、眼を瞋《いか》らし、歯を喰いしばって、右手に大きな手銛《てもり》を持ってハッシとばかりこちらへ狙いをつけたその船長《マスター》を見た時に、丸辰がウワアアと異様な声で東屋氏にだきついた。銛が飛んで、頭をかすめて、後ろの壁にブルンと突刺さった。が、署長の手にピストルが光って、直ぐに手錠のはまる音が聞えると、丸辰が顫え声を上げた。

「そ、その男は、死んだ筈の、北海丸の船長《マスター》です！」とゴクリと唾を呑み込んで、肩で息をしながら、「そ、それだけじゃアない……いやどうも、さっきから変だと思ったが、あの運転手も、それから、甲板《そと》で捕まった水夫達も、ああ、あれは皆んな、死んだ筈の北海丸の乗組員です！」

「な、なんだって？」あとから飛び込んで来ていた隼丸の船長が、蒼くなって叫んだ。「飛んでもないこった。じゃア、いったい、それが本当だとすると、釧路丸の船員達は、どうなったんだ？」

するとこの時、いままで黙っていた東屋氏が、振返って抜打ちに云った。

「釧路丸は、日本海におりますよ」

「え⁉」

船長がタジタジとなった。

「ああ、ご尤もです」と東屋氏は急にすまなそうに首を振りながら、「いや申上げます。なんでもないんですよ。……あなたは、釧路丸の最高速度を、十二節《ノット》と再三云われましたね……問題は、それなんですよ。ま、考えて見て下さい。その十二節《ノット》の釧路丸は、鬱陵島の警察からの報告によれば、殺人事件の前々日に、あの島の根拠地を出漁したんでしょう？……ところが、鬱陵島から根室までは、最短八百五十浬《カイリ》もあります。それで、釧路丸が最高速度で走ったとしても、ええと……七十時間、まる三日はかかるんですよ……いいですか、つまり殺人のあった晩に根室へはいった船は、断じて釧路丸ではないんです」

船長は、紙のように白くなりながら、喘ぎ喘ぎ云った。

「じゃア、いったい、この船は？」

「この船は、去年の秋に、日本海溝附近で沈んだ筈の、北海丸ですよ」

「……」

皆が呆れはてて黙ってしまうと、東屋氏は、やおらタラップを登りながら、切りだすのだった。

「いや、捕鯨史始って以来の、大事件です……実はこう云う私も、この丸辰さんに船長《マスター》を鑑定させるまでは、その確信も八分《ぶ》位いしかなかったんですがね……時に船長。捕鯨船の法定制限数は、三十隻でしたね。いやこれは、私の組立てた意見なんですが、——あの岩倉会社の大将は、二隻に制限されている自分の持船を、三隻にしたんですよ。つまり、幹部船員達と共謀して、一年前に北海丸の偽沈没を企てたんです。あの嵐の晩に、船側《サイド》の名前を書き変えて、まんまと姉妹船の釧路丸に偽装した北海丸は、勝手に油や炭塵を海に流し、贋《にせ》の無電を打って、さていち早く救助に駈けつけた釧路丸のような顔をしながら、サルベージ協会の救難船と一緒に、自分の幻を二日も三日も涼しい顔で探し廻ったんですよ……どうも呆れた次第ですが、……そうして、やがて船舶局には、北海丸の沈没が登録され……そうだ、私の考えでは、恐らく今度新造された新らしい北海丸なぞ、前の北海丸の保険金で出来たんじゃアないかと思いますね……兎に角、そうして岩倉会社は、表面法律で許された二隻の捕鯨船で、その実、三隻それも一隻はぬけぬけと脱税までして、能率を上げていたんですよ……ところが、この釧路丸は贋物なんですから、船員の口から秘密の洩れるのを恐れて、まず根室の附近へは、絶対に入港も上陸も許さなかったんでしょう。むろん船員達は、荒男の集まりだけに、金にさえなれば根室なんかどうでもいい。一匹千円からする鯨のほうが、どれだけいいか判らない――とまア、そんなわけで、かれこれ一年たってしまいます。……ところが、ここに困った事は、独り者の船員達はとも角も、根室に妻子を置いてある砲手の小森ですよ。むろんあの男も、始めは他の船員達と同じ気持だったんでしょうが、段々日を経るにつれて、心の中に郷愁が芽生える。しかし船長《マスター》は、危険を覚えて、絶対に妻子のところへ帰さない。が、盛上る感情って奴は、押えたって押え通せるものではないですよ……根室の近くへ漁に来たチャンスを摑んで、とうとう小森砲手は、脱走してしまったんです……」

「ふーム」と船長《マスター》が始めて口を切った。「成る程、それで、あとをつけた船長《マスター》の手で、あの惨劇が起されたわけですね。……いや、よく判りました。実に御明察ですわい」

船長は、甲板に立って、改めて辺りを見廻すのだった。

海には、まだ大きな鯨共が、逃げもせずにグルグルと船の周囲《まわり》をまわっていた。それは不思議な景色だった。捕われた捕鯨船の船首砲には、その大きな鯨共を撃つための第二の銛《もり》が、用意されたままになっていた。老獪な船長《マスター》は、そうした不思議な鯨共を容易《たやす》く撃ち捕るために、密かに禁止された仔鯨撃ちを、永い間安吉に命じていたのだった。

仔鯨がいると親鯨はのろい。一年前の安吉のように、子供を置いてけぼりになど絶対にしないのである。

（〈新青年〉昭和十一年十一月号）

花束の虫

一

岸田《きしだ》直介《なおすけ》が奇怪な死を遂げたとの急報に接した弁護士の大《おお》月対次《つきたいじ》は、恰度忙しい事務もひと息ついた形だったので、秘書の秋田《あきた》を同伴して、取るものも不取敢《とりあえず》大急ぎで両国《りょうごく》駅から銚子《ちょうし》行の列車に乗り込んだ。

岸田直介――と言うのは、最近東京に於て結成された瑪瑙《めのう》座と言う新しい劇団の出資者で、大月と同じ大学を卒《お》えた齢若い資産家であるが、不幸にして一人の身寄をも持たなかった代りに、以前飯田《いいだ》橋《ばし》舞踏場《ホール》でダンサーをしていたと言う美しい比露子《ひろこ》夫人とたった二人で充分な財産にひたりながら、相当に派手な生活を営んでいた。もともと東京の人で、数ケ月前から健康を害した為、房総《ぼうそう》の屛風浦《びょうぶがうら》にあるささやかな海岸の別荘へ移って転地療養をしてはいたが、その後の経過も大変好く最近では殆ど健康を取戻していたし、茲《ここ》数日後に瑪瑙座の創立紀念公演があると言うので、関係者からはそれとなく出京を促されていた為め、一両日の中《うち》に帰京する筈になっていた。が、その帰京に先立って、意外な不幸に見舞われたのだ。——勿論知己と迄言う程の深いものではなかったが、身寄のない直介の財産の良き相談相手であり同窓の友であると言う意味に於て、だから大月は、夫人からの悲報を真っ先に受けたわけである。

冬とは言え珍らしい小春日和で、列車内はスチームの熱気でムッとする程の暖かさだった。銚子に着いたのが午後の一時過ぎ。東京から銚子迄にさえ相当距離がある上に、銚子で汽車を降りてから屛風浦附近の小さな町迄の間がこれ又案外の交通不便と来ている。だから大月と秘書の秋田が寂しい町外れの岸田家の別荘へ着いた時には、もうとっくに午後の二時を廻っていた。

この附近の海岸は一帯に地面が恐ろしく高く、殆ど切断《きりた》った様な断崖で、洋風の小さな岸田家の別荘は、その静かな海岸に面した見晴の好い処に雑木林に囲まれながら暖かい南風を真面《まとも》に受ける様にして建てられていた。

金雀児《えにしだ》の生垣に挟まれた表現派風の可愛いポーチには、奇妙に大きなカイゼル髭を生《は》した一人の警官が物々しく頑張っていたが、大月が名刺を示して夫人から依頼されている旨を知らせると、急に態度を柔げ、大月の早速の問に対して、岸田直介の急死はこの先の断崖から真逆様に突墜《つきおと》された他殺である事。加害者は白っぽい水色の服を着た小柄な男である事。而《しか》も兇行の現場を被害者の夫人と他にもう二人の証人が目撃していたにも不拘《かかわらず》いまだに犯人は逮捕されない事。既にひと通りの調査は済まされて係官はひとまず引挙げ屍体は事件の性質上一応千葉医大の解剖室へ運ばれた事等々を手短かに語り聞かせて呉れた。

軈《やが》てカイゼル氏の案内で、間もなく大月と秋田は、ささやかなサロンで比露子夫人と対座した。悲しみの為めか心なしやつれの見える夫人の容貌《かお》は、暗緑の勝ったアフタヌーン・ドレスの落着いた色地によくうつりあって、それが又二人の訪問者には堪らなく痛々しげに思われた。こんな時誰でもが交す様なあの変に物静かなお定《き》まりの挨拶が済むと、瞼をしばたたきながら、夫人は大月の問に促されて目撃したと言う兇行の有様に就いて語り始めた。

「――順序立てて申上げますれば、今朝の九時頃で御座いました。朝食を済まして主人は珍らしく散歩に出掛けたので御座います。今日は朝からこの通りの暖かさで御座いますし、それに御承知の通り近頃ではもう直介の健康もすっかり回復いたしまして実は明日帰京する様な予定になっていましたので、お名残の散歩だと言う様な事をさえ口にして出て行きました程で御座います。女中は、予め本宅の方の掃除から、その他の色々の仕度をさせますので、妾達《わたし》より一足先に今朝早く帰京させました為め、主人の外出しました後は、妾一人で身廻りの荷仕度などしていたので御座います。ところが十時過ぎてもまだ主人が戻りませんのでその辺を探しがてら町の運送屋迄出掛けるつもりで家を出たので御座います。――御承知の通りこの辺一帯の海岸は高い崖になっておりまして、此処から凡《およ》そ一丁半程の西に、一段高く海に向って突出した普通に梟山《ふくろうやま》と呼ぶ丘が御座います。恰度妾が家を出て二三十歩あるき掛けた頃で御座いました。雑木林の幹と幹との隙間を通じて、梟山の断崖の上でチラリと二人の人影が見えたのです。何分遠方の事で充分には判り兼ねましたが、ふと何気なく注意して見ますと、その一人は外ならぬ主人なので御座います。が、他の一人は主人よりずっと小柄の男で、も一人の証人が申されるとおり水色の服をきていた様で御座いますが、これが一向に見覚えのない、と申しますより遠距離で容貌《かお》その他の細かな点が少しもハッキリ見えないので御座います。妾は立止った儘ジッと木の間から断崖の上を見詰めていました。――すると、突然二人は争い始めたので御座います。そして……それから……」

夫人は言葉を切ると、そのまま堪え兼ねた様に差俯向《さしうつむ》いて了った。

「いや、御尤もです。――すると、兇行の時間は、十時……」

大月が訊ねた。

「ええ、ま、十時十五分から二十分迄だろうと思います。何分、不意に恐ろしい場面を見て、すっかり取のぼせて了いましたので――」

恰度この時いつの間にかやって来た例のカイゼル氏が、二人の会話に口を入れた。

「――つまり奥さんは、もう一人の証人である百姓の男に助けられる迄は、その場で昏倒していられたんです」

で、大月はその方へ向き直って、

「すると、その百姓の男と言うのは？」

「つまり奥さんと同じ様に、兇行の目撃者なんですがな。――いや、それに就いて若《も》し貴方《あなた》がなんでしたなら、その男を呼んであげましょう。……もう、一応の取調べはすんだのだから、直ぐ近くの畑で仕事をしているに違いない」

親切にもそう言って警官は出て行った。

大月は、それから夫人に向って、この兇行の動機となる様なものに就いて、何か心当りはないか、と訊ねた。夫人はそれに対して、夫は決して他人に恨みを買う様な事はなかった事。又この兇行に依って物質的な被害は受けていない事。若しそれ等以外の動機があったとしても、自分には一向心当りがない事。等々を答えた。

軈《やが》て十分もすると、先程の警官が、人の好さそうな中年者の百姓を一人連れて来た。

大月の前へ立たされたその男は、まるで弁護士を検事と感違いした様な物腰でぺこぺこ頭を下げながら、素朴な口調で喋り出した。

「――左様で御座います。手前共が家内と二人でそれを見ましたのは、何でも朝の十時頃で御座いました。尤も見たと言いましても始めからずうと見ていたのではなく、始めと終りと、つまり二度に見たわけで御座います。始め見たのは殺された男の方が水色の洋服を着たやや小柄な細っそりとした男と二人で梟山の方へ歩いて行ったのを見たんで御座いますが、何分手前共の仕事をしていました畑は其処から大分離れとりますし、それに第一あんな事になろうとは思ってませんので容貌《かお》やその他の細《こまか》な事は判らなかったので御座います」

「一寸、待って下さい」

証人の言葉を興味深げに聞いていた大月が口を入れた。

「その水色の服を着た男と言うのは、オーバーを着てはいなかったのですね。――それとも手に持っていましたか？」

そう言って大月は百姓と、それから夫人を促す様に見較べた。

「持っても着てもいませんでした」

夫人も百姓も同じ様に答えた。

「帽子は冠《かぶ》っていましたか？」

大月が再び訊ねた。この問に対しては百姓は冠っていなかったと言い、夫人は良くは判らなかったが若《も》し冠っていたとすればベレー帽だろう、と述べた。すると百姓が、

「や、今思い出しましたが、その時、殺されたこちらの旦那は、小型の黒いトランクを持っていられました」

「ほう。――」大月はそう言って夫人の方を見た。夫人は、そんなものを持って直介が散歩に出た筈はないし、又全然吾々の家庭には黒いトランクなどはない、と答えた。

「成程。では、貴方が二度目に二人を見られた時の事を話して下さい」

大月に促されて、再び証人は語り続けた。

「――左様で御座います。二度目に見ましたのはそれからほんの暫く後で御座いましたが、急に家内の奴が海の方を指差しながら手前を呼びますので、何気なくそちらを見ると、雑木林の陰になってはっきりとは判らなかったで御座いますが、こちらの奥さんも仰有《おつしや》った通り、梟山の崖ッ縁で、何でも、こう、水色の服を着た男がこちらの旦那に組付いて喧嘩をしたかと思うと、間もなくあっさりと旦那を崖の下へ突墜《つきおと》して、それから一寸まごまごしてましたが、例の黒いトランクを持って雑木林の中へ逃げ込んで行きました。――直ぐその後を追駈けて行けば、屹度《きつと》どんな男か正体位は見届ける事も出来たで御座いましょうが、何分不意の事で手前共も周《あわ》章《て》ておりましたし、それに何より突墜された人の方が心配で御座いましたんで、真っ先に一生懸命崖の下の波打際へ降りたんで御座います。するともう墜された人は息絶《ことき》れていたし、手前共二人だけでは迚《とて》もあのえらい崖の上迄仏様を運び上げる事は出来ませんので、兎に角この事を警察の旦那方に知らせる為めに、仕方なくもう一遍苦労して崖を登り、町へ飛んで行ったんで御座います。その途中、直ぐ其処の道端で気を失って倒れていられたこちらの奥さんを救けたんで御座います。――はい」

　証人は語り終って、もう一度ぴょこんと頭を下げた。

　大月は巻煙草《シガレット》を燻《くゆ》らしながら、恰《あたか》もこの事件に対して深い興味でも覚えたかの如く、暫くうっとりとした冥想に陥っていたが、軈《やが》て夫人に向って、

「御主人が御病気でこの海岸へ転地されてからも、勿論別荘《こちら》へは訪問者が御座いましたでしょ

うな？」

「ええ、それは、度々御座いました。でも、殆ど今度出来ました新しい劇団の関係者ばかりで御座います」

「ははあ、瑪瑙座の――ですな。で、最近は如何《どう》でしたか？」

「ええ。三人程来られました。やはり劇団の方達です」

「その人達に就いて、もう少し伺えないでしょうか？」

「申上げます。――三人の内一人は瑪瑙座の総務部長で脚本家の上杉逸二《うえすぎいつじ》さんですが、この方は確か三日前東京からおいでになり、今日迄ずっと町の旅館に滞在していられました。別荘《たく》へは昨日、一昨日と、都合二度程来られましたが二度共劇団に関するお話を主人となさった様です。後の二人は女優さんで、中野藤枝《なかのふじえ》さんに堀江時子《ほりえときこ》さんと申されるモダーンなお美しい方達ですが、劇団がまだ職業的なものになっていませんのでそれぞれ職業なり地位なりをお持ちでしょうが、それ等の詳しい事情は妾は存じないので御座います。この方達は、昨日、やはり町の旅館の方へお泊りになって、別荘《たく》へも昨晩一度御挨拶に来られましたが、今日、上杉さんと御一緒に帰京されたそうで御座います。二人とも上杉さんとはお識合《しりあい》の様に聞いております」

「すると、その三人の客人達は、今日の何時頃に銚子を発《た》れたのですか？」

大月の質問に、今度はカイゼル氏が乗り出した。

「それがその、調べて見ると正午の汽車で帰京しているんです。勿論、兇行時間に約一時間半の開きがありますし、各方面での今迄の調査に依れば、他に容疑者らしい人物がこの町へ這入った形跡は殆どないし、尚旅館の方の調査の結果、彼等は三人とも各々バラバラで随分勝手気儘な行動をしていたらしく、殊に上杉などは完全な現場不在証明《アリバイ》もない様な次第ですから、当局にしても一応の処置は取ってあります。――ところが証人の陳述に依る加害者の風貌と、調査に依る上杉逸二の風貌とは、大変違うんです。つまり上杉は、被害者の岸田さんなどよりもまだ脊《せ》の高い男なんです。だから、その意味で、上杉へ確実な嫌疑を向ける事は結局出来なくなるのです。――」

茲《ここ》で警官は、捜査の機密に触れるのを恐れるかの様に、黙り込んで了った。

大月は秘書の秋田を顧みながら、内心の亢奮を押隠すかの様な口調で静かに言った。

「兎に角、一度、その断崖の犯罪現場へ行って見よう」

二

殆ど一面に美しい天鵞絨《ビロウド》の様な芝草に覆われ、処々に脊の低い灌木の群を横《よこた》えたその丘は、恰度木の枝に梟が止った様な形をして、海に面した断崖沿いに一段と嶮《けわ》しく突出していた。遠く東の海には犬吠岬《いぬぼう》が横《よこた》わり、夢見る様な水平線の彼方を、シヤトル行きの外国船らしい白い船が、黒い煙を長々と曳いて動くともなく動いていた。

到頭本来の仕事よりもこの事件の持つ謎の方へ強くひかれて了ったらしい大月と、それから秘書の秋田は、間もなく先程の証人の男に案内されて、見晴しの良いその丘の頂へやって来た。

証人は海に面した断崖の縁を指差しながら、大月へ言った。

「あそこに喧嘩の足跡が御座います。――警察の旦那方が見付けましたんで」

そこで彼等はその方へ歩いて行った。歩きながら大月が秘書へ言った。

「ね、君。考えて見給え随分非常識な話じゃないかね。――いくら今日は暖かだったからって、不自然にもそんな白っぽい水色の服など着て、オーバーもなしでいたと言う犯人は、どうも今日ひょっこり遠方からこんな田舎へやって来た人間じゃあないね。僕は、屹度《きっと》犯人はこの土地で、少くとも服装を自然に改め得る位以上の余裕ある滞在をした男だ、と考えるよ。そしてその男は、少くともあの場合、黒いトランクを平気でその持主でもない岸田氏に持たせて歩かす事の出来る人間だよ。つまり、極めて常識的に考えて見て、そんな事の出来る人間は岸田氏の親しい同輩か、或は広い意味での先輩か、それとも、そうだ。婦人位のものじゃあないか――。次にもうひとつ、証言に依ると犯人は岸田氏より小柄で細っそりしていたとあるが、病上りとは言え相当体格のある岸田氏に組付いて、格闘の揚句あっさり岸田氏を崖の下へ突墜《つきおと》して了ったと言うからには、子供の喧嘩じゃあないんだから、何か其処に特種な技でもない限り、犯人は柄《がら》の割に腕の立つ、少くとも被害者と対等以上の実力家である事だけは認めなけりゃならないね」

と、黙って歩いていた証人が口を入れた。

「いや、全くその通りで御座います。あの方が崖から突墜される瞬間だけは、手前もよく覚えておりますが、それは全く簡単な位に、……こう、……ああ、これだ。これがその喧嘩の足跡で御座います」

そう言いながら証人は、急に五六歩前迄馳け出して立止り、地面の上を指差ながら二人の方へ振り返った。

成程彼の言う通り、殆ど崖の縁近く凡《およ》そ六坪位の地面が、其処許《ばか》りは芝草に覆われないで、潮風に湿気を帯《ふく》んだ黒っぽい砂地を現わしていた。砂地の隅の方には、格闘したらしい劇《はげ》しい靴跡が、入乱れながら崖の縁迄続いている。よく見ると、所々に普通に歩いたらしい靴跡も見える。そしてそれ等の靴跡を踏まない様に取りまいて、警官達のであろう大きな靴跡が幾つも幾つも判で捺した様についている。

大月は争いの跡へ寄添って見た。

大きな靴跡は直介のもので、薄く小さいのが犯人の靴跡だ。二種《ふたいろ》の靴跡は、或は強く、或は弱く、曲ったり踏込んだり、爪先を曳摺《ひきず》る様につけられたかと思うとコジ曲げた様になったりしながら、激しく入り乱れて崖の縁迄続いている。そうして、崖の縁で直介の靴跡は消えて了い、その代りに角《すみ》の砂地がその上を重い固体の墜ちて行った様に強く傷付けられている。下は、眼の眩む様な絶壁だ。

大月はホッとして振返ると、今度は逆にもう一度靴跡を辿り始めた。が、二種《ふたいろ》の靴跡が普通に歩いている処迄来ると、小首を傾げながら屈み込んで、其処に比較的ハッキリと残されている犯人の靴跡へ注意深い視線を投げ掛けていた。が、軈《やが》て顔を上げると、

「ふむ。こりゃ面白くなって来た」と、それから証人に向って、不意に、「貴方は確かに犯人は男だ、と言いましたね。――ところが、犯人は女なんですよ。――」

秋田も証人も、大月の意外な言葉に吃驚《びっくり》して了った。二人は言い合わした様に眼を瞠《みは》りながら、靴跡を覗き込んだ。が、勿論二人の眼には、どう見てもそれは踵《かかと》の小さいハイ・ヒールの女靴ではなく、全態の形《かた》こそ小さいが、明かに男の靴跡としか見られない。秋田は、大月の言葉を求める様にして顔を上げた。すると大月は、静かに微笑みながら、

「判らないかね。――じゃあ言って上げよう。ひとつ、よくこの靴跡を観て御覧。すると先ず第一に、誰れにでも判る通りこの靴跡は非常に小さいだろう。第二に、靴の小さい割に爪先と踵との間隙――つまり土つかずが大きいだろう。そして第三に、これが一番大切な事なんだが、ほら、踵の処をよく御覧。底ゴムを打った鋲穴《びょうあな》の窪みの跡が、こちらの岸田氏の靴跡にはこんなに良く見えるがこの靴の踵の跡には少しも見えないじゃあないか。ね。いいかい、君。靴に対する衛生思想が、一般に発達して来た今日では、オーヴァー・シュースや、特種な運動靴などを除く限り、殆んどどの男靴にも踵へ鋲穴のあるゴムが打ってあるんだよ。ところが、この

靴にはその底ゴムが打ってない。而《しか》らばオーヴァー・シュースか、と言うに、オーヴァー・シュースにしては、子供のものでない限りこんな小さな奴はないし、又、運動靴などにしては、こんな割合の土つかずを持った奴はない。そして又オーヴァー・シュースや運動靴の様な特種なものには、それぞれ特有なゴム底の凹凸なり、又は金属的な装置がある筈だ。そこで、僕は、この犯人の靴跡の固有の型状――例えば、全体に小さい事や、外廓の幅が普通の靴底のそれよりも遙かに平坦で細長い事や、土つかずの割合が大きくそして特異である事や、そして又、人間の足首で言うと恰度蹠骨《しょこつ》尖端の下部に当る処なんだが、あの少女の履くポックリの前底部を一寸思い出させる様なこの靴跡の前の局部的な強い窪み方――等々からして、僕はこの靴を、一種の木靴――あの真夏の海水浴場で、熱い砂の上を婦人達が履いて歩く可愛い海水靴《サンダル》であると推定したんだ。そして、少くともその海水靴《サンダル》の側面は、美しい臙脂《えんじ》色に違いない――。何故って、ほら、これを御覧」

そう言って大月は、靴跡の土つかずの処から、その海水靴《サンダル》が心持強く土の中へ喰入った時に剝げ落ちたであろう極めて小さな臙脂色の漆の小片《こぎれ》を拾い上げて、二人の眼の前へ差出した。そして、

「勿論、こんなにお誂《あつら》え向きに漆が剝げ落ちて呉れる様では、その海水靴《サンダル》ももう相当に履き古されたものに違いないが、ここで僕は、去年の夏辺りどこかの海水浴場で、その海水靴《サンダル》と当然同時に同じ女に依って用いられたであろうビーチ・パンツと、ビーチ・コートを思い出すんだ。

そして而《しか》もそれらの衣服の色彩は、派手な水色《ペイルブリユー》であった、とね。だが茲《ここ》で、或は君は、若《も》しも男が犯人は女であると見せかける為めに、そんな婦人用の海水靴《サンダル》を履いたのだとしたならどうだ、と言う疑いを持つかも知れない。が、而《しか》し、それは明かに間違っている。何故ならば、若しも犯人が男で、そしてそんな野心を持っていたのだったならば、その男は、一見男に見えるビーチ・パンツやビーチ・コートを着るよりも、当然、逆に、一見して婦人と思われるワンピースか何かの婦人服を着なければならない筈だからね。……いや、全く僕は、最初夫人の証言を聞いた時から、ひょっとこんな事じゃないかと思った位だ。遠方から見てそれが男装であったと言うだけで、犯人を男であると断定するなど危険な話だよ。なんしろ海のあちらじゃ女の子の男装が流行《はや》ってる時代なんだし、岸田氏を取巻く女達などは、ま、言って見れば日本のデイトリッヒやガルボなんだからね。――兎に角、若しも犯人が、夫人やこの証人の方の遠目を晦《くら》ます為めにそんな奇矯な真似をしたのだとしても、今更そんな事を名乗って出る犯人などないんだから、まあ、直接の証拠をもっと探し出す事だよ」

　大月は再び熱心に靴跡を辿り始めた。

　軈《やが》て暫くして、靴跡が交錯しながら砂地から芝草の中へ消えているあたり迄来ると、再び二人の立会人を招いて、地上を指差しながら言った。

「林檎《りんご》の皮が落ちてるね。見給え」それから証人に向って、「警察の連中はこれを見落したりなどして行ったんですか？」

「さあ、――この附近に林檎の皮など落ちている位は珍らしい事じゃないですから、旦那方は知らずに見落したんじゃなかろうと思いますが。何でも旦那方はそこいら中細《こまか》に調べられて、あの雑木林の入口に散っていた沢山の紙切れなんども丁寧に拾って行かれた位で御座います」

「紙切れを――？」

「へえ。何か書いた物をビリビリ引裂いたらしく、一寸見付からない様な雑木林の根っこへ一面に踏ン付ける様にして捨ててあったものです。手前が拾いました奴は、恰度その書物《かきもの》の書始めらしく、何でも……花束の虫……確かにそんな字がポツリと並んでおりました」

「……ふうむ……」

大月は暫くジッと考えを追う様にして眼をつむっていたが、軈《やが》て、

「ま、それはそれとして、兎に角この林檎の皮だ。勿論これは、警察で見捨てて行ったものだけに月並で易《やす》っぽいかも知れない。が而《しか》し決して偶然ここに落ちていたのではなくて、この犯罪と密接な関係を持っている。――つまり兇行が犯された当時に剝き捨てられたものなんだ。よく見て御覧。そら。この皮は、岸田氏の靴跡の上に乗っているだろう。そして一層注視すると、その又皮の上を半分程、それこそ偶然にも犯人の靴が踏み付けてるじゃないか。だからこの皮は、兇行当時前に捨てられたものでもなければ、兇行当時後に捨てられたものでもない。正に加害者と被害者の二人がこの丘の上で会合した時に、剝き捨てられたものなんだ。そして、尚一層注意して見ると」大月は林檎の皮を拾い上げて、「ほら剝き方は左巻だろう。なんの事

はない。よくある探偵小説のトリックに依って推理すると、この場合犯人は女だったのだから、林檎の皮を剝いたのは極めて自然に犯人であると見る。従って犯人は左利、と云う事になるわけさ。……だが、それにしても黒いトランクは何だろう？　そして、岸田氏に組付いて、そんなにあっさりと断崖から突墜《つきおと》す事の出来る程の体力を具えた女は、一体誰れだろう？　そして又、『花束の虫』とは一体何を意味する言葉だろう？……」

それなり大月は思索に這入って了った。そして腕組をしたまま再び靴跡の上を、アテもなく歩き始めた。秘書の秋田は大月の思索を邪魔しないつもりか、それとももうそんな仕種《しぐさ》に飽きて了ったのか、証人の男を捕えて丘の周囲の景色を見ながら、その素晴しい見晴しに就いて何か盛んに説明を聞き始めた。

一方大月は、考え込みながらぶらぶらと歩き続けていたが、ふと立止ると、屈み込んで、何か小さなものを芝草の間の土の中から拾い上げた。それは黒く薄い板っぺらの様な小片《こぎれ》で、暫くそれを見詰めていた大月は、軈《やが》てその品をコッソリとポケットの中へ入れて、深く考える様に首を傾げながら立上った。

そして間もなく大月は、秋田と証人を誘って、丘を降りて行った。

夕方近くの事で、流石《さすが》に寒い風がドス黒い海面を渡って吹き寄せて来た。もう時間も遅いし、それに直介の死亡に依る大月の当面の仕事は、まだ全然手が付けてないので、東京へは明朝夫人と一緒に引挙げる事にして、二人とも別荘の客室へ一泊する事になった。

梟山の検証で、推理がハタと行詰ったかの様にあれなりずっと考えこんで了った大月は、それでも夕食時が来てホールで三人が食卓に向うと、早速夫人へ向けて切り出した。

「少し変な事をお訊ねする様ですけれど、花束の虫――と言う言葉に就いて何かお心当りはないでしょうか？」

「まあ――」夫人は明かに驚きの色を表しながら、「どうして又、そんな事をお訊ねになりますの。『花束の虫』と言うのは、何でも上杉逸二さんの書かれた二幕物の脚本だそうですけれど……」

「ははあ。成程。――して、内容は？」

「さあ。それは、一向に存じないんですけれど……何でもそれが、今度瑪瑙座の創立紀念公演に於ける上演脚本のひとつであると言う事だけは、昨晩主人から聞かされておりました。昨日上杉さんが別荘《こちら》をお訪ね下さった時に、主人にその脚本をお渡しになったので、そんな事だけは知っているので御座います」

「ああ左様《そう》ですか。すると御主人は、まだ今日迄その脚本をお読みになってはいなかったんですね？」

「さあ。それは――」

「いや、よく判りました。御主人が今朝の散歩にそれを持って梟山へお出掛けになっている以上、まだお読みになってはいなかったんでしょう……」

大月はそう言って再び考え込みながら、黙って食事を続けた。

軈《やが》て食事が終ると、夫人がむいて呉れる豊艶な満紅《まんこう》林檎を食べながら、遺産の問題やその他差当っての事務に関して大月は夫人と相談し始めた。

秋田は、ふと、先程丘の上で大月の下した犯人は左利であると言う断案を思い出した。そして何か英雄的《ヒロイック》なものを心に感じながら、コッソリと夫人の手許を盗み見た。が、勿論夫人は左利きではなかった。

三

翌朝――。

それでも昨晩に較べると大分元気づいたらしい大月は、朝食を済ますとこの土地を引き上げる迄にもう一度単身で昨日の丘へ出掛けて行った。そして崖の頂へ着くと再び昨日よりも厳重な現場の調査をしたり、靴跡の複写《コピー》を取ったりした。が、それ等の仕事が済むと、気に掛かっていた仕事を済ました人の様に、ホッとして別荘へ戻って来た。

そして間もなく、大月、秋田、比露子夫人の三人は、銚子駅から東京行の列車に乗り込んだ。

車中大月はこの犯罪は、大変微妙なものであるが、もう大体の見透しはついたから、茲《ここ》一両日の内には大丈夫犯人を告発して見せると言う様な事を、自信ありげな口調で二人に語り聞かせた。が、何故どうしてそうなるとか、詳しい話を聞かせて呉れないので、秋田は内心軽い不満と不審に堪えられなかった——。

大月と秋田の二人が丸の内の事務所《オフィス》へ帰ったのは、その日の午後二時過ぎであった。事務所《オフィス》には、二人が一日留守をした間に、もう新しい依頼事務が二つも三つも舞い込んで、彼等を待っていた。昨日の屛風浦訪問以来、大月の言う事なす事にそろそろ不審を抱かせられてうんざりしていた秘書の秋田は、それでも極めて従順に、どの仕事から調べにかかるか、と言う様な事を大月に訊ねて見た。が、それにも不拘《かかわらず》大月は、もう一度秋田を吃驚《びっくり》させる様な不審な態度に出た。全く、それは奇妙な事だった。

——銚子から帰って二時間もしない内に、新しい書類の整理をすっかり秋田に任せた大月は、築地《つきじ》の瑪瑙座の事務所を呼び出して、暫く受話器を握っていたが、軈《やが》て通話が終ると、何思ったのかついぞ着た事もないタキシードなどを着込んで、胸のポケットへ純白なハンカチを一寸折り込むと、オツにすましてその儘夕方の街へ飛び出して了ったのだ。

歳柄もなく口笛などを吹きながらさっさとアスファルトの上を歩き続けて行った大月は、銀座裏のレストランでウイスキーを一杯ひっかけると、それからタクシーを拾ってユニオン・ダンス・ホールへやって来た。そして其処で、昔習い覚えた危い足取で古臭いワルツを踊り始めた。——が、それも二十分としない内に其処を飛び出すと、再びタクシーに乗り込んで、威勢よくこう命じた。

「日米・ホール へ！」……

それから、次に、

「国華・ホール！」

――そんな風にして、ざっと数え上げると、ユニオン、日米、国華、銀座、フロリダと、都合五つの舞踏場《ホール》を踊り廻った大月は、最後のフロリダで若い美しい一人のダンサーを連れ出すと、その儘自動車を飛ばして丸の内の事務所《オフィス》へ帰って来た。

いつもならばもう仕事を終って帰っている秋田も、流石《さすが》に今日は居残っていた。そして、不意に若い女を連れて帰って来た大月を見ると、もう口も利けない位に驚いて了った。

が、そんな事には一向に無頓着らしく、帰って来た大月は、秋田に一寸微笑して見せただけで、直ぐ隣室へその女を連れ込むと、間の扉《ドア》をピッタリ閉めて了った……。

そして、おお、呆然として了った秋田の耳へ、軈《やが》て、狂躁なジャズの音が、軽いステップの音と一緒に、隣室から聞え始めて来た。

全く、「先生」のこんな態度に出会ったのは、今日が始めてであった。秋田はもう書類の整理どころではなくなった。ともすると、鼻の先がびッしょり汗ばんで、眩暈《めまい》がしそうになるのを、ジッと耐《こら》えて、事務卓《デスク》に獅嚙《しが》みついていた。が、それでも段々落付くに従って、彼の脳裡に或るひとつの考えが、水の様に流れ始めた……。

――ひょっとすると、この女が、あの梟山の海水靴《サンダル》の女ではないだろうか？　そして、先生が……だが、そうすると、一体この騒ぎは何になる……いや、これには、何か深い先生のたくらみがあるに違いない。そうだ。兎に角この女を逃がしてはならない。犯人を茲迄《ここ》引き寄せて、この儘逃がしたとあっては面目ない。先生の先刻《さっき》の、あの意味ありげな微笑は、確に自分の援助を求めた無言の肢体信号《ポーズ・サイン》なのだ――。

やっと茲迄《ここ》考えついた秋田は、ふと気付くと、もうどうやら隣室の騒ぎも済んだらしく、いつの間にかジャズの音は止んで、只、低い囁く様な話声が聞えていた。が、軈《やが》てそれも終ると、どうやら人の立上ったらしい気配がして衣摺《きぬずれ》の音がする。で、急にキッとなった彼は、椅子から飛上ると、扉《ドア》の前へ野獣の様に立開《たちはだか》った。

と、不意に扉《ドア》が開いて、大月の背中が現われた。そして、そのタキシードの背中越に、若い女の艶《なまめか》しい声で、

「まあ、いけませんわ。こんなに戴いては……」

すると大月は、それを両手で押さえつける様にして、それから秋田の方を振向きながら、

「君。――何と言う恰好をしているんだ。さあ、お客様のお帰りだ。其処をお通しし給え」

そこで秋田は、眼を白黒させながら、思わず一歩身を引いた。

「ほんとに済みませんわ。――じゃあ、又どうぞ、お遊びにいらして下さいな」

そう言って若い女は、媚《こび》を含んだ視線をチラッと大月へ投げると、秋田には見向きもしない

で、到頭その儘出て行った。

大月は自分の椅子へ腰を下ろすと、さも満足そうにウエストミンスターに火を点けた。秋田はどうにも堪らなくなって、到頭大月の側へ腰掛けた。そして、

「一体、どうしたと言うんですか？」

「別に、どうもしやしないさ」

そう言って大月は、内ポケットへ手を突込むと、昨日屛風浦の断崖の上で拾った、例の黒く薄い板っぺらの様な小片《こぎれ》を取出した。

「これ何んだか、勿論判るだろう？　よく見て呉れ給え」

「……何んですか。——ああ。レコードの欠片《かけら》じゃありませんか。これが、一体どうしたと言うんですか？」

「まあ待ち給え。その隅の方に、金文字で、少しばかり字が見えるね」

「ええ。判ります。……arcelona《アルセロナ》——そして、Victor《ヴィクター》・20113——とあります。それから、……チ・フォックストロット——」

「そうだ。その字の抜けているのは、勿論、あの、踊りのバルセロナの事だ。そして、もうひとつの方は、マーチ・フォックストロットだ——ところで、君は、時々ダンスを嗜《たしな》まれる様だが、その踊り方を知ってるかね？　その、マーチ・フォックストロットと言う奴をだね」

秋田は、図星を指されて急に顔を赧《あか》らめた。が、軈《やが》て仕方なさそうに、

「二三度名前だけは聞いた事がありますが、僕はまだ習い始めですから、全然踊り方は知らないです」

「ふむ、そうだろう。——実は、僕も知らなかった。が、いま帰って行かれたあの若いお客さんから得た知識に依ると、何でもこのダンスは、四五年前に日本へ伝わったもので、普通に、シックス・エイトって言われているそうだ。欧洲では、スパニッシュ・ワンステップと呼ばれているものだよ。そしてその名称の示す様に、このダンスのフィギュアーと言うか、つまりステップの型だね。それは非常に強調な、人を激励する様な、ワンステップ風のものなんだ。——ところで、これを君は、何だと思う」

大月はそう言って、一枚の紙片を秋田の前に拡げて見せた。秋田は、それを一寸見ていたが、直ぐに、幾分得意然として、

「——判ります、つまりこれが、そのマーチ・フォックストロットのステップの跡、と言うか、足取りの跡を、先生が図にしたものなんでしょう」

するとと大月は笑いながら、

「……ふふ……まあ、そうも言える。が、そうも言えない」

「と言うと——」

秋田は思わず急き込んで訊ねた。

「つまり、スパニッシュ・ワンステップの足取りであると同時にだね。いいかい。もうひとつ

別の……何かなんだよ」

「別の――⁉」

「他でもない。屏風浦の断崖の上の、あの素晴しい格闘の足跡なんだ！」

――秋田は、蒼くなって了った。

四

自分の鋭い不意打の決断に、すっかり魂消《たまげ》て了った秋田の顔を見ながら、ニコニコ微笑していた大月は、軈《やが》て、ポツリポツリと言葉を続けた。

「――勿論、最初、あの取り乱れた足跡を見た時には、僕も、異議なくあれが争いの跡であると信じ切っていたよ。だが、僕は君があの証人と何か話合っている間に、あの芝草の中から、こ奴《いつ》を、このレコードの欠片《かけら》を、拾い上げたんさ。それから急に、僕が鬱《ふさ》ぎ込んで了ったのを、君は大分不審に思っていた様だったね。だが、実を言うと、あんな田舎の丘の上で、而《しか》も殺人の現場で、オヨソその場面と飛び離れた蓄音器のレコードの欠片などを拾い込んだ僕の方が、君よりも、どれだけ不審な思いをしたか判らないよ。而《しか》もこの小片《こぎれ》は、よく見ると、あの喧嘩の靴跡の内の、芝草の生際《はえぎわ》に一番近い女の靴跡の下敷になっていたんだよ。つまり海水靴《サンダル》の踵に踏み付けられた様になって、割れてからまだ間もない様な綺麗な顔を、砂の中から半分覗かせていたんだよ。――僕は、考えた。晩迄考えた。そして到頭、その謎を解いて了ったんだ。――新時代の生活者である岸田夫妻の別荘の近くに、こ奴《いつ》が転がっていたのに不思議はないとね。つまり、あの丘の見晴しのいい頂の上で、よしんばそれが直介氏であろうと、比露子夫人であろうと、或は又、その他の誰れであろうと、兎も角岸田家に関係のある誰れかが、手提蓄音器《ポータブル》を奏でて娯《たの》しんだとしても、何の不思議があろうとね。そして、そしてだ。このレコードの欠片《かけら》や、それから又こ奴《いつ》の落ちていた時の様子からして、僕は、誰れか彼処《あすこ》で、ダンスを踊っていたんじゃあないかと言う、極めて漠然とした、だが非常に有力な暗示にぶつかったんだ。そこで翌朝、つまり今朝だね。僕はもう一度あの丘を調べに出掛けたんだ。そして其処で僕は、はからずも、あの素晴しい足跡の中に、昨日それを見た時には全く単に荒々しい争いの跡でしかなかったその足跡の、いや靴跡の中に、どうだい、よく見ると、なにかしら或るひとつの、旋律《リズム》――と言った様なものがあるじゃないか。僕は思わず声を上げた。そして、そう思って見れば見る程、その事実は、益々ハッキリして来る。勿論、そんな六ケ敷《むつかし》い、激しいステップのフィギュアーを持ったダンスを僕は知らなかった。だが、その時の僕に、それがダンスのステップの跡でないと、どうして断言出来よう。そしてそれと同時に、実に恐ろしい考えが、僕の頭の中でムクムクと湧き上り始めたのだ。と、言うのは、その時に僕は、昨日別荘で、夫人の陳述した証言を思い出したんだ、――突然、二人は格闘を始めました。そして、云々――と言った奴をね。ここんとこだよ。いいかい君。夫人は、同じその証言の中に於て、兇行当時あの断崖の上の人物を、一人は夫の直介であると見、又も一人は水色の服を着た小柄な男と言明している通りに、近視眼じゃあないんだよ。そして而《しか》も、思い出し給え。夫人は、岸田直介との結婚前に、飯田橋舞踏場《ホール》のダンサーをしていたんだぜ。その比露子夫人が、仮令《たとえ》多少の距離があったにしろ、そして又、仮令もう一人の百姓の証人――彼はダンスのイロハも知らない素朴な農夫だ――が、そう言っているにしろ、ダンスをし始めるのと喧嘩をし始めるのとを、見間違えるなんて事は、そのかみダンスでオマンマを食べていた彼女の申立として、断然信じられない話だ。そこで、僕は、夫人が虚偽の申立をしたのではないか、と言う、殆ど不可避的な疑惑にぶつかったものだ。同時にだ。逆に、この調子の強烈な、六ケ敷そうな直介氏のダンスの相手《パートナー》として、曾《かつ》て職業的なダンサーであったところの比露子夫人を想像するのは、これこそ、最も尋常で、簡単な、だが非常にハッキリした強い魅力のある推理ではないか。

ところが、茲《ここ》に、僕のこの推理線の合理性を裏書して呉れる適確な証拠があるんだ。君は、昨晩あの別荘の食堂で、夕食後比露子夫人が何気なく満紅林檎の皮を剥いて僕達に出して呉れたのを見ていたろう。そして勿論君は、その時、あの兇行の現場で僕が下した『犯人は左利である』と言う推定を思い出しながら、熱心に夫人の手元を盗み視たに違いない。ところが、夫人は左利きではなかった。そこで君は恰《あたか》も自分の過敏な注意力を寧《むし》ろ嫌悪する様ないやな顔をして鬱《ふさ》ぎ込んで了った。――だが、決して君の注意力は過敏ではなかったのだ。それどころか、まだまだ観察が不足だと僕は言いたい。若《も》しもあの時、君がもう少し精密な洞察をしていたならば、屹度《きっと》君は、驚くべき事実を発見したに違いないんだ。何故って、夫人は明かに右利きで、何等の技巧的なわざとらしさもなく極めて自然に右手でナイフを使っていた。が、それにも不拘《かかわらず》、夫人の指間に盛上って来るあの乳白色の果肉の上には、現場で発見したものと全く同じ様な左巻の皮が嘲る様にとぐろを巻いているじゃないか。僕は内心ギクリとした。で、落着いてよく見る、……と。なんの事だ。実に下らん謎じゃあないか。問題は、ナイフの最初の切り込み方にあるんだ。つまり、普通果物を眼前に置いた場合、蔕《へた》の手前から剝き始めるのを、夫人の場合は、蔕の向う側から剝き始めるのだ。――勿論こんな癖は一寸珍らしい。が、吾々は現に昨晩別荘の食堂で、その癖が三つの林檎に及ぼされたのを見て来ている。ありふれた探偵小説のトリックを、その儘単純に実地に応用しようとした僕は、全く恐ろしい危険を犯す処だったね。……ところで、この林檎の皮なんだが」大月はそう言って、いつの間に何処からか取り出した小さなボール箱の中から、大切そうに二筋の林檎の皮を取出しながら、

「この古い方は断崖の上の現場で、こちらは今朝別荘のゴミ箱から、それぞれ手に入れた代物だ。もう気付いたろうが、僕はこの艶のいい皮の表面から、同一人の左手の拇指紋を既に検出したんだ。――君。岸田直介の殺害犯人は比露子夫人だよ。さあ。これを御覧――」

その結果は、ここに記す迄もなかろう。軈《やが》て大月は、ニタニタ笑いながら立上ると、大股に隣室へ這入って行った。そして、再び彼が出て来た時に、その右手に提げた品を一眼見た秋田

は、思わずあっと叫んで立上って了った。

秋田が声を挙げたも道理、その品と言うのは、今朝三人が屏風浦の別荘を引挙げた時に、比露子夫人の唯一の手荷物であり、秋田自身で銚子駅迄携えてやった、あの派手な市松模様のスーツ・ケースではないか⁉

「別になにも驚くことはないさ。僕は只、夫人の帰京の手荷物がこのスーツ・ケースひとつであると知った時に、屹度《きっと》この中に大切な犯人の正体が隠されているに違いないと睨んだ迄の事さ。だから僕は、銚子駅で、親切ごかしに僕自身の手でこ奴《いつ》をチッキにつけたんだよ。夫人の本邸へではなく、内密で僕のこの事務所《オフィス》を宛名《アド》にしてね。――今頃は屹度岸田の奥さん、大騒ぎで両国駅へ、チッキならぬワタリをつけているだろうよ。只、君は、いつの間にこれが持ち込まれて、隣室の戸棚へ仕舞われたかを知らなかっただけさ」

そして笑いながら大月は、ポケットから鍵束を出して合鍵を求めると、素早くスーツ・ケースの蓋を開けた。

見ると、中には、目の醒める様な水色《ペイルブリユー》のビーチ・コートにパンツと、臙脂色の可愛い海《サン》水靴《ダル》と、それから、コロムビアの手提蓄音器《ポータブル》とが、窮屈そうに押込まれてあった。

「じゃあ一体、『花束の虫』と言うのはどうなったんですか?」

秋田が訊ねた。大月は煙草に火を点けて、

「さ、それなんだがね、僕は最初その言葉を暗号じゃあないかと考えた。が、それは間違いで、

『花束の虫』と言うのは、只単に、上杉の書いた二幕物の題名に過ぎないのだが、僕は、その脚本があの丘の上でジリジリに引裂かれていたと言う点から見て、岸田直介の死となにか本源的な関係――言い換えればこの殺人事件の動機を指示していると睨んだ。で、先程一寸電話で、瑪瑙座の事務所へ脚本の内容に就いて問い合せて見た。するとそれは、一人の女の姦通を取扱った一寸暴露的な作品である事が判明した。ところが、事件に於て犯人である夫人は、明かに『花束の虫』を恐れていた。で、僕の疑念は当然夫人の前身へ注がれた訳だ。その目的と、もうひとつスパニッシュ・ワンステップの知識に対する目的とで、僕はあんな気狂い染みたホール廻りをしたわけさ。――が、幸いにも、飯田橋華やかなりし頃の比露子夫人の朋輩《ほうばい》であったと言う、先程のあのモダンガールを探し出す事の出来た僕は、計らずも彼女の口から、上杉逸二と比露子夫人がそのかみのバッテリーであった事、そして又、夫人は案外にもあれでなかなかの浮気者である事等を知る事が出来た。――で以上の材料と、僕の貧弱な想像力とに依って、最後に、犯罪の全面的な構図を描いて見るとしよう。

……先ず比露子夫人は、岸田直介との結婚後、以前の情夫である上杉に依って何物かを――それは、例えば、恋愛の復活でもいいし、又何か他の物質的なものでもいい――兎に角強要されていた、と僕は考えたい。そして上杉は、その脅喝の最後の手段として、好色な夫人の現在の非行を暴露した『花束の虫』を、瑪瑙座に於ける新しい自分の地位を利用して、直介の処へ持って来たのだ。勿論、夫人は凡《すべ》てを知っていた。そして、いま、裕福な自分の物質的な地位の上に刻々に迫ってくる黒い影を感じながら、この一両日と言うものは、どんなにか恐ろしい苦悩の渦に巻き込まれていた事だろう。其処では、恰度イプセンのノラが、クログスタットの手紙を夫のヘルメルに見せまいとする必死の努力と同じ様な努力が繰返されたに違いない。――昨日の朝になって、多分夫人は、これ等の奇抜な季節違いの装束を身に着けると、『花束の虫』を読みたがる直介を無理に誘い出し、あの証人が黒いトランクと間違えたこの手提蓄音器《ポータブル》を携えて梟山へピクニックに出掛けたのだ。この場合僕は、あの兇行をハッキリと意識して夫人はあんな奇矯な男装をしたのだと考えたくない。それは、犯罪前のあの微妙な変則的な心理の働き――謂わば怯懦《きょうだ》に近い、本能的な用意が、そうさせたのだ。そして夫人は、絶えず『花束の虫』から直介の関心を外らす為めに、努力しなければならなかった。――軈《やが》て、見晴しのいいあの崖の上で、二人はダンスを踊り始めたのだ。あのうわずった調子の、情熱的なスパニッシュ・ワンステップをね。そして、その踊の、情熱の、最高調に達した時に、今迄夫人の心の底でのたうち廻っていた悪魔が、突然首を持上げたのだ。――茲《ここ》で君は、あの証人が、馬鹿にあっさり墜《おと》されたと言って不思議がっていた言葉を思い出せばいい。――それからの夫人は、完全に悪魔になり切って、もう恐れる必要もなくなった『花束の虫』を破り捨てると、手提蓄音器《ポータブル》を携えて直ぐに別荘へ引返したのだ。そして、最も平凡な犯罪者の心理で、あんな風に証人の一役を買って出た――と言うわけさ。……兎に角この手提蓄音器《ポータブル》を開けて見給え。夢中になって踊っていた時に、誤って踏割ったらしいレコードの大きな欠片《かけら》と、それから、先

程一寸僕が拝借した、いずれも同じスパニッシュ・ワンステップのレコードが四五枚這入って
いるから――」
大月はそう語り終って、煙草の吸殻を灰皿へ投げ込むと、椅子に身を埋《うず》めながら、さて、夫人の犯罪に対する検事の峻烈な求刑や、それに対する困難な弁護の論法などをボツリボツリと考え始めた。

〈ぷろふいる〉昭和九年四月号)

闖入者

一

富士山の北麓、吉田町から南へ一里の裾野の山中に、誰れが建てたのか一軒のものさびた別荘風の館がある。その名を、岳陰荘《がくいんそう》と呼び、灰色の壁に這い拡がった蔦葛《つたかずら》の色も深々と、後方遙かに峨々《がが》たる剣丸尾《けんまるび》の怪異な熔岩台地を背負い、前方に山中湖を取繞《めぐ》る鬱蒼たる樹海をひかえて、小高い尾根の上に絵のように静まり返っていた。――洋画家の川口亜《かわぐちあ》太郎《たろう》が、辻褄の合わぬ奇妙な一枚の絵を描き残したまま卒然として怪しげな変死を遂げてしまったのは、この静かな山荘の、東に面した二階の一室であった。

それは春も始めの珍しく晴渡った日の暮近

い午後のことである。この辺りにはついぞ見かけぬ三人の若い男女が、赤外線写真のような裾野道をいくつかの荷物を提げながら辿り辿りやって来た。見るからに画家らしい二人の男は川口亜太郎とその友人の金剛蜻治《こんごうせいじ》、女は亜太郎の妻不二《ふじ》、やがて三人が岳陰荘の玄関に着くと、あらかじめ報《しらせ》のあったものと見えて山荘に留守居する年老いた夫婦の者が一行を迎え入れた。

やがて浴室の煙突からは白い煙が立上り、薪を割る斧の音が辺《あたり》の樹海に冴え冴えと響き渡る。けれどもそれから二時間としないうちに、山荘へは黒革の鞄を提げた医者らしい男が慌だしく馳けつけたり、数名の警官が爆音もけたたましくオート・バイを乗りつけたりして、岳陰荘はただならぬ気色に包まれてしまった。それはまるで三人の訪問者が、静かな山の家へわざわざ騒ぎの種を持ちこんだようなものだ。

恰度美しい夕暮時で、わけても晴れた日のこの辺りは、西北に聳《そび》え立つ御坂《みさか》山脈に焼くような入日を遮られて、あたりの尾根と云い谷と云い一面の樹海は薄暗《うすやみ》にとざされそれがまた火のような西空の余映を受けて鈍く仄赤く生物《いきもの》の毒気のように映えかえり、そこかしこに点々と輝く鏡のような五湖の冷たい水の光を鏤《ちりば》めて鮮かにも奇怪な一大裾模様を織りなし、寒々と彼方に屹立する富士の姿をなよやかな薄紫の腰のあたりまでひッたりとぼかしこむ。東の空にはけれどもここばかりは拗《すねくれもの》者の本性を現わした箱根山が、どこから吹き寄せたか薄霧の枕屏風《びょうぶ》を立てこめて、黒い姿を隠したまま夕暗《ゆうやみ》の中へ陥ちこんで行く。やがて山荘の窓には灯がともった。その窓に慌だしげな人影がうつる。云い忘れたが岳陰荘は二階建の洋館で、北側に門を構え、階下は五室、二階は東南二室からなり、その二室にはそれぞれ東と南を向いて一つずつの大きな窓がついていた。川口亜太郎の死はこの二階の東室で発見された。

まだ旅装も解かぬままにその上へ仕事着《ブルーズ》を着、右手には絵筆をしっかりと握って、部屋の中央にのけぞるように倒れている亜太郎の前には、小型の画架《イーゼル》に殆ど仕上った一枚の小さな画布《カンバス》が仕掛けてあり、調色板《パレット》は乱雑に投げ出されて油壺のリンシード・オイルは床の上に零《こぼ》れ、多分倒れながら亜太郎がその油を踏み滑ったものであろう、くの字なりに引掻くように着いていた。

急報によって吉田町から駈つけた医師は、検屍の結果後頭部の打撲による脳震蕩が死因であると鑑定し、警官達は早速証人の調査にとりかかった。

最初に訊問を受けた金剛蜻治は、自分達の先輩であり恩師にあたる津田白亭《つだはくてい》が半歳程前にこの岳陰荘を買入れた事、最近川口と二人で岳陰荘の使用を白亭に願い出たところが快く承諾を得たので、当分滞在のつもりで三人して先刻《さつき》ここへ着いたばかりである事、死んだ川口は一行が白亭夫妻に送られて今朝東京を発った時から、なにか妙に腑に落ちぬような顔をしてひどく鬱《ふさ》ぎ込んでいたが、それでもこの家へ着いた頃からいくらか元気が出た事、事件の起きた頃には自分は風呂に這入っていた事、尚川口夫婦は二階の二室を使用し自分は別荘番の老夫婦と一緒に階下を使うようになっていた事などを割に落付いた態度で答えた。

続いて亜太郎の妻不二は、金剛と同じように川口が東京を出た時からの憂鬱について語ったが、夫の事でありながら打明けて呉れなかったのでその憂鬱の中味がどんなものであるか少しも判らない事、それでもこの家へ着くと始めて見るこの辺《あたり》の風景が気に入ったのか割に元気になって、自分の部屋にきめた東室へ道具を持ち込むと、金剛へ、早速一枚スケッチしたいから先に入浴して呉れるよう云い置いて自室へとじこもってしまった事、自分はその隣りの南室で荷物の整理をしたり室内の飾付をしていた事、五時頃に東室で人の倒れるような物音を聞いて駈つけ、そこで夫の死を発見《みつ》けた事などを小さな声で呟くように答えた。

別荘番の老人戸田安吉《とだやすきち》は、事件の起きた五時頃の前後約一時間と云うものは、浴室の裏の広場で薪を割り続けていたと云い、その妻のとみは吉田町まで買出しに出ていたと答えた。

四人の陳述は割合に素直で、一見亜太郎の死となんの関係もないように思われたが、先にも述べたように、絵筆を握ったまま倒れた亜太郎の傍らに描き残された妙な一枚の写生画が、その場に居合せた洋画趣味の医師の注意を少からず惹きつけたのだ。

さて、その問題の絵と云うのは、六号の風景カンバスに、直接描法の荒いタッチで描かれた富士山の写生画であるが、カンバスの中央に大きく薄紫の富士山が、上段の夕空を背景にクッキリと聳え立ち、下段に目前五六十米《メートル》突の近景として一群の木立が一様に白緑色で塗り潰されていた。画面も小さく構図も平凡で絵としてはごくつまらない習作であるが、元来川口亜太郎は、その属している画会のひどく急進的なのに反して、亜太郎自身の画風はどちらかと云うと穏健で、写実派の白亭の門人だけに堅実な写実的画風を以て寧《むし》ろ特異な新人として認められていた。ところが度々云うようにこの岳陰荘の位置は、富士山の北麓であり、二階に於ける室の配置は、東南二室に分れその各々に東と南を向いてそれぞれ一つずつの大きな窓が切開かれていた。が、それにもかかわらず、この土地へ始めて来たと云う写実派の亜太郎は、その東側に窓の開いた東室にとじこもって夕暮時の富士山をスケッチしたと云うのだ。早い話が川口亜太郎は、東方の景色しか見えない東の室にいて、南方に見える筈の富士山を写生していたのだ。つまり直ぐ隣りの南室へ行けば充分見る事の出来る富士の風景を、わざわざ箱根山しか見えない東室にとじこもって写生していたと云うのだ。これは確かに可怪《おか》しい。ここへ洋画趣味の医師が疑点を持ったのだ。すると、仮令《たとい》写実派の川口でも、時には写実を離れて頭だけで描くこともあろうではないか、と金剛蜻治が横槍を入れた。けれども医師は、この絵が決して頭だけで描かれた絵でない証拠として、彼が先刻この家に着いたばかりに、この二階の隣室との境の廊下で、恰度開け放たれていた南室の扉《ドア》を通して、まだ暮れ切らぬ南室の窓の外に、この油絵と全く同じ風景を見たと云い出した。そして呆気にとられている人々を尻目にかけ、鞄を片付けて抱え込むと帽子を無雑作に冠《かぶ》りながら、振り返って吐き出すように云った。

「……ですからこの絵は、この室の窓から見えるべき絵ではないと同時に、明かにあちらの、南の室の窓からのみ見える絵なんです。ま、明日にでもなったら、試みに調べて御覧なさい」

二

医師の主張は、翌朝見事に確められた。

二階の南室の窓からは、成る程医師の云う通り、川口亜太郎の描き残した写生画と寸分違わぬ風景が明かに眺められた。中天に懸った富士の姿と云い、目前五六十米突《メートル》の近景にある白緑色の木立と云い、朝と夕方とでは色彩の上に多少の変化があるとは云え、全く疑うことの出来ない風景だった。而《しか》も一方、明かに亜太郎の描き残した写生画は、先にも云ったように色々の絵具を幾層にも塗り上げて行って最後に仕上げをする下塗描法ではなく、一見して最初から大胆直裁に描者の最後の目的の色で描き上げた直接描法であるから、この絵はこれで殆んど完成されたものであり、色彩の上にも明かに疑いをさしはさむ余地はなかった。

尤も亜太郎の倒れていた東室の窓からも、目前五六十米突《メートル》のところに南室の窓から見えるのと同じような形の一群の木立があるにはあるが、これは明かに白緑色ではなく、明るい日光の下にハッキリと暗緑色を呈していた。そしてその木立の彼方には、疑いもなく箱根山の一団がうねうねと横たわっていた。

もはや事態は明瞭である。警官はこの絵が描かれた時の亜太郎の所在に対して疑いを集中して行った。

死人に足が生える——このような言葉があるとすれば、まさにこの場合には適当で、南室で死んだ亜太郎が一人で東室まで歩いて来たなどと云うことがないかぎり、どうしてもこの場の事態をとりつくろうためには、まず誰れかが、南室で窓の外を写生していた亜太郎の後頭部を鈍器で殴りつけ、亜太郎の死を認めると、何かの目的で屍体を東室に移しかえ、描きかけていた絵の道具もそっくりそのまま東室へ運び込んで、いかにも亜太郎が東室で変死したかの如く装わした、としか考えられなくなる。すると亜太郎の屍体を運んだり、そのようないかがわしい装いを凝らしたのはいったい誰れか？　と開き直る前に当然警官達の疑惑は、事件の当時ずっと南室にいたと云う亜太郎の妻不二の上へ落ちて行った。

不二は怪しい。

川口不二の陳述に嘘はないか？

亜太郎が南室で殺された時に、その妻の不二はいったい南室《そこ》でなにをしていたのか？

そこで肥《ふと》っちょの司法主任は、もう一度改めて厳重な訊問のやり直しを始めた。

ところが二度目の訊問に於ても、川口不二の陳述は最初のそれと少しも違わなかった。続いてなされた金剛蜻治も別荘番の戸田夫婦も、やはり同じように前回と変りはなかった。それどころか金剛と戸田安吉は、川口不二が事件の起きた当時、確かに南室を離れずに頻《しき》りに窓際で荷物の整理をしていたのを、一人は裏庭の浴室の湯にひたりながら、一人はその浴室の裏の広場で薪を割りながら、二階の大きな窓越しに見ていたと云い合わせたように力説した。そして暫くしてその姿が急に見えなくなったかと思うと、直《すぐ》に再び現われて下にいた自分達に大声で亜太郎の死を知らせたのだと戸田がつけ加えた。すると川口不二は、荷物の整理をしながら亜太郎を殴り殺す位の余裕は持てたとしても、とてもその屍体を折曲がった廊下を隔てて隣りの東室へ運び込み、あまつさえ写生の道具などをも運んで贋《にせ》の現場を作り上げるなどと云う余裕は持てないことになる。けれどもこれとても二人の証人の云う事を頭から信じてしまう必要はない。仮に信用するとしても、湯にひたったり薪を割りながら、少しも眼を離さずに二階ばかり見ていたなどと云うことがありよう筈はない。では、ひとまず仮りに不二を潔白であったとすれば、いったい誰れが亜太郎を殺して運んだのか？　不二と亜太郎の以外に、もう一人の人物が二階にいたと考える事は出来ない？

司法主任はウンザリしたように、椅子に腰を下ろしながら不二へ云った。

「奥さん。もう一度伺いますが、あなたが南室で荷物の整理をしていられた時に、御主人は、あなたと同じ南室で、絵を描いていられなかったですか？」

「主人は南室などにいませんでした。そんな筈はありません」

「では、廊下へ通じる南室の扉《ドア》は開いていましたか？」

「開いていました」

「廊下に御主人はいませんでしたか？」

「いませんでした」

「御主人以外の誰れか」

「誰れもいません」

「ははア」

司法主任は割に落付きすました美しい不二の眼隈《めくま》の辺《あたり》を見詰めながら、これでこの女が嘘をついているとすればまるッきりなんのことはない、と思った。そして決心したように立上ると、参考人と云う名目で、金剛と不二の二人を連行して、本署へ引挙げることにした。

苦り切って一行に従った金剛蛸治は、警察署のある町まで来ると、昨日東京を発った時に見送って呉れた別荘主の津田白亭に、まだ礼状の出してなかったことに気がついた。そこで郵便局へ寄途《よりみち》して礼状ならぬ事件突発の長い電報を打った。

白亭からは、いつまで待っても電報の返事は来なかった。が、その代り、その日の暮近くになって、白亭自身、一人の紳士を連れて蒼惶《そうこう》としてやって来た。紳士と云うのは、白亭とは中学時代の同窓で、いまは錚々《そうそう》たる刑事弁護士の大月対次だ。愛弟子の変死と聞いて少からず驚いた白亭が、多忙の中を無理にも頼んで連れて来たものであろう。

やがて二人は司法室に出頭して、主任から詳細な事件の顛末を報告された。けれども話が亜太郎の描き残した疑問の絵のところまで来ると、何故か白亭はハッとして見る見る顔色を変えると、眉根に皺を寄せて妙に苦り切ってしまった。

三

司法主任は流石《さすが》に白亭の微妙な変化を見逃さなかった。

事件の報告は急転して、猛烈な、陰険な追求が始まった。が、白亭も流石に人物だ。あれこれと取り繕ろって、執拗な主任の追求を翻すようにしていたが、けれども、とうとう力尽きて、語り出した。

「……どうかこのことは、死んだ者にとっても、生きている者にとっても、大変不名誉なことですから、是非とも此処だけの話にして置いて下さい。……川口と金剛とは、二人とも十年程前から私が世話をしていますので、私共と二人の家庭とは、大変親しくしていましたが、……これは最近、私の家内が、知ったのですが……川口の細君の不二さんと、金剛とは、どうも……どうも、ま、手ッ取早く云えば、面白くない関係にある、らしいんです。で大変私共も気を揉んだのですが、当の川口は、あの通りの非常な勉強家でして、仕事に許り没頭《ばか》していて、サッパリ気がつかないのです。それにあの男は、大変神経質で気の小さな男ですから、うっかり注意してやっても、却《かえっ》て悪い結果を齎《もたら》してはと思いまして、夫《それ》となく機会を覗《うかが》っていたのです。ところが、つい四五日前に、二人で岳陰荘を使い度いからと申込まれましたので、早速貸してやりました。けれども、昨日東京を出発の際、私共夫婦で見送りに出たんですが、てっきり二人丈《だけ》と思っていたのに、川口の細君も同行するのだと云ってついて来ているので、少からず驚いた次第でした。何も知らない川口は川口で、当分滞在するのだなどと、すっかり無邪気に躁《はしゃ》いでいますし、私共は大変心配しました。……で、こちらへ移って、三人丈の生活がどんなになるかと思うと、うっかり私も堪らない気持になりまして、発車間際の一寸の隙をとらえて、ついそれとなく川口に『あちらへ行ったら、不二さんに注意しなさい』と言ってやりました。……後で、後悔したのですが、やっぱりこれが悪かったのです」

「と被仰《おっしゃ》ると？」

司法主任の声は緊張している。

「つまり……私が……」

白亭は一寸戸惑った。

するとと主任がすかさずたたみかけた。

「いや、判りました……つまり、富士山は、不二さん、に通ず……なんですね」

「いいえ、そう云うわけでは」

「ああいや、よく判りました……こりゃ、すっかり考え直しだ」

そう云って司法主任は、椅子の中へそり反《かえ》りながら、

「お蔭で、何もかも判り始めました。あの疑問の中心の妙な油絵も、こう判って見れば、まこ

とに理路整然として来ますよ……そうだ、全く今になって考えてみれば、あの富士山の絵も、やはり南室で描かれたものではなく、最初の発見通り東室で、被害者の死際に描かれたものですね……あの東室の床の上の油の零《こぼ》れ工合と云い、その上を被害者の足の滑った跡の工合と云い、全くあれは、贋物にしては出来過ぎていますよ。あの屍体は南室から運ばれたのではなく、始めから東室にあったんですね。……つまり、今あなたの被仰《おっしゃ》ったように、金剛氏と不義関係にあった被害者の妻が、南室で荷物の整理をしながら、一寸の隙を見て東室へ忍び入り、これから写生をしようとしていた被害者を、後から殴り殺して、再び南室に戻り知らぬ顔をしている……一方断末魔の被害者は、倒れながら自分に危害を加えた妻を見て、恐怖にひっつりながらも死物狂いで目の前のカンバスへ、恰度持合わせた絵筆をふるって、加害者の名前を描く……いや、これは傑作だ……不二は富士、に通ずる……全く傑作です！」

司法主任は、相手にかまわず独りで満足している。こうして白亭の意外な陳述は、忽ち不二の立場を、真ッ暗な穴の中へ陥入れてしまった。屍体の運搬説は転じて奇妙な遺言説？となり、警察司法部は俄然色めき立って来た。

一方津田白亭は、自分の証言が意外な波紋を惹き起したのにすっかり狼狽して了い、事態の収拾を大月弁護士に投げ出して了った。

そこで大月は色々と策戦を練った上、容疑者の検挙に何等の物的証拠のないのを主要な武器として、今度は直接警察署長に向って猛烈な運動をしはじめた。

この折衝は翌日の正午《ひる》まで続けられた。そしてその結果、これは大月の名声も大いに与《あずか》って力あった事は否めないのだが、ひとまず容疑者の検束は延期になり、やがて一行は岳陰荘へ引挙げて来た。

そしてその翌日、東京へ解剖に送られる亜太郎の屍体と一緒に、津田白亭と川口不二は葬儀、その他の準備のために私服警官付添の上で上京し、一方弁護士の大月対次は岳陰荘に踏み留まって、金剛蜻治を表面助手として、内心では「こいつも同じ穴の貉《むじな》だわい」と窃《ひそか》に監視しながら、事件の解釈と新しい証拠の拾集に没頭しはじめた。

亜太郎の残した奇怪な油絵については、大月はその絵をひと目見た瞬間から、司法主任の遺言説に深い疑惑を抱いていた。

若《も》し亜太郎が、その断末魔に臨んで、自分を殺した者が妻の不二であることを第三者に知らせるために、あのような富士山の絵を描き残した、と解釈するにしては、余りにもあの絵には余分な要素が多過ぎる。

例えば木立だとか、空だとか……そうだ。若《も》し亜太郎が、妻の名前を表わすために描いた絵であったなら、富士山ひとつで充分だ。あのようないくつかの余分な要素を、而《しか》もあれだけ純然たる絵画の形式に纏《まと》め上げるだけの意力が、既に死期に臨んだ亜太郎にあったのならば、もっと直截に、文字で例えば「不二が殺した」とか、或は「犯人は不二だ」とか、まだまだいくらでも表わしようはある。いやなによりも、窓際に飛び出して、絶叫することすら出来る筈だ。

——問題は、もっと別なところにあるに違いない。

二階の東南二室の間を、コツコツと往復《ゆきき》しながら、終日大月は考え続けた。けれども一向曙光は見えない。

翌日は、別荘番の老夫婦を、改めてひそかに観察してみた。が、これとても何の得るところもなく終った。

大月の巧妙な束縛を受けて、鎖のない囚人のように岳陰荘にとどめられた金剛はと云えば、割に平気で、時々附近の林の中へ出掛けては、なにかと写生して来たりしていた。けれどもその絵を見ると、それはこの地方が地形上特に曇天の日の多い精か、大体は金剛の画風にもよるであろうが、いやに陰気で、妙にじめじめした感情が画面に盛り上っているのだ。大月はその度に、画家と云うものの神経を疑いたくなった。

次の日の午後、来合わせた警官から、東京に於ける亜太郎の解剖の結果を聞かされた。けれどもそれは、先に挙げた平凡な後頭部の打撲による脳震蕩が死因であると云う以外に、変ったニュースは齎《もたら》されなかった。そして大月は、ふと犯人が亜太郎を殴りつけた鈍器を探すことを思いついて、二階へ上っていった。

けれどもこの仕事はなかなか六ケ敷《むつかし》かった。亜太郎の後頭部は、兇器に判然と附着するほど出血したのでもなければ、また兇器の何たるかを示す程の骨折をしたのでもない。この場合恐らくステッキでも棍棒でも、又花瓶でも木箱でも兇器となり得る。——大月弁護士は日暮時まで、二階の床をコツコツと鳴らし続けていた。

が、やがてどうしたことか急に階段を降りて来ると、別荘番の戸田を大声で呼びつけた。そして頻《しきり》に首を傾しげながら、

「……妙だ……」

「……妙だ……」

と呟きはじめた。

が、やがて安吉老人がやって来ると、幾分顫えを帯びた声で、

「おい君、変なことを訊くがね……二階の東室の窓から、三十間《けん》程向うに、一寸した木立が見えるだろう？」

「はい」

と安吉老人は恐る恐る答えた。

すると、

「あの木立は、今日、他所《よそ》の木と植替えたのかね？」

「そ、そんな馬鹿な筈はありません。第一、旦那様」と安吉は目を瞠《みは》りながら「あれだけのものを植替えるなんて、とても一日や二日で出来ることではありません」

「ふうム……妙だ」

「ど、どうかいたしましたか？　木でもなくなったんですか？」

「違う……いや確かに妙だ。……時に金剛さんは何処にいる？」

「只今、お風呂でございます」

「そうか」

大月はそのまま二階へ上ってしまった。

四

その翌日は珍しく上天気だった。

司法主任を先頭にして数名の警官達がこれでもう何度目かの兇器の捜査にやって来た。

大月にまでも援助を申出た彼等は、二階の洋服箪笥の隅から階下の台所の流しの下まで、所《いわ》謂《ゆる》警察式捜査法でバタリピシャリと虱潰しにやり始めた。

が、今日は殆ど一日かかって、午後の四時頃、とうとう司法主任は歓声を上げた。それは、もういままでに何度も何度も手に取って見ていた筈の、事件の当時亜太郎の屍体の側に転がっていた細長い一個の絵具箱であった。

慧眼の司法主任は、ついにこの頑丈な木箱の金具のついた隅の方に、はしなくも一点の針で突いたような血痕を発見したのだ。

主任は、岳陰荘を引挙げながら、勝誇ったように大月へ云った。

「どうやらこれで物的証拠も出来上ったようですな」

弁護士は軽く笑って受け流した。

けれどもやがて一行が引挙げてしまうと、なに思ったのか大月はさっさと二階へ上っていった。そして東室の窓を開けると、手摺に腰掛けて、阿呆のように外の景色に見惚《みと》れはじめた。

いつ見ても、晴れた日の樹海の景色は美しい。細かな、柔かな無数の起伏を広々と涯《はて》しもなく押し拡げて、彼方には箱根山が、今日もまた狭霧《さぎり》にすっぽりと包まれて、深々と眠っていた。裏庭の広場からは、薪を割る安吉老人の斧の音が、いつもながら冴え冴えと響きはじめ、やがて静かな宵闇が、あたりの木陰にひたひたと這い寄って来る。浴室の煙突からは、白い煙が立上り、薪割りをしながら湯槽《ゆぶね》の金剛と交しているらしい安吉老人の話声が、ボソボソと呟くように続く。おとみ婆さんは、夕餉《ゆうげ》の仕度に忙しい。

間もなく岳陰荘では、ささやかな食事がはじまった。が、大月弁護士はまだ二階から降りて来ない。心配したおとみ婆さんが、階段を登りはじめた。と、重い足音がして、大月が降りて来た。

けれどもやがて食卓についた彼の顔色を見て、おとみ婆さんは再び心配を始めた。

僅か一時間ばかりの間に、二階から降りて来た大月は、まるで人が変ったようになっていた。血色は優れず、両の眼玉は、あり得べからざるものの姿でも見た人のように、空《うつ》ろに見開かれて、食器をとる手は、内心の亢奮を包み切れずか絶えず小刻《こきざみ》に顫えていた。

大月は黙ってそそくさと食事を進めた。

食事が済むと、なに思ったのかステッキを提げて、闇の戸外へ出て行った。そして東側の林の方へ、妙な散歩に出掛けはじめた。が間もなく帰って来ると、人々の相手にもならず、黙り込んで二階へとじこもってしまった。皆は口もきかずに顔を見合わせる。

翌朝――

司法主任が元気でやって来た。

昨日の家宅捜査で見事に物的証拠を挙げた彼は、東京に於ける亜太郎の葬儀が済み次第、不二を検挙する旨を満足げに話した。けれども大月は一向浮かぬ顔をして、うわの空で聞いていたが、やがて主任の話が終ると、突然意外なことを云いだした。

「あなたはまだ、川口が殴り殺されたのだと思っていられますね」

「な、なんですって？……立派な証拠が」

「勿論、その証拠に狂いはないでしょう。川口の致命傷は、確かにあの絵具箱の隅でつけられたものに違いありますまい。けれども川口は、あの絵具箱で殴り殺されたのではないのですよ」

「と云うと？」

「独りで転んだ時に、絵具箱の隅に触れたんです」

「飛んでもない、川口は立派な遺言を残して……」

「ありゃあそんな遺言じゃ有りません。もっと外《ほか》に意味があります」

「と云うと？」

「それが非常に妙なことで、兎に角あの事件の起きた日の日没時に、この東室の窓に、実に意外な奴が現れたんです。そ奴《いつ》は、私達にとっても、確かに一驚に値する奴なんだが、特に川口にとってはいけなかったんです。で、吃驚《びっくり》した川口は、思わずよろよろと立上った途端に、左手に持ったままの調色板《パレット》の油壺から零《こぼ》れ落ちた油を、うっかり踏み滑って、後にあった絵具箱へ、後頭部をいやと云う程打ちつけたのです。これが、川口亜太郎の、疑うべきもない直接の死因です」

「一寸待って下さい。……あなたは先刻《さっき》から、何か盛《さかん》に話していられるようだが、私にはさっぱり判りません。先日、私が川口不二を容疑者として連行した時に、あなたは、私が物的証拠を摑んでいないのを責められた。で、恰度あの場合と同様に、いま、あなたの云われる話について、なにか正確な証拠を見せて頂き度い」

「判りました」と大月もいささかムキになった。「必ずお眼に掛けましょう。が、いま直《ただち》にと云う訳には参りません。私の方からお招きに上るまで、待って下さい。必ずお眼に掛けます」

「…………」

司法主任は、くるりと後を振り向くと、足音も荒く、さっさと帰ってしまった。

五

さて、大月弁護士が、司法主任への約束を果したのは、それから二日目の、天気のよく晴れ渡った日暮時のことであった。

大月と司法主任は、東室の長椅子《ソファー》に腰掛けて、窓の方を向いてお茶を飲んでいた。

司法主任は、相変らず御機嫌が悪い。焦立《いらだ》たしげに舌打ちしながら、やがて大月へ云った。

「まだですか？」

「ええ」

「まだ、出ないんですか？」

「ええ、もう少し待って下さい」

そこで司法主任は改めてお茶を飲みはじめた。が、暫くすると、一層焦立たしげに、

「いったい、その怪しげな奴とやらは、確に出て来るんですか？」

「ええ、確かに出て来ますとも」

「いったい、その奴は何者です？」

「いや、もう間もなく出て来ます。もう少し待って下さい」

「…………」

司法主任は、不機嫌に外を向いてしまった。

空は美しい夕日に映えて、彼方の箱根山は、今日も亦《また》薄霧の帳《とばり》に隠れている。

裏庭の広場では、どうやら安吉老人が薪を割り始めたようだ。きっと浴室の煙突からは、白い煙が立上っているに違いない。

と、不意に司法主任が立上った。右手にコーヒー茶碗を持ったまま、呻《うめ》くように、

「こ、こりゃあ、どうしたことだ!」

「…………」

「あんなところに……」司法主任の声は顫えている。「あんなところに……むウ、富士山が出て来た!……こ、こりゃあ妙だ?」

見ればいつのまにか、箱根山を包んだ薄霧の帳の上へ、このような方角に見ゆべきもない薄紫の富士の姿が、夕空高く、裾のあたりを薄暗《うすやみ》にぼかして、クッキリと聳えていた。

「あなたは、こう云う影の現象を、いままでにご存じなかったのですか?」

大月が微笑みながら云った。

「いや私は、最近こちらへ転勤して来たばかりです!……ふうム、成る程。つまりこりゃあ、入日を受けて霧の上へ写った、富士山の影ですね」

「では、序《ついで》に」と大月は前方を指差しながら、「どうです、ひとつ、あの近景の木立を見て頂

きましょうか」

「…………」

司法主任は黙ってそちらを見た。

「……あれは、なかなか恰好のいい木立でして……」

「やややッ！」と主任は奇声を張りあげた。「むウ……色が変ってしまった！」

成る程、薄暗《うすやみ》の中に一層暗くなっていなければならない筈の暗緑色の木立は、なんとした事か疑いもなく南室から見える木立と同じように、明かに白緑色を呈している。

「先晩、調べてみましたがね」大月が云った。「あれは合歓木《ねむ》の木立でしたよ。そら、昼のうちは暗緑色の小葉《こば》を開いていて、夕方になると、眠るように葉の表面をとじ合わせて、白っぽい裏を出してしまう……」

「成る程……判りました。いや、よく判りました。つまり川口は、あの時、この景色を描いていたんですね」

「そうです」

「じゃあ、それからどうなったんです？」

「……ねえ、主任さん」と大月が開き直った。「私達は始めての土地へ来ると、よく方位上の錯覚を起して、どちらが東か南か、うっかり判らなくなることがありますね。……当時の亜太郎も、屹度《きっと》それを経験したのです。で、東京を出る時に、見送りに来た白亭氏から、妙な注意をされて、なにも知らない川口氏は、なんのことかさっぱりわからず、持ち前の小心でいろいろと苦に病み、金剛氏等の云うようにすっかり鬱《ふさ》ぎ込んでしまったのでしょう。けれども目的地に着いて、この地方の美しい夕方の風光に接すると、画家らしい情熱が涌き上って来て、心中の疑問も暫く忘れることが出来、早速東室《このへや》へやって来ると、この窓に恰度こんな風に現れていた影富士を見て、直《ただち》に方位上の錯覚を起し、感興の涌くままに、本物の富士のつもりで、この薄紫の神秘的な影富士を素早く写生しはじめる……」

「成る程」

「けれども、勿論これは、入日のために箱根地方の霧に写った影富士ですから、当然間もなく消えてしまいます。そこで、ふとカンバスから視線を離した川口氏は、一寸の間に富士が消えてしまったのを気づいて、始めから本物だと思い込んでいただけに、この奇蹟的な現象に直面して、ひどく吃驚《びっくり》したに違いありません。するとその瞬間、川口氏の頭の中にその朝東京を出るときに白亭氏から与えられた妙な注意の言葉が、ふと浮びます。あれは、確か……あちらへいったら、ふじさんにきをつけなさい……と云うような言葉でしたね？……」

「むウ、素晴しい。……つまり、やっぱり私が、最初から睨んでいた通り、不二さんは、富士山に、通ずる……ですな……ふム、確かにいい。実に、完全無欠だ！」

司法主任はすっかり満悦の体《てい》で身を反らし、小鼻をうごめかしながら、おもむろに窓外を眺め遣《や》った。

そこには、夕風に破られた狭霧《さぎり》の隙間を通して、恰度主任の小鼻のような箱根山が、薄暗《うすやみ》の中にむッつり眠っているだけで、もう富士の姿は消えたのか、影も形も見えなかった。

(〈ぷろふいる〉昭和十一年一月号)

白妖

連載短篇（その2）

白妖

大阪圭吉

一

むし暑い闇夜のことだった。

一台の幌型自動車《フェートン》が、熱海から山伝いに箱根へ向けて、十国《じっこく》峠へ登る複雑な登山道を疾走《はし》り続けていた。S字型のジッグザッグ道路で、鋸《のこぎり》の歯のような猛烈なスイッチバックの中を襞積《ひだ》のように派出する真黒な山の支脈に沿って、右に左に、谷を渡り山肌を切り開いて慌しく馳け続ける。全くそれは慌しかった。自動車それ自身は決してハイ・スピードではないのだが、なんしろ大腸の解剖図みたいな山道だ。向うの山鼻で、ヘッド・ライトがキラッと光ったかと思うと、こちらの木蔭で警笛がなると、重苦しい爆音を残して再びスーッと光の尾が襞積《ひだ》の向うへ走り去る。同じところをグルグル廻っているようだが、それでいて少しずつ高度を増して行く。

　タキシーらしいが最新型のフェートンだった。シェードを除《と》った客席では、一人の中年紳士が黒革の鞄を膝の上に乗せて、激しく揺《ゆら》れながらもとろとろとまどろみ続ける。背《バック》鏡《ミラー》で時どきそれを盗み見ながら、ロシア帽子の運転手は物憂い調子でハンドルを切る。

　この道はこのままぐんぐん登りつめて、やがて十国峠から箱根峠まで、岳南《がくなん》鉄道株式会社の経営による自動車専用の有料道路《ペイ・ロード》に通ずるのだ。代表的な観光道路で、白地に黒線のマークを入れた道路標識が、スマートな姿体で夜目にも鮮かに車窓を掠め去る。

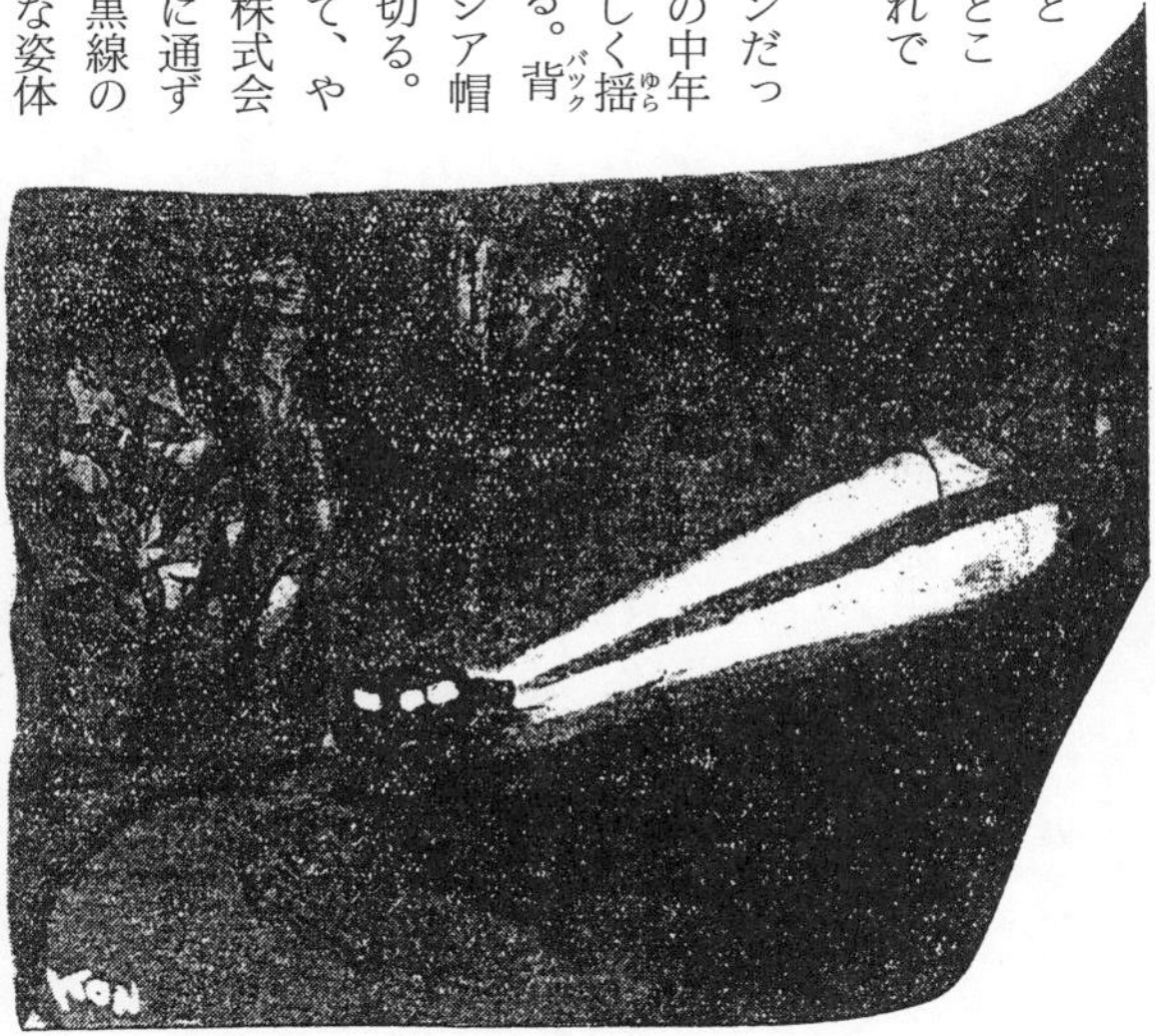

やがて自動車は、ひときわ鋭いヘヤーピンのような山鼻のカーブに差しかかった。運転手は体を乗り出すようにして、急激にハンドルを右へ右へと廻し続ける。――グググッと、いままで空間を空撫《からな》でしていたヘッド・ライトの光芒《ひかり》が、谷間の闇を越して向うの山の襞積《ひだ》へぼやけたスポット・ライトを二つダブらせながらサッと当って、土台の悪い幻燈みたいにグラグラと揺れながら目まぐるしく流れる。と、その襞積《ひだ》の中腹にこの道路《みち》の延長があるのか、一台の華奢なクリーム色の二人乗自動車《クーペ》が、一足先を矢のようにつッ走って、見る見る急角度に暗《やみ》の中へ折曲ってしまった。

「チェッ！」運転手が舌打ちした。

退屈が自動車《くるま》の中から飛び去った。速度計は最高の数字を表わし、放熱器《ラジエーター》からは、小さな雲のような湯気がスッスッと洩れては千切れ飛んだ。車全体がブーンと張り切った激しい震動の中で、客席の紳士が眼を醒した。

「有料道路《ペイ・ロード》はまだかね？」

「もう直《じき》です」

運転手は振向きもしないで答えた。とその瞬間、またしても向うの山の襞積《ひだ》へ、疾走するクーペの姿がチラッと写った。

「おやッ」と紳士が乗り出した。「あんなところにも走ってるね？　ひどくハイカラな奴が……いったいなに様だろう？」

「箱根の別荘から、熱海へ遠征に出た、酔いどれ紳士かなんかでしょう」

運転手が投げ出すように云った。

「追馳けてみようか？」

「駄目ですよ。先刻《さっき》からやってるんですが……自動車《くるま》が違うんです」

紳士は首を屈めて、外の闇を覗き込んだ。——急に低くなった眼の前の黒い山影の隙間を通して、突然強烈な白色光が、ギラッと閃いて直ぐに消えた。紳士はなにやら悲壮な尊い力を覚えて、ふと威儀を正した。

その瞬間のことだった。不意に自動車《くるま》がスピードを落し、ダダッと見る間に彼は前のめりになって、思わず運転手の肩に手を突いた。——急停車だ。

二

見れば、ヘッド・ライトの光に照らされて、前方の路上に人が倒れている。首をもたげてこっちへ顔を向けながら、盛んに片手を振っている。

運転手はもう自動車《くるま》を飛び降りて馳けだして行った。紳士もあたふたとその後に続いた。倒れていたのは、歳をとったルンペン風の男だった。ひどい怪我だ。

「……いま行った……気狂い自動車《やろう》ですよ……」

怪我人が喘《あえ》ぎ喘ぎ云った。紳士は早速運転手に手伝わせて怪我人を抱き上げ、自動車《くるま》の中へ運び込んだ。

「……すみません……」怪我人が苦しげに息づきながら云った。「……わっしア、ご覧の通り……夜旅のもんです……あ奴《いつ》め、急に後ろから来て……わっしが、逃げようとするほうへ……旦那……なにぶん、お願いします……」

怪我人はそう云って、もうこれ以上喋れないと云う風に、クッションへぐったりと転って、口を開け、眼を細くした。

紳士は大きく頷いて見せると、鞄を持って運転手の横の助手席へ移った。

「さあ出よう。大急ぎだ。箱根までは、医者はないだろう？」

「ありません」

自動車《くるま》は、再び全速力で走りだした。

とうとう峠にやって来た。

道が急に平坦になって、旋回している航空燈台の閃光が、時々あたりを昼のように照し出す。もう此処までやって来ると、樹木は少しも見当らない、一面に剪《か》り込んだような芝草山の波だ。

と、向うから自動車《くるま》が一台やって来た。ヘッド・ライトの眩射が、痛々しく目を射る。――先刻《さっき》のクーペだろうか？

だがその自転車《くるま》は、似ても似つかぬ箱型《セダン》だった。客席には新婚らしい若い男女が、寝呆け顔をして収まっていた。

「いま、クーペに逢ったろう？」

徐行しながら運転手が、向うの同業者へ呼びかけた。

「逢ったよ。有料道路《ペイ・ロード》の入口だ！」

そう叫んで、笑顔を見せながら、新婚車は馳け去って行った。

間もなく有料道路《ペイ・ロード》の十国峠口が見えだした。

電燈の明るくともった小さな白塗のモダーンな停車場《スタンド》の前には、鉄道の踏切みたいな遮断機が、関所のように道路を断ち切っている。

その道の真中に二人の男が立って、遮断機の前でなにやらしていたが、自動車《くるま》が前まで来て止まると、その内の一人は事務所を兼ねている出札口へ這入って行った。

紳士は真ッ先に飛び降りて、出札口へ馳けつけた。そして蟇口《がまぐち》から料金を出しながら、切符とは別なことを切り出した。

「いま私達より一足先に、クリーム色の派手なクーペが通ったでしょう？」

「通りました」出札係が事務的に答えた。

「どんな男でした？　乗ってたのは……」

「見えませんでした」

「見えなかった？　だって切符を買いに来たでしょう？」

「いえ、来ません。あれは大将の自動車《くるま》です」

「なに、大将？」紳士は急き込んだ。

「はい」事務員は切符に鋏を入れて出しながら、「この会社の重役で堀見《ほりみ》様の自動車《くるま》ですから、切符なぞ売りません」

「なに、堀見？……ははア、あの岳南鉄道の少壮重役だな。じゃあ、クーペの操縦者は、堀見氏だったんだね？」

「さあ、それが……」

「二人乗ってたでしょう？」

「いいえ、違います。一人です。それは間違いありません」

紳士の態度を警察官とでも感違いしたのか事務員は割に叮寧になった。

「いずれにしても」紳士が事務員へ云った。「大変なんだ。実は、あのクーペが、歩行者を一人轢逃げしたんだ」

「轢逃げ？」事務員が叫んだ。「で、怪我人は？」

「僕の自動車《くるま》へ収容して来た」

「大丈夫ですか？」

「それが、とてもひどい……恐らく、箱根まで持つまい」

こう話している内にも、事務員は明らかに驚いたらしく、見る見る顔色が蒼褪めて来た。

「……そうでしたか……道理で可怪《おか》しいと思いました……いや、申上げますが、実は、此処でも変なことがあったんです」

「なに、変なこと?」紳士が乗り出した。

「ええ、それが、なんしろ、重役の自動車《くるま》ですから、其処で止まったと思うと、直ぐに私は飛出して、遮断機を上げ掛けたんです。すると、余程急ぐとみえてまだ私が遮断機を全部上げ切らないうちに、自動車《くるま》はスタートして、アッと思う間に前部の屋根でこの遮断機を叩きつけたまま、気狂いみたいに馳け出してしまったんです」と表の道路の方を顎で差しながら、「……いままで二人して、応急の修理をしていたところです」

　こんどは紳士のほうが驚いたらしい。

「ふうむ、兎に角僕は、これから直ぐに箱根へ行くのだが――おッと、ここには電話があるだろう?」

「あります」

「よし。箱根の警察へ掛けて呉れ給え。いま行ったクーペを直ぐにひっ捕えるように。いいかね。よしんば重役でも、社長でも、構わん」

「そんなら、とてもいい方法がありますよ。向うの箱根峠口の、有料道路《ペイ・ロード》の停車場《スタンド》へ電話して、遮断機を絶対に上げさせないんです」

「そ奴《いつ》ア名案だ。だが、いまの調子で、遮断機をぶち破って行ってしまいはせんかな？」

「大丈夫です。遮断機には鉄の芯がはいってますから、私みたいに上げさえしなければ絶対に通れません」

「そうか。いや、そ奴《いつ》ア面白い。つまり関所止め、と云う寸法だね。まだクーペは、向うへは着かないだろうね？」

「半分も行かないでしょう」

「よし。じゃあ直ぐ電話して呉れ給え。絶対に遮断機を上げないようにね」

　事務員は停車場《スタンド》の中へ馳け込んで行った。

　間もなく電話のベルが甲高く鳴り響き、壊れかかった遮断機が上って、瀕死の怪我人を乗せた紳士の幌型自動車《フェートン》は、深夜の有料道路《ペイ・ロード》を箱根峠めがけてまっしぐらに疾走しはじめた。

三

　さて、読者諸君の大半は、箱根——十国間の自動車専用有料道路《ドライヴィング・ペイ・ロード》なるものがどのような性質を持っているか、既に御承知の事とは思うが、これから数分後に起った異様な事件を正確に理解して戴くために、二三簡単な説明をさして戴かねばならない。

いったいこの有料道路《ペイ・ロード》の敷設されている十国峠と箱根峠とを結ぶ山脈線は、伊豆半島のつけ根を中心に南北に縦走する富士火山脈の主流であって、東に相模灘《さがみなだ》、西に駿河湾を俯瞰しつつ一面の芝草山が馬の背のような際立った分水嶺を形作っているのだが、岳南鉄道株式会社はこの平均標高二千五百呎《フイート》の馬の背の尾根伝いに山地を買収して、近代的な明るい自動車道《ドライヴ・ウエイ》を切り開き、昔風に云えば関銭を取って自動車旅行者に明快雄大な風景を満喫させようと云う趣向だった。だから南北約六哩《マイル》の有料道路《ペイ・ロード》は独立した一個の私線路であって、十国口と箱根口との両端に二ケ所の停車場《スタンド》があるだけで枝道一本ついてない。しかもその停車場《スタンド》には前述のように道路の上に遮断機が下りていて番人の厳重な看視の下に切符なしでは一般に通行を許さない。だから途中からこの有料道路《ペイ・ロード》へ乗り込んで走り抜ける訳にも行かなければ、又途中から有料道路《ペイ・ロード》を抜け出して走り去ることも出来っこない。

尤も尾根伝いの一本道とは云っても、数哩《マイル》ぶっ通しの直線道路ではなく、主として娯楽本位の観光道路だから、直線そのものの美しさも旅行者に倦怠を覚えさせない程度のそれであって到るところに快いスムースなカーブがあり、ジッグザッグがあり、S字型、C字型、U字型等々さまざまの曲線が無限の変化を見せて谷に面し山頂に沿って蜿蜒《えんえん》として走り続ける。

けれどもこの愉快な有料道路《ペイ・ロード》も、夜となってはとんと見晴らしが利かない。わけても今夜のように雲が低くのしかかったむし暑い闇夜には、遠く水平線のあたりにジワジワと湧き出したような微光を背にして夥しい禿山の起伏が黒々と果しもなく続くばかりでどこか此の世ならぬ地獄の山の影絵のよう。その影絵の山の頂を縫うようにして紳士と怪我人を乗せた自動車《くるま》は、いましも有料道路《ペイ・ロード》の真ン中あたりをものに追われるように馳け続けていた。

「そういえば、なんだか見たことのある自動車《くるま》だと思いましたよ」

ハンドルを切りながら運転手が云った。

「君は堀見氏を知ってる？」隣席の紳士だ。

「いいえ、新聞の写真で見ただけです。でも、あの人の熱海の別荘は知ってます。山の手にあります」

「いま熱海にいるのかね？　堀見氏は」

「さア、そいつは存じませんが……兎に角、車庫《ギャレージ》つきの別荘ですよ」

紳士は煙草に火をつけて、満足そうに微笑みながら、

「一台も自動車《くるま》には行き逢わなかったね。……もうあのクーペ、いま頃は関所止めになって、箱根口でうろうろしているだろう」

遙かに左手の下方にあたって、闇の中に火の粉のような一群の遠火が見える。多分、三島の町だろう。

やがて自動車《くるま》は、ゴールにはいるランナーのように、砂埃《さじん》を立てて一段とヘビーをかけた。直線コースにはいるに従って、白塗の停車場《スタンド》がギラギラ光って見えはじめた。

「おやッ？」紳士が叫んだ。

「いないですね！」同時に運転手の声だ。

全く、道の真ン中には遮断機が下りているだけでクーペの姿はどこにも見えない。そこへ事務員らしい黒い男が飛び出して来て、大手を拡げて道の真ン中に立塞《たちふさ》がった。

紳士は飛び下りて、バタンと扉《ドア》を締めると同時に叫んだ。

「電話が掛ったろう？」

「掛りました」

「それに、何故通したのだ！」

「えッ？」

「何故自動車《くるま》を通したと云うんだ！」

「…………？」

事務員はひどく魂消《たまげ》た様子だ。バタバタ音がして、事務所のほうからもう一人の男が出て来た。紳士は二人を見較べるようにしながら、重々しい調子で云った。

「――僕は、刑事弁護士の大月と云うものだが、仮令《たとえ》あのクーペが有名な実業家の自動車《くるま》であろうと、苟《いや》しくも人間一人を轢逃げにするからは、断じて見逃さん。君達は、自分の良心に恥じるがいい」

「ちょ、ちょっと待って下さい」

あとから出て来た事務員が乗り出した。額の広い真面目そうな青年だ。

「お言葉ですが、ハッキリお答えします。――この箱根口の停車場《スタンド》へは、貴方《あなた》がたの自動車《くるま》以外に、クーペはおろか猫の仔一匹参りません！」

四

それから数分後――電話を掛ける大月氏のうわずった声が、ベルの余韻に押かぶさるようにして、停車場《スタンド》の中から聞えて来た。

――ああ、もしもし――十国峠の停車場《スタンド》ですか？……箱根口です、先刻《さっき》の怪我人を乗せた自《く》動車《るま》の者だがね、そちらへあのクーペが戻って行かなかったかね？……え？……なに、行かない……やっぱり、そうか……ううん、こちらにもいない……本当にいないんだ、全然来ないそうだ、途中で？……むろん、逢わなかったさ……うん大変だよ、よしよし、ありがとう……。

――ああ、もしもし、熱海署ですか？……当直の方ですか？……僕は大月弁護士ですが、誰れかいませんか？……夏山《なつやま》さん？……いいです、代って下さい……。

――夏山警部補ですか？……大月です……いや、却って失礼しました……ところで突然ですが、一寸妙な事件が起きましてね……実は箱根口の有料道路《ペイ・ロード》の停車場《スタンド》にいます……ええ、自動車の轢逃げなんですがね、それがとても妙なんです、ただの轢逃げ事件だけじゃアないらしいんです……ええ……、そうです……ええ、……むろん、追ッ馳けましたよ……両方の停車場《スタンド》を閉塞して、有料道路《ペイ・ロード》へ追い込んだんです……ところがいないんです……本当ですとも……え？……ええ、ええ、お待ちしてます……そうですか、じゃあ大急ぎで来て下さい……ああ、それからね、オート・バイでなしに、自動車で来て下さい……ええ、僕の自動車《くるま》は、怪我人を乗せて、箱根へやっちまったんです……なんしろ大怪我ですからね……じゃあ後ほど、さようなら……。

——ああ、もしもし……もしもし……そちらは、熱海の堀見さんですか？　いや、どうも、晩《おそ》くから済みません……失礼ですが、貴女《あなた》は？……ああ、そうですか、私は、弁護士の大月と云うものですが、一寸火急の用件が出来まして……御主人は御在宅ですか？……え？……お留守？……東京の御本宅の方？……じゃアどなたか御家族の方はいらっしゃいませんか？……なに、え？　お嬢さん？　鎌倉へ行かれた？……他にどなたも、いらっしゃいませんか？……え？　え？　お客様が一人？……お客様じゃア仕様がない……じゃアね、変なことをお訊ねしますが、お宅の車庫《ギャレージ》には、自動車がありますか？……え？　有る？　そうですか、いや妙ですなア……実は、つい今しがた、箱根の近くで、お宅の自動車にお目にかかったんですよ……

乗ってた人は判りませんが、間違いもなくクリーム色のクーペです、嘘だと思ったら、車庫《ギャレージ》を調べて下さい……え？　そうですか、お睡《ねむ》いところを済みませんな、じゃア待ってますからな早く調べて下さい……。

——やア、どうも済みませんでした……で、車庫《ギャレージ》のほうはどうでした？　やっぱり車庫《ギャレージ》は藻抜けの空、それで……それで……なに、なんだって？　お客さまが殺されている⁉……

ガチリと大月氏は、受話器を叩き落した。そして、なにか身構えるような恰好で、後から駈込んだ事務員達を、黙って真ッ蒼い顔をしながら睨め廻した。氷のような沈黙が流れたが、直ぐに大月氏は、気をとりなおすと、ベルを鳴らし、再び慌しく受話器をとり上げた。

——熱海署だ！……ああ、もしもし熱海署ですか？……夏山さんはもう出られましたか？……なに、いま出るとこ？……大変なんだ、直ぐ代ってくれ……。

——ああ、夏山さん……いやどうも、大変なんです……ええ、さっきの自動車なんですがね、ところがね、その自動車《くるま》は、ほら、あの岳南鉄道の堀見さんのものなんです、で、早速いま、そちらの別荘の方へ電話したんです、すると、別荘に人が殺されてるってんです……ええ、そうそう、殺した奴が自動車《くるま》で逃げたわけです……さあ、その乗ってた犯人が誰だか、そいつア判らんですが、兎に角私は、逃げられないように、両方の停車場《スタンド》を厳重に監視してますから、あなたは別荘へ廻って、そこを調べたら、直ぐにこちらへ来て下さい……じゃアお願いします……。

五

堀見氏の別荘は、熱海でも山の手の、静かなところに建っていた。主人の堀見夫妻は、もう夏の始めから東京の本宅へ引挙げていた。その代り、一人娘の富子《とみこ》が、外人の家庭教師と二人で、この十日ほど前からやって来ていた。が、その二人も、今日の午後になって、大嫌いな客がやって来ると、そそくさと逃げるようにして鎌倉の方へ飛び出して行った。殺されたのは、その客であった。押山英一《おしやまえいいち》と云い、富裕な青年紳士だった。

いったい堀見亮三《りようぞう》氏は、岳南鉄道以外にも幾つかの会社に関係していた錚々《そうそう》たる手腕家なのだが、ここ数年来二進《にっち》も三進《さっち》も行かない打撃を受けて、押山の父から莫大な負債を背負わされていた。そうした弱味を意識してかしないでか、英一は、まだ婚期にも達しない若い富子を、なにかと求め、追いまわすのだった。

むろん富子は、押山を毛虫のように嫌っていた。それで、英一がやって来ると、家庭教師のエヴァンスと二人で、落着きもなく別荘をあとにしたのだった。エヴァンスは、まだ富子が子供の頃から、堀見家と親しくしているアメリカ生れの老婦人だった。富子が女学校に這入る頃から、富子の家庭教師ともなって富子に英語を教えて来た。彼女は富子を、自分の娘のようにも、孫のようにも愛していた。

別荘には、留守番をする母娘《おやこ》の女中がいた。大月氏の慌しい電話を受けて、最初に深い眠りから醒されたのは母の方のキヨだった。

睡《ねむ》い眼をこすりながら電話口に立ったキヨは、相手の異様な言葉に驚かされて直ぐに戸外に出て見たのだが、車庫《ギャレージ》にあるべき筈の自動車がなく、表門が開け放されているのをみつけると、なんて物好きなお客さまだろうと思いながら、客室の扉《ドア》を開けてみたのだが、開けてみてそこのベッドの横にパジャマのままの押山が、朱《あけ》に染って倒れているのを見ると、そのまま電話口へ引返した。

大月氏への返事を済すと、キヨは直ぐに警察へ掛けた。掛け終ってそのまま動くことも出来ずに、顫えながら電話室に立竦《たちすく》んでいた。

夏山警部補は、重なる電話にうろたえながらも、とりあえず一部の警官を有料道路《ペイ・ロード》へ走らせ、自分は部下を連れて堀見氏の別荘へ駈けつけて来た。続いてやって来た警察医は、押山の死因をナイフ様の兇器で心臓へ二度ほど突き立てた致命傷によるものと鑑定した。二つの傷の一つは、突きそこなったのか横の方へ引掻くようにそびれていた。殺されてからまだ一時間もたっていない死体だった。

夏山警部補は、キヨをとらえて、とりあえず簡単な訊問を始めた。すっかりあがってしまって、少からずへどもどしながらもキヨは、事の起ったままをあらまし答えて行った。

「……なんでもそんなわけでして、昨晩《ゆうべ》押山様は、大変遅くまで外出なさり、お酒を召してお帰りのようでしたが、それから私達はグッスリ眠りましたので、大月様とかからお電話を頂くまでは、なんにも知らなかったんでございます」

キヨがそう結ぶと、夏山警部補は、玄関から外へ出て見たが、そこで車庫《ギャレージ》の方へ歩きながら警部補は、懐中電燈の光で、地面の上の水溜りの近くに、車庫《ギャレージ》の方へ向って急ぎ足についている女の靴の跡を、二つ三つみつけ出した。

車庫《ギャレージ》には自動車《くるま》はなくて、油の匂いが漂っていた。

夏山警部補は、暫くの間、空の車庫《ギャレージ》をあちこちと調べていたが、やがて「ウーム」と呟くように唸ると、屈みながら顫える手でハンケチをとり出し、そ奴《いつ》で包むようにしながら、床のたたきの上からキラリと光るものを拾いあげた。

血にまみれたナイフだった。それも、見たこともないような立派なナイフだった。見るからに婦人持らしい華奢な形で洒落た浮彫りのある象牙の柄には、見れば隅の方になにか細かな文字が彫りつらねてある。警部補は、片手の電気を近づけ、覗き込むようにして見た。

（第十七回の誕生日を祝して。1936. 2. 29）

警部補は見る見る眼を輝かしながら、そおっとナイフをハンケチに包むようにしてポケットへ仕舞い込み、そのまま急いで母屋のほうへやって来ると、そこでまごまごしていたキヨをとらえて早速切りだした。

「時に、あんたは、歳はいくつだ？　もう五十は越したな？」

「いいえ、まだ、わたし恰度でございます。恰度五十で……」

「ふむ。では、あんたの娘さんは？」

「敏《とし》やでございますか？　あれは十八になりますが……」

「じゃア、エヴァンスさんは？」

「あの方はもう、六十をとっくにお越しです」

「富子さんは？」

「お嬢様は、今年十七でいらっしゃいます」

「有難う」夏山警部補は満足そうにニヤリと笑うと、「ではもう一つ、他でもないが、堀見家の人々は、皆んなこの別荘の合鍵を持っているね？」

「はい」

「むろんお嬢さんも？」

「はア、多分……」

「有難う」とそれから傍らの部下を振返って、元気よく云った。「さア、もうこれでここはいいよ。裁判所の連中が来るまでは、警察医《せんせい》に残っていて貰うことにして、これから直ぐに有料道路《ペイ・ロード》へ出掛けるんだ」

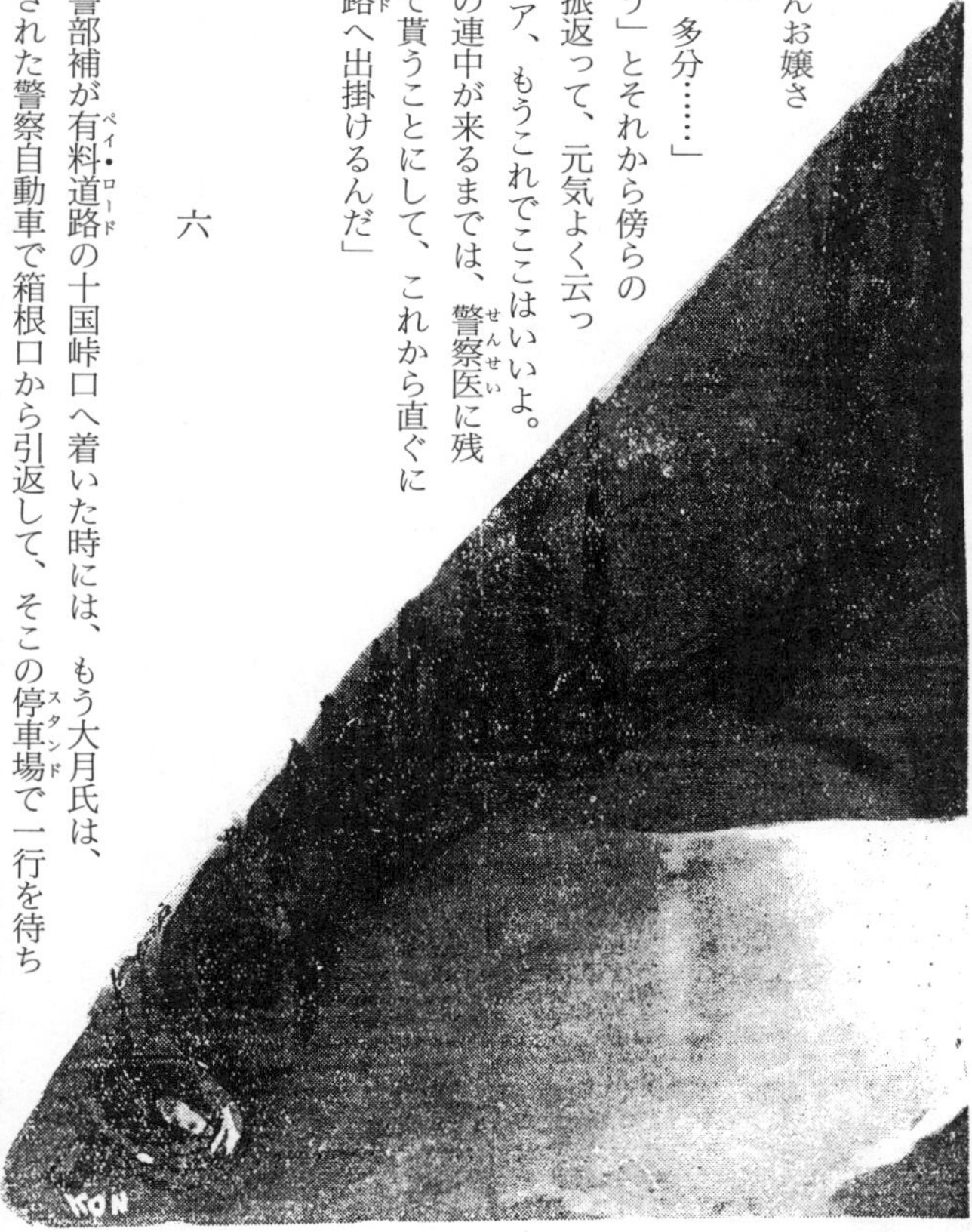

六

夏山警部補が有料道路《ペイ・ロード》の十国峠口へ着いた時には、もう大月氏は、先に廻された警察自動車で箱根口から引返して、そこの停車場《スタンド》で一行を待ちうけていた。

両方の停車場《スタンド》には、先着の警官達が二手に分れて監視していた。大月氏は、警部補を見ると直ぐに口を切った。

「もう別荘のほうは、済みましたか?」

「済むも済まぬもないですよ。なんしろ犯人は此処へ逃げ込んだって云うんですから、大急ぎでやって来たわけです……が、まア、だいたい目星はつきましたよ」

「もう判ったんですか? 誰です、いったい、犯人は?」

「いや、誰れ彼れと云うよりも、まだその、問題の自動車《くるま》はみつからないんですか?」

するとと大月氏は、いらいらと手を振りながら、

「いや、それですがね。どうもこれは、谷底へでも墜落したとより他にとりようがないんです」

「私もそう思いますよ。探しましょう」

「いや、その探すのが問題なんですよ。私もいま、こちらへ来ながら道の片側だけは見て来ましたが……この闇夜で、しかも……この有料道路《みち》の長さが六哩《マイル》近くもあるんですから、それに沿った谷の長さもなかなかあるんですよ。おまけに路面が乾燥していて、車の跡もなにもありゃアしないんだから、大体の墜落位置の見当もつきませんよ」

「しかし愚図愚図してるわけにもいきませんよ」

「そうですね。じゃア、兎に角残った片側を探して見ましょう。……だが、いったい犯人は誰

なんです？」

「犯人？……堀見氏の令嬢ですよ」

云い捨てるように警部補は自動車《くるま》に乗り込んだ。そのあとから、啞然たる一行が乗込む。自動車はバックして、箱根口へ向って走り出した。時速十哩《マイル》の徐行だ。

けれどもこの捜査の困難さは、半哩《マイル》と走らない内に、人々を焦躁のどん底へ突き落した。谷沿いの徐行だから、ヘッド・ライトの光の中には、谷に面した道路の片端がいつも見えているのだが、路面は全く乾燥していて、何処から滑り落ちたか車の跡さえ判らない。せめて道端に胸壁でもあって、それが壊れていれば墜落個所の見当はつくのだが、この道は人の通らない自動車専用の道路だから、そのような胸壁や駒止めも、白塗のスマートな奴が処々装飾的に組まれてあるだけで、とんと頼りにならない。

無意味な、憂鬱な捜査が暫く続いて、やがて自動車《くるま》は、胸壁のない猛烈なS字型のカーブに差しかかった。警部補は苛立たしげに舌打ちする。自動車はクルリとカーブを折れて、いま迄の進路と逆行するように、十国峠の方を向いて走りだした。

S字カーブの尻は、大きな角張ったC字カーブになっている。Lの字を逆立ちさせたような矢標《やじるし》のついた道路標識を越して、二十米突《メートル》も走った時だった。なにを見たのか大月氏は不意にギクッとなって慌しく腰を浮かしながら、

「止めて下さい！」

――巡査は直ぐにブレーキを入れた。

大月氏は扉《ドア》を開けてステップの上へ立ち上ったまま中の巡査へ云った。

「この向きで、このままバックして下さい……そう、そう……もっと、もっと……よろしい、ストップ！」

人々には、サッパリわけが判らない。

大月氏は助手席へ就くと、以前の姿勢に戻って云った。ひどく緊張した顫え声だ。

「さあ、もう一度今度は前進して下さい。最徐行で頼みます――おっと、問題のクーペは、ルーム・ランプが消えていたんだ。室内が明るくちゃアいかん。消して下さい」

自動車は灯を消して動き出した。

「いったい、どうしたんです？」

暗《やみ》の中で警部補が堪兼《たまりか》ねたように叫んだ。

「いや判りかけたんです。真相が判りかけたんです。いまに出ますよ」

「何が出て来るんです？」

「直ぐですから待って下さい」

自動車は先刻《さつき》の位置へ徐行を続ける。C字カーブの終りの角の直前だ。道がグッと左に折れているので、ヘッド・ライトの光の中には、真黒な谷間の澄んだ空間があるだけだ。

前を見ていた大月氏が、突然叫んだ。

「そら出た。止めて！」

「なにが出たです？」警部補だ。

「もう消えました。直ぐまた出ます。そこでは見えません。ずッとこちらへ来て下さい」

警部補は乗り出して、操縦席の大月氏の横へひょいと顔を出して前を見た。

「何も見えませんよ」

「いや。直ぐ出ます。……そら！　出たでしょう。いや、自動車《くるま》の外じゃあない。直ぐ眼の前の硝子窓です」

「ああ！」

——直ぐ眼の前の窓硝子の表面には、L字を逆立ちさせたような、有り得べからざる右曲り、、、の矢標《やじるし》を書いた標識が、明るく、近く、ハッキリと写った。が、直ぐにそれは、吸い込まれるように闇の中へ消えてしまった。

眼前の道路は左に折れているのだが、幻の標識は右曲りだ！

七

「いや、あなたが硝子に写ったものを見て、直ぐに後ろの窓を振返ったのは、正しいです」

やがて大月氏は、そう云って感心したように、警部補の肩を叩くのだった。

——全く、座席の後ろの四角い硝子窓からは、テール・ランプに照らされて仄赤くぼやけた路面が、直ぐ眼の下に見えるだけで、あとは墨のような闇だったのだが、直ぐにその闇の中に、何処からか洩れて来る強烈な光りに照らされて、いま自動車が通り越したばかりの道端の道路標識が、鮮やかにも浮きあがるのだ。そしてその幻のような闇の中の標識は浮きあがるかと見れば直ぐに消え、やがてまた浮きあがり直ぐに消え、見る人々の眼の底に鮮やかな残像をいくつもいくつもダブらせて行くのだった。

「偶然の悪戯ですよ」大月氏が云った。「あれは、直ぐ横の小山の向うから、斜めに差し込む航空燈台の閃光です。つまりこちらから見ると、向うの左曲りのカーブを教えるために正しく左曲りを示している暗《やみ》の中の標識が、閃光に照らされた途端に、後ろの窓を抜けて、前のこの硝子窓へ右曲りの標識となって、写るんです。……クーペはルーム・ライトを消してたし、前の谷が空気は清澄で、ヘッド・ライトは闇の中へ溶け込んでいます。おまけにこの硝子は、少しばかり傾斜していますので、反射した映像は、操縦席で前屈みになっている人でなくては見えません。……でも、それにしても、ふッと写ったこの虚像を、本物と見間違えて谷へ飛び込むなんてただの人間じゃアないですね」

「よく判りました。兎に角、早速下りて見ましょう」

警部補の発言で、人々は自動車《くるま》を捨てて谷際へ立った。ヘッド・ライトの光の中へ屈み込んで調べると、間もなく道端の芝草の生際に、クーペが谷へ滑り込んだそれらしい痕がみつかった。

「この辺《あたり》なら下りられますね。傾斜《スロープ》は緩やかなもんですよ」

夏山警部補はそう云って、山肌へ懐中電燈をあちこちと振り廻しながら、先に立って下りはじめた。

「夏山さん」後から続いて下りながら、大月氏が声を掛けた。「それにしても、犯人が堀見氏のお嬢さんだって、なにか証拠があるんですか？」

「兇器ですよ」警部補は歩きながら投げ捨てるように云った。「婦人持ちの洒落たナイフに、十七回誕生日の記念文字が彫ったるんです。しかも、今年の春の日附まで……そして、お嬢さんの富子さんは、今年十七です」

大月氏は黙って頷くと、そのまま草を踏付けるようにしながら、小さな燈《あかり》をたよりに山肌を下りて行った。が、やがてふと立止った。

「夏山さん……生れて、二つになって、第一回の誕生日が来る。三つになって、第二回の誕生日が来る……そうだ、今年十七の人なら、十六回の誕生日ですよ」

「えッ、なに？」

警部補が思わず振返った。

「夏山さん……十七回の誕生日なら、ナイフの主は十八ですよ」

「十八?……」と警部補は、暫く放心したように立竦んでいたが、直ぐに周章《あわ》ててポケットからノートをとり出し、顫える手でひろげると、「いやどうも面目ない。全くその通りですよ。それに……ちゃんと十八の娘があるんです」

「誰です、それは?」

「女中の敏やです!」

恰度この時、警官の懐中電燈に照らされて、山肌の一寸平らなところに、ほぐくれたような大きな痕がみつかった。

「あそこでもんどり打ったんだな。自動車が……」

大月氏が叫んだ。

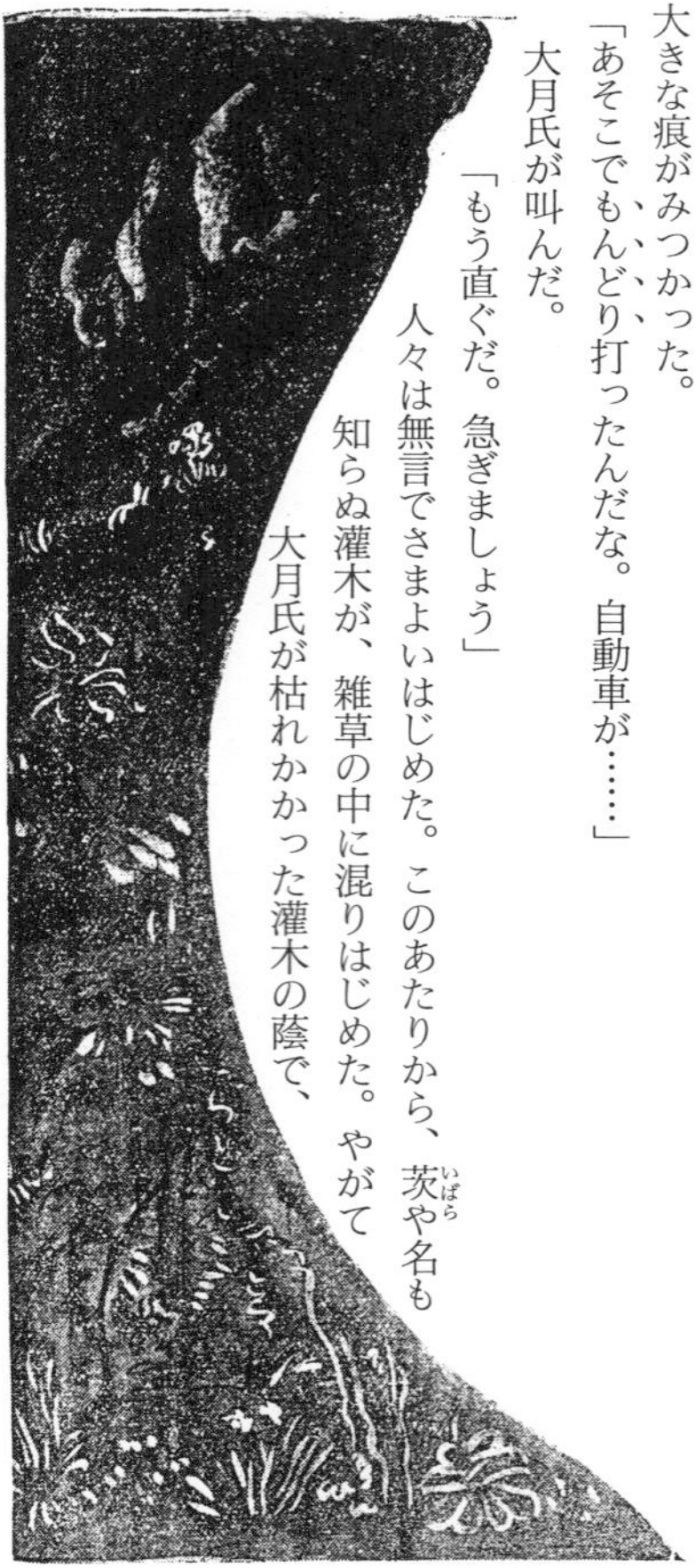

「もう直ぐだ。急ぎましょう」

人々は無言でさまよいはじめた。このあたりから、茨《いばら》や名も知らぬ灌木が、雑草の中に混りはじめた。やがて大月氏が枯れかかった灌木の蔭で、転っていたクーペの予備車輪を拾いあげた。人々は益々無言で焦り立った。小さな光が山肌を飛び交して、裾擦れの音がガサガサと聞える。と、警部補がギクッとなって立止った。

直ぐ眼の下の窪地に、まがいもないクリーム色のクーペが、真黒な腹を見せて無残な逆立ちをやっている。

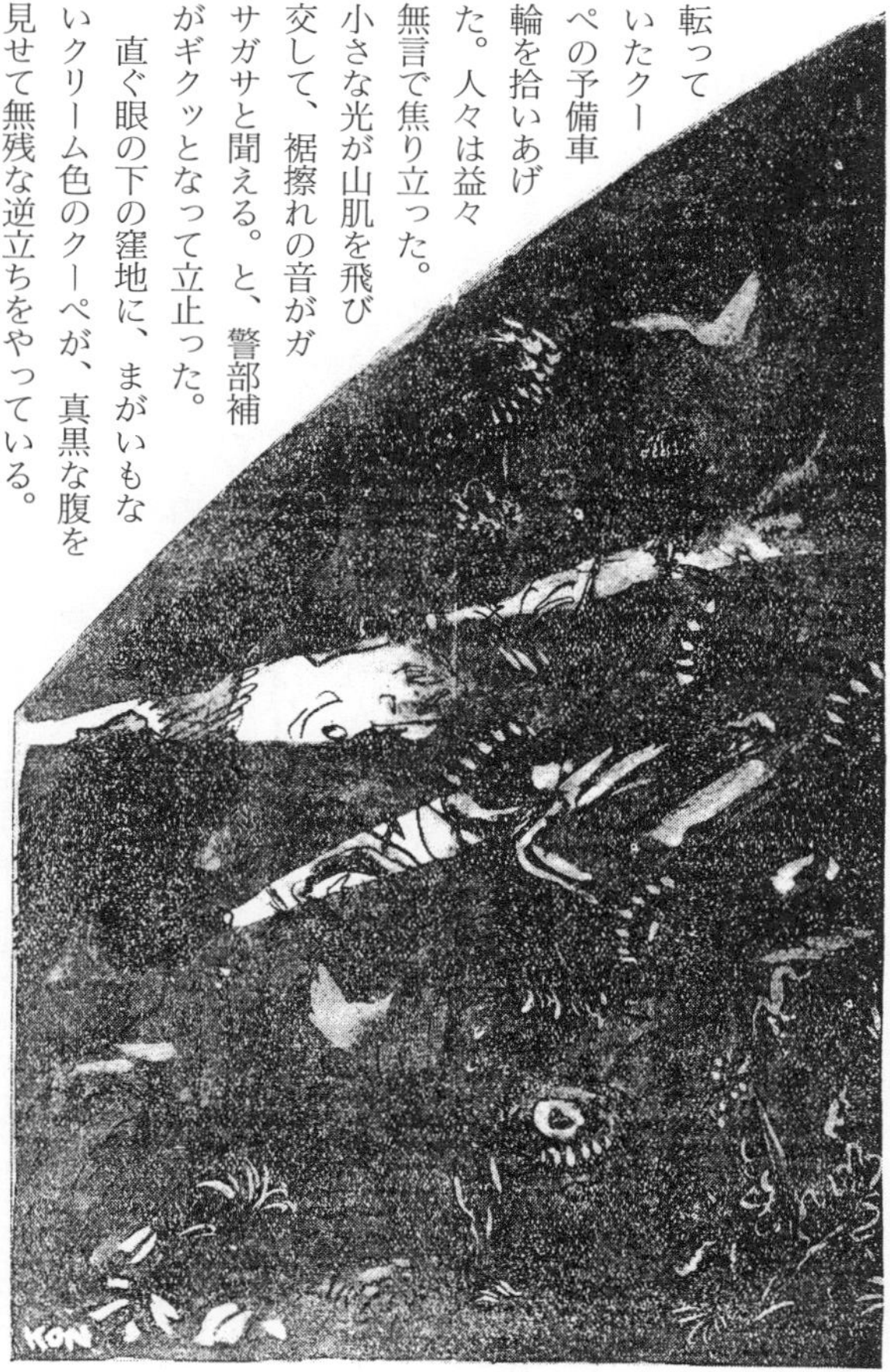

警部補も大月氏も無言で窪地へ飛び下りると、クーペの扉《ドア》を逆さのままにこじ開けた。

「おやッ」と警部補が叫んだ。

自動車《くるま》の中は藻抜けの空だ。けれどもやがて大月氏は、屈み込んで、操縦席の後のシートの肌から、血に穢《よご》れて異様にからまった、長い、幾筋かの白髪《しらが》を摑みあげた。

全く無残なクーペの姿だった。硝子と云う硝子は凡《すべ》て砕け散り、後部車軸は脆《もろ》くもひん曲って、向側の扉《ドア》は千切り取られて何処かへはね飛ばされていた。細々《こまごま》とした附属品なぞ影も形もない。

けれども間もなく人々は、その千切り取られた扉口から向うの雑草の上にまで、点々として連らなる血の痕をみつけた。犯人は、負傷こそすれ奇蹟的に助かっているのだ。人々は直ぐに血の痕をつけはじめた。

「こりゃア、髪の白い娘――と云うことになったね……ふン、いったいあなたは、どんな証拠を押えたんです？　そのナイフと云うのを見せて下さい」

大月氏の言葉に、歩きながら警部補は、不機嫌そうにポケットからハンケチに包んだ例のナイフをとり出した。

大月氏は、歩きながらそのナイフを受取って、電気の光をさしつけながら象牙の柄に彫られた文字を読みはじめた。がやがてみるみる眼を輝かせながら立止ると、警部補の肩をどやしつけた。

「あなたは、この日附が見えなかったんですか？　まさか盲じゃアあるまいし……ね、二月二十九日に誕生日をする人は二月二十九日に生れたんでしょう。ところが二月二十九日は閏《うるう》年にあるんで……だからこの人の誕生日は四年に一度しか来ないわけで。その人が十七回の誕生日を迎える時には、幾つになると思います。……六十過ぎですよ」

「判った」

警部補があわてて馳け出そうとすると、大月氏は不意に手を上げて制した。

直ぐ眼の前のひときわ大きな灌木の茂みの向うで、ガサガサと慌しげな葉擦れの音がした。人々は足音を忍ばせて近寄った。茂みの蔭を廻ったところで、警部補が懐中電燈の光をサッと向うへ浴びせかけた。

思ったよりも小さな、黒い、四つン這いになったものが、苦しそうにチンバをひきながら、それでも夢中で草の中を向う向きに這出して行った。が、それも光を背に受けると直ぐに止まって、ひょいとこちらを振り向いた。

「エヴァンスだ！」

全く——白髪頭の、小さな白いエヴァンスの顔だった。愛する富子の清浄をどこまでも守り通した気品と、罪への恐怖と悔恨に、引き歪められたエヴァンスの顔だった。

（〈新青年〉昭和十一年八月号）

大百貨注文者

大百貨注文者
大阪圭吉

一、七人の奇客

いちばん始めやって来たのは神田の水島《みずしま》銃砲火薬店の番頭だった。

玄関で名刺を出しながら、女中へ、「只今はお電話を有難うございました。早速御注文の品を、色々と取揃えて参りました。お取次願います」と云った。

東京ゴム会社の社長蒔田《まきた》幸造《こうぞう》氏の夫人は、女中の取次を受けると、一寸小首を傾げたが、すぐに自身で玄関へ出て来て、番頭に云った。

「何か、主人《たく》がお願いいたしまして？」

「はい」鉄砲屋の番頭は、叮嚀に小腰をかがめながら、「こちらの旦那様から、お電話で、新式のピストルを三挺ほど欲しいから、見本を取揃えて、お宅へお邪魔いたすよう申しつかりまして……」

「まア、ピストルを三挺も？」夫人は一寸驚いた様子であったが、「御苦労様でした。主人《たく》は只今一寸外出中ですが、間もなく帰りましょうから、お待ちになって下さいな」そう云って、急に考え込むような元気のない足取りで、奥へ引返して行った。

ところが、応接室へ通された鉄砲屋の番頭が、三本目の「鋗」へ火を点けようとしてマッチを取出した時に、第二番目の男が、蒔田家の玄関へ訪れて来た。同じ神田の荒物屋で、鍬半《くわはん》商店という店の番頭である。

「はイ、縄の御注文で……いちばん太い棕梠《しゅろ》縄の御注文で……七十メートル程御入用とのことでして、はイ」

と繰返すので、応接室の鉄砲屋が擦りかけたマッチを持ったまま、思わず聞耳を立てた。

この男も鉄砲屋と同じように、蒔田氏から電話で至急の注文を受けたのであった。前と同じように、女中はポカンとして佇《たたず》み、荒物屋は応接室へ入れられ、蒔田夫人は、一層深く考え込んで奥へ引取った。

ところが、鉄砲屋と荒物屋が、天気の話を済まして戦争の話を始め出した頃、第三番目の男

が、玄関の呼鈴をジーンと鳴らしてエヘンと咳払いをした。今度は立派な洋服の紳士だ。差出した名刺には、

——弁護士、大月対次——

とある。

「御主人が、何か私に御依頼の件があるそうで……いや、お留守なら待たして頂きましょう」

そう云って、物馴れた調子で応接室に案内されて行った。この客に対しては、蒔田夫人は始めて仄かな笑顔を見せて接し、応接室へお茶を出すよう女中に命じて引取った。

お茶を出しながらも、しかし女中は、

——いったい今日は何という日だろう。

腑に落ち兼ねた様子で、考え考え部屋に帰って、二人の朋輩《なかま》と噂を始めたのであるが、しかし間もなく四度目のベルに、舌打ちしながら立上った。

第四番目と第五番目の訪問者が、殆んど時を同じうして玄関に立ったのであった。

一人は、銀座マネキン協会のマネキン・ガール。と云えばどんな美人か説明するまでもあるまい。三十分ほど前から、蒔田幸造氏と二週間の雇傭契約が成立したと云う。

いま一人は、最近頓《とみ》に売り出した小石川の大島椿製油所の店員、成る程それらしくキチンとした身装《みな》りの青年で、このような際でありながら出て来た女中は、その男の髪の艶《つや》のよさに一寸打たれた形だった。——何と思ってか蒔田幸造氏は、この男の店に四百個という莫大な「大

島椿ポマード」の注文を掛けている。蒔田夫人は、マネキン・ガールとポマード氏を等分に見較べながら、このたびは一寸険しい語色を含んで、

「電話の聞き違いではないでしょうね？」

念を押してから、応接室へ通さした。

弁護士の大月氏がやって来てから妙に固くなっていた部屋の空気も、二人の若い男女が這入って行くと、急にほぐれて、気のせいか華やかにさえなって来た。しかし、何処をうろついているのか当の蒔田氏はまだ帰らない。蒔田氏の代りに、第六番目の客が訪れた。

主人が帰ったのかと急いで自ら飛び出した夫人の前には、これは又、大丸髷《おおまるまげ》の粋な年増――割烹「藪常《やぶつね》」の女将《おかみ》が、慇懃《いんぎん》に頭を下げながら五十人前の特別料理の献立について「御相談」にやって来た。

少なからずムシャクシャした調子で、夫人が女将の説明を訊き出している処へ、今度は第七番目の男――本郷の松美《まつみ》屋と称する余りパッとしないらしい靴屋の親爺が、赤革の短靴を半打《ダース》、風呂敷包みにしてハリ切って飛び込んで来た……

――いったい何人来れば済むのだろう。それにもう応接室も満員だし……しかし、奇妙な訪問者は、以上の七人を以って、幸か不幸かひとまず終りになったのであった。

ところで、いったい、東京ゴム会社の社長蒔田幸造氏は、何事を企てているのであろう。このような人達を呼び寄せて、しかもこのような注文――しかし夫人は、そのような不審を抱き

ながらも、主人が外出先から勝手に呼び集めて寄来《よこ》したこれ等の奇妙な客達を、当り障りのないように預ったのである。が、これには理由《わけ》があった。と云うのは、実はこの不思議な注文とは全然別に、もう一つの奇怪な出来事が、いまこの蒔田家を中心にして起上っている最中であるからであった。尤もそれであればこそ、この七人の奇客に対して夫人の抱いた驚きや不審は傍《はた》でみるより一層深刻なものでもあったのであるが……

さて、その出来事というのは——

二、不思議な盗賊

蒔田幸造氏は当年とって五十四歳。最近少しく事業が活況を見せて来てからは、その体軀も俄に脂肪《あぶら》切って見るからに剛腹そうな社長タイプ。しかし夫人との間には子供がなかった。子供の代りに夫人の遠縁に当る神山《かみやま》という青年を学生時代から引取って仕立て上げ、始めは自分のゴム工場で技師をさしていたが、この男が又仲々の秀才で信用も厚く、いまでは社長の懐刀として蒔田氏の身近くに秘書となっている。この秘書の神山と社長夫妻の三人のほかに、前にも云った女中が三人、合せて六人の人物がいまこの蒔田家に住《すま》っており、新興工業家としてはまことに小ざっぱりした世帯《しょたい》構えであった。

ところで話は少し遡《さかのぼ》るが、二年ほど前から社長と秘書とは、何事かを画策しはじめた。と云っても無論会社の事業に関してのことであったが、余程大事な秘密と見えてその内容はまだ夫人にさえも洩してない。なんでも神山秘書の発明にかかわる新製品に関する問題であることだけは薄々洩らされていた。

さて、その発明と研究は、最近もう殆んど完成の域に達していたのであるが、まことに世間の耳というものは恐ろしいもので、もう何者かがその秘密を嗅ぎつけ、密かに窺い始めたらしい。――茲《ここ》で作者は、(らしい)と云う言葉を使った。と云うのは、まだ秘密は外部に洩れていないのであるが、その秘密を何者かが執拗に窺っているらしい不思議な出来事が、最近二度ほど立て続けに蒔田家を襲ったからであった。

それは、奇妙な盗難事件であった。非常に巧妙な足取りで用心深くやって来て、最初は蒔田氏の私室の書類金庫や貴重品戸棚へ穴を明けて行った。後の時は神山秘書の私室を荒して行った。が、その二度とも目星しい金品は何一つ取られていない。どうやら盗賊は、それらの金品とは違ったものを目指しているらしい。蒔田氏は急に不安に駆られた様子で、その最も貴重に扱っている或る書類を、若くて頭のいい神山秘書の保管に任せることにした。

ところが、忌わしい出来事はこれだけにとどまらず、今度は肝腎な神山秘書自身が行方不明になってしまった。それはこの、奇妙な七人の訪問者が蒔田家を訪れた前日の午後の出来事であった。

午後の三時頃に、工場へ用事があって出掛けた秘書神山は、そのまま晩になっても帰って来ない。最初のうちはさほど気にも掛けず、

「神山だって人間だ。一晩位は大目に見てやれ」

と、そんな風にも考えて一夜を明したのであるが、それが今朝になってもまだ帰って来ないのを見ると、どうやら変だ。若い者に似合ず実直な男であるから、道楽するにしても電話位いかけて寄来しそうなものだ。考えて見れば今までにこんなことは一度もなかった。――と、愈《いよ》愈《いよ》本式に心配になり始めた。

ところが、午前九時頃に、突然警視庁から電話が掛って来た。受話器を取って何か二言三言早口に答えていた蒔田氏は、電話が終ると、ガラッと人が変った様になり、そそくさと外出の仕度を始めて、「あなた」「あなた」とつきまとう夫人にはろくに返事もしないでそのままぷいと飛出してしまったのである。ガッカリした夫人は自分の部屋へ引籠ってあれやこれやと心配しているところへ、例の七人の、妙な依頼を受けた人達がやって来たという訳だ。

それはさて置き――一方応接室の奇客達はそろそろしびれを切らし始めた。

鉄砲屋と荒物屋と靴屋は、戦争の話に実が入り過ぎてもう殆んど支那全体を占領してしまったし、隅のほうで一人ぽっちの「藪常」の女将は、うつらうつらと居睡りを始めるし、ポマー

ド氏とマネキン嬢はもう大分親密の度を増して来た様子。弁護士の大月氏は、「わしはこのような空気には堪えられん」といった風に、窓の処に立って顔を顰《しか》めて外の景色を眺めながら、もう五本目の葉巻に火を点けた。……

するとこの時、門前に自動車の停った気配がし、バタンとドアが締って、敷石道の上をコツコツとステッキで敺るようにしながら、ひどく急き込んだ歩調で、いよいよ、東京ゴム会社の社長蒔田幸造氏が帰って来たのである。

三、殺人事件

いそいそと迎出た夫人は、主人のオーバーと帽子を取りながら、真先に、

「あなた……」

と切なげに云った。が蒔田氏は、女中の前を憚るようにチラッと目配せしたまま、サッサと書斎へはいって行った。顔色がひどく悪い。後から追掛けて行った夫人が、そこで、

「あなた……」

と二度目の声を掛けた時に、蒔田氏は蒼い顔をして振り向くと、始めて口を切った。

「あなたあなたってナンだ！　それどころじゃアないんだぜ。大事件が起上ったんだ！」

「大事件ですって？」

「そうだよ。全く大事件なんだ。……早くから心配させてもと思って、電話も掛けなかったが、実は……おい、驚くではないぞ」とそれから急に声を殺して、「実は、神山が、神山が死んだのだ」

「えッ？」

「いや正しく云うと殺されたんだ。先刻《さっき》の警視庁の電話では、まだそれが確かに神山とは信じられなかったが、いま、現場で屍体を見て来たからもう間違いはない。神山は、処もあろうに銀座裏の、チャチなビルの二階で、恰度さっきの九時頃にピストルで撃たれたんだ」

「まア、どうしましょう」

「どうしましょうったって、もう駄目だよ。……おい、済まんがわしを一寸一人にして置いて呉れ」

「ハイ。でもあなた。あの人達はどうします？」

するとは急に顔を顰《しか》めて、

「あの人達イ？……」

「ハイ。あなたのお呼びになった人達を応接に待たせてあります」

「なに、わしの呼んだ人達イ？……」

「あラ。あなたお覚えないんですの？――鉄砲屋や荒物屋や、弁護士やマネキン・ガールが、皆んなで七人も、あなたの御注文で来て居ますのよ」

するとﾠ蒔田氏は、ムリムリッと柳眉？　を逆立てながら、

「冗談じゃアない。わしはそんな者達を頼んだ覚えは全然ない。サッサと断っちまえ！」

大喝一声、夫人を押出すようにして扉《ドア》をピシャリと閉めてしまった。

驚いたのは夫人のほうである。しばし呆然として約三分間というものはそのまま廊下に立竦《たちすく》んだ。が、もはやこうなっては何ともいたし方はない。意を決して自から応接室へやって来ると、威厳のある中にも同情を籠めた語調で、

「只今主人《たく》が戻りました。が、あなた方をお呼びいたした覚えは更にないと申しております。やっぱり、電話のお聞き違えか何かなんでしょう。どうぞ、お引取り下さい」

読者諸君よ。この時に応接室で持上った騒動を、不幸にして作者は茲《ここ》に描出するだけの筆力を持合せない。ただ、その騒動は、とても夫人一人の力では支えられるものではなく、遂に蒔田氏自からが出動して断乎として身の潔白を強調するに及んで、やっと収《おさま》りがついたという事だけをつけ加えて置こう。

人々はうらめし気に立あがった。わけてもポマード氏は進取の気性に富んだ青年とみえて、その怪しげなカバンの中からヤケじみた手つきでポマードを一つとり出すと、

「奥さん。御試用に供します」

と「大島椿ポマード」なる物の卓抜な効力をひとくさり弁じ立てて引揚げた。が、ポマード

氏が蒔田家の門前まで出て来ると、一足先に出ていた他の六人の奇客達が、そこで寄り集ってポマード氏を待っていた。

「皆さん」と、どうやら司会者らしい弁護士が、ポマード氏の仲間入りを待って口を切った。

「どうもこれは、ただの悪戯にしては、少し罪が深過ぎやしませんか。皆さんどう思いますか？」

皆んな、その通りだと云った。

「それでは申しますが」と大月弁護士は続けた。「あの蒔田さんの急き込んだ先刻《さっき》の様子と云い、奥さんの心配そうな顔つきと云い、私は、この家には、いま、何か事件が起きているな、と睨んでいます。だから、私達の蒙《こうむ》った悪戯も、只の悪戯ではなくてきっと深い曰《いわ》くのある悪戯だと思うんです。それで私達は、この大それた悪戯の責任者をどこまでも追求して、私達の受けた損害を正当に賠償させようじゃアありませんか」

皆んな賛成、賛成といきまいた。

「それでは、今はもう大分時間を無駄にしてしまったし、お互いに忙しい体ですから、ひとまずお別れするとして、どうでしょう、今夜にでも一度お集り願って、ひとつゆっくりと御相談して見ようではありませんか？」

皆んな愈《いよい》よ大賛成だ。靴屋の親爺が一寸迷っているようであったが、「藪常」の女将がその寄合に自分の座敷を提供しようと申出ると、すぐに大賛成をとなえ始めた。そして人々は、今夜の再会を約して、それぞれの方角へ散らばって行った。……

さて、一方、七人の訪問者を追い払った当の蒔田氏は、とてもこんなことはしていられないと云った様子で、急いで神山秘書の自室に飛び込むと、扉《ドア》を締め切って、二三日前に買い込んだばかりの新式の書類金庫のダイヤルを廻し始めた。恐らく神山は、この中へ例の秘密書類を保管しているらしい。いるらしいというだけで確かに無事にその中にあるかどうかは開けて見なければ判らない。やがて金庫の扉があいた。が、首を突込んでゴソゴソやっていた蒔田氏は、直ぐに蒼くなって飛上った。

四、失踪書類

銀座裏の真黒なドブ川に面した平田ビルの二階4号室には、いましも四五名の警官達が、物々しい様子で何事かしきりに調査に当っていた。部屋の入口に、私服の憲兵らしいのが立っているのをみれば、事件の並々ならぬ重大さが窺われよう。

部屋の真中には円卓子《まるテーブル》が一つあり、その周囲には三脚の椅子が乱雑に投げ出されている。その椅子の一つにグッタリと掛けたまま、頭へピストルの弾を打込まれて死んでいるのが、外《ほか》ならぬ東京ゴム会社の神山秘書だ。円卓子《まるテーブル》の上には灰皿が一つあり、吸口のない両切煙草の吸殻が一ぱい投げ込んであった。断って置くが、神山秘書は全然煙草を嗜《たしな》まなかった。尚灰皿のほかに卓子《テーブル》の上には、卓上電話や電話帳、何も書いてない雑記帳なぞが乱雑に投げ出してあった。床の上には神山の頭から流れ出た血が一面に拡ろがり、恐らく神山を最初のうち椅子に縛りつけてでもいたであろう、太い麻縄が一本投げ出してあった。部屋の隅にはお粗末な一脚の長椅子が据えてあり、誰かそこで長い間寝転んでいたらしくシーツが皺だらけになって、その上にケバケバしい表紙の雑誌が一冊投げ出してあった。家具と云う程のものはその他には殆んど見られない様な殺風景な部屋だった。

警視庁からこの部屋にやって来て神山の屍体を確めた蒔田社長が、大事な書類の安否を気遣って一旦家へ引返している間に、もう警官達は大体次の様に調査を進めていた。

――まず、この4号室の借主は、田増《たます》と名乗る混血児《あいのこ》の自称法律家で、この室を事務所に使っているのであるが、滅多に顔を出した事もなくどういう男であるか経歴も住所もとんと判らないし、第一この事務所には余り人の出入りするのを見かけないということ。それから神山秘書は昨晩この部屋に誘拐されて来て、兇器を持った男から拷問をかけられ何事か自白を迫られたらしいこと。神山が白状しないのでその男は神山を椅子に縛りつけ、番人を置いて一晩監視させ続けたこと。その番人は長椅子に転って雑誌を読みながら一夜を明したこと。朝になって再びやって来た問題の男は、今度は手を替えて神山の縛《いましめ》を解いてやり、何か一層狡猾な方法で再び脅迫を始めたが神山がどこまでも頑張るので到頭殺して行方をくらましたらしい事。等等が段々判って来た。

朝のことであるからピストルの音を聞いた人は何人もあるのであるが、犯人はいち早く逃れて未だ捕えられない。もうこの上は田増と称するらしいその犯人の追跡の方に全力を注ぐべきだ、と警官達が考え始めた時に、慌しい足音が聞えて蒔田社長が蹌踉《そうろう》としてやって来た。

蒔田氏は、警官達の中から、もう顔馴染らしい金筋の警部を呼出すと、人気のない廊下の隅の方へ連れて行って、顫え声を押殺しながらいった。

「やっぱり大変なことになりましたよ。例の書類が見当りません。どこを探してもないので最初の心頼みにしていた、神山の部屋の新らしい金庫を探して見ましたがそこにもない。ああ、もうこれで万事駄目になった。成る程神山を失ったのはわしに取っては大打撃だ。しかしもう、いま問題は一個人の死を超越して、重要な軍需産業の一部門の将来に影響しようとしているのですよ。わしにとっては、いや誰にとっても、神山の命よりもその設計書のほうが何層倍も大切なんですからね」

「ま、そんなに悲観説ばかりとらないで下さい」と警部がいった。「我々は必ずその犯人を捕えて、書類を取返しましょう」

「冗談じゃアない。書類なんぞ今更戻ったって何の役にも立たない。大事なのはその書類ではなくて秘密なんだ。一旦人に見られたからには、もう書類の値打はない。どうせそんな奴等にはちゃンとした聯絡《れんらく》機関があるから、秘密の内容はリレー式に通じる処まで通じてしまって。

……チェッ、『ガスマスク用の特殊ゴム』か、ああ、これで、なにもかも駄目になってしまった……」

五、奇客会議

「夕刊見ましたか？　どうです。やっぱり私の睨んだ通りでしょう。然《しか》も殺人事件と来ています」

「全く、大した御眼力ですね」

「いや、あの夕刊に書いてある以上にこの事件は複雑ですよ。記事によれば、只の殺人事件で、今夜こんな会合をしなければならないような私達のことなぞ、まるで見逃しているんですからね」

　大月弁護士が頻りに雄弁をふるっていた。まだ、ポマード氏とマネキン嬢と女将が集っているだけで、全員揃ったわけではない。夕刊紙上にその日の事件が報道されているだけに、話は益々賑やかにはずんで、知らず知らずに二三十分の時間が過ぎてしまう。が、まだ荒物屋と鉄砲屋と靴屋が来ない。

「どれ、ひとつ電話で催促してみるかな」

　話にひと切りつくと、大月弁護士は立上った。店へ出て電話室にはいる。

——さて茲《ここ》で、突然妙なことを云い出して恐縮であるが、この電話室へはいるまでの大月氏は、何気ない平常《ふだん》の大月氏であった。がそこでかなり手間取って電話を掛け終って出て来た時の大月氏は、前の大月氏とガラリと人が変ったように見えたから甚だ妙だ。

「皆んなもう、家は出たそうですよ」

と云ったまま、ガックリ坐り込むと、上着のポケットから手帳を出して中味を拡げ、それに見入りながら頻りに考え込む風情。たまり兼ねたポマード氏が、そっと寄り添って後から覗き込む。すると手帳の中には、

水島銃砲火薬店……神田四八〇一番
鍬半商店……神田四八〇四番
松美屋靴店……駒込四八一四番

とそれから一行置いて、

銀座マネキン協会……銀座四八三一番
大島椿製油所……小石川四八二六番
割烹「藪常」……神田四八二一番
大月法律事務所……丸の内四八〇七番

とこれだけではなんのことやらサッパリ判らない。

ところがこの会議たるや、司会者の大月氏が妙に鬱《ふさ》ぎ込んでしまっているので、始めからなんとなく間の抜けたものになってしまった。ただ大月氏は、今朝蒔田氏から掛けられたと思ったところの電話の内容について、つまり皆んなの受けた大きな注文について訊き質す時ばかり異様に眼を輝かせた。それで結局、この会議の得た確実な結論は、ポマード氏とマネキン嬢がいよいよ本格的に親密の度を加えたということに過ぎない。

六、動かぬ時計

翌る朝――

蒔田家の玄関へ、颯爽《さつそう》として現れたのは、云うまでもなく昨晩の徹夜で眼を赤くした大月氏であった。

「御主人は、今日御不快で、お眼にかかれないと申されます」

「いや、是が非でもお眼にかかりたいと申して下さい」

意外に強硬な大月氏の態度に、女中は吃驚《びつくり》して奥へはいったが、間もなく出て来て、

「どうしても、お眼にかかれないと申されます」おどおどしながらそう云った。

「どうしても？」と大月氏は一寸考えて、

「それでは、こうお伝えして下さい……ひょっとお宅で、何かお失くしになったものはありませんか？　とね。頼みます」

この薬は覿面《てきめん》に効いた。不快であった筈の蒔田氏自身飛び出して来て、大月氏を招じ入れた。

「早速ですが蒔田さん。やっぱり何かお失くしになったのですね。どんな品物か私は知りませんが、しかしその在所《ありか》だけはよく心得ております。むろんこのお宅の中でです」

──おお、何という不思議な言葉であろう。

蒔田氏は思わず大月氏の手を握りしめた。

「ほんとですか？」

「ほんとですとも。すぐに出して差上げましょう。……ところで、お宅には、柱時計が幾つおありですか？」

抜き打ちの質問に、蒔田氏はしばし口もきけなかったが、軈《やが》て、

「あります。ええと、三つあります。ホラ、この応接に一つと、私の書斎に一つと……可哀想な神山の部屋に一つと、三つです」

大月氏は振向いて、壁にかかった病院臭い丸時計をチラリと見たが、すぐに立上って、

「あなたのお部屋のを拝見しましょう」

しかし書斎の時計へも、大月氏は一瞥を与えただけで、今度は神山の部屋へやって来た。

そこの壁にかかった古ぼけた丸い時計は、主人を亡くしてしまったせいか、しんとして止っ

ていた。大月氏はつかつかとその下へ歩み寄ると、椅子を踏台にして手を伸ばし、丸い時計の底の小蓋をチョイと開いてその中へ手を突込むと、中から無造作に大形の白い長い封筒をとり出した。

「あ！　これだ！」と蒔田氏が大声で叫んだ。

「いったい、どうしてあなたは?!」

　大月氏は封筒を蒔田氏に渡すと、踏台の椅子へ腰掛けながら云った。

「いや、始めから申上げましょう」

　と寛ろいだ姿勢になって、

「……実は、昨日お邪魔した例の七人組ですね。どうも少し

口惜しかったものですから、昨夜或るところへ落合って、ま、鬱晴《うさば》らしの座談会を開いたと思って下さい。集り方があまりよくないので、私は電話で催促したのです。ところが電話帳を繰って電話を掛けながら、はからずも、私達七人組の電話番号が、その管理局のいずれを問わず凡《すべ》て四千八百台である事に気づいたのです。

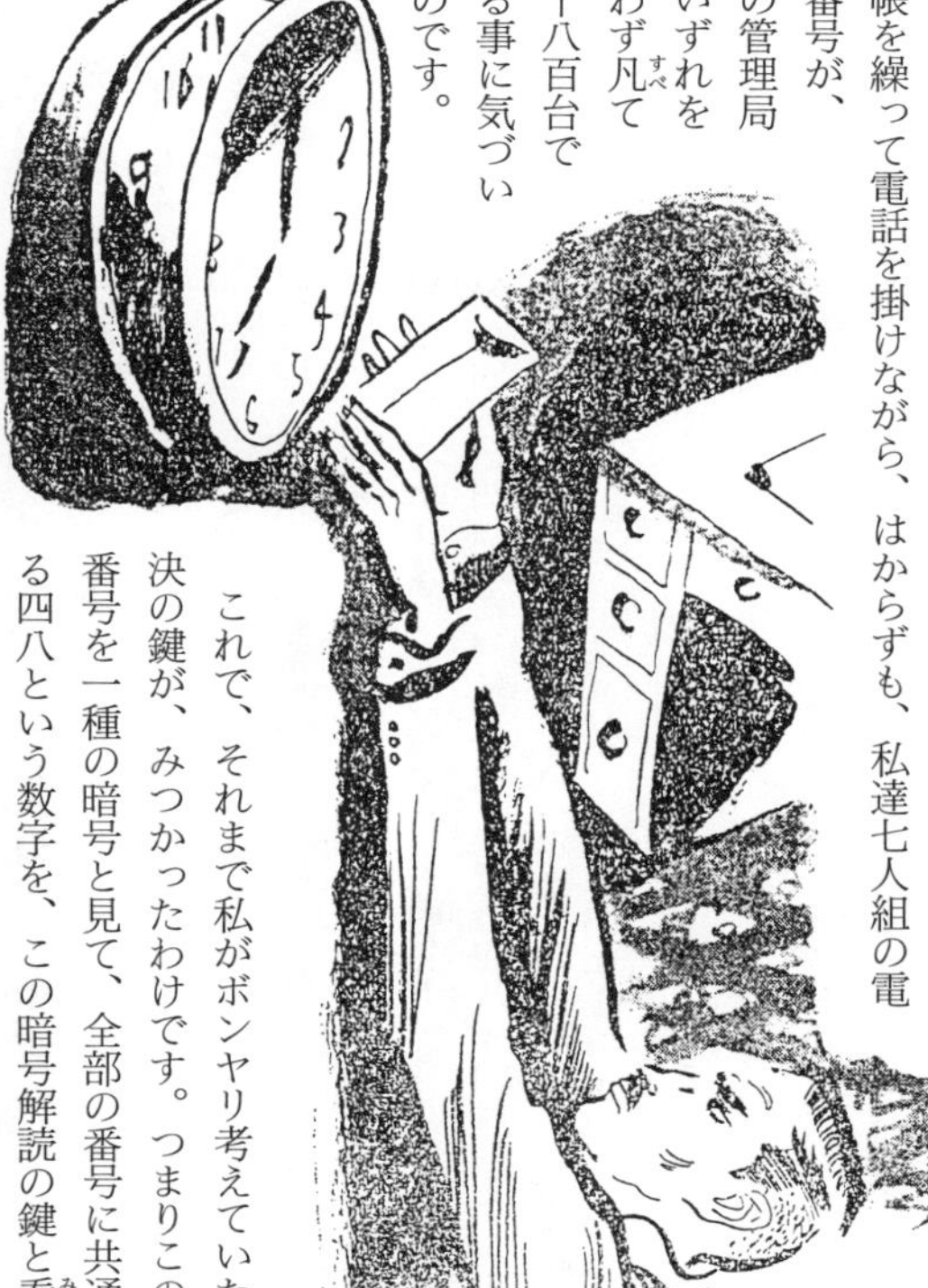

これで、それまで私がボンヤリ考えていたこの事件の解決の鍵が、みつかったわけです。つまりこの不思議な電話番号を一種の暗号と見て、全部の番号に共通してついている四八という数字を、この暗号解読の鍵と看做《みな》したわけで

す。ところが、文字に関したことで四八といったら何を思い出すでしょうか？……四八……四八……四十八いろは四十八……でしょう……

もう後はなんでもありません。それぞれの電話番号からこの鍵の四八を抜いた他の数字の数だけ『いろは』を頭から順に数えて行けば、ぶつかったその文字が、電話番号で現わしたかった文字なんです。例えば、この私の電話番号の『丸の内四八〇七番』ですね。これから鍵の四八を抜くとあとは只の七でしょう。

『いろは』の七番目の字は『と』です。この調子で全部を解くと、まず鉄砲屋の四八〇一は『い』になり、荒物屋の四八〇四は『に』になり、靴屋の四八一四は『か』になり、マネキン協会の四八三一は『け』になり、大島椿の四八二六は『の』になり、『藪常』の四八二一は『な』になり、私が『と』になります。

さて今度は、この七つの文字をどういう順序に並べて文章にするかが問題です。……昨夜一寸考えましたお蔭で、すぐに判りました。

つまり、私達七組は、奇妙な依頼者の注文の中で、それぞれハッキリした数字を与えられております。鉄砲屋はピストル三挺、荒物屋は縄七十メートル、靴屋は靴半ダースつまり六足、マネキン協会は二週間、大島椿はポマード四百個、『藪常』は特別料理五十人前、この私は或る一件について御依頼を受けております。で、この中に示された数字の順序にして考えると、何《いず》れの何という文字が何番であるかすぐ判ります。

並べてみると、

（とけいのなかに……）

となります。

ああそれから、注文の数字が大体に大袈裟なのは、これはその注文を受けた商人に、必らず目的の家、つまりお宅へ行かせようとしての事だと思います。

もうこれで、誰がこの暗号を出したかお判りになったでしょう。あなたは、実に立派な秘書をお持ちでした。恐らく昨日の朝神山さんは、もう逃れられない御自分の立場を覚悟して、なんとかしてあなたに、大事な品の隠し場所を言い遺して置こうとして、番人をうまく騙して外部との唯一の聯絡機関である電話を、電話帳を繰りながら利用されたのでしょう。ま、犯人の追求は警察にまかして置くとして、しかしそれにしても、新らしい金庫を備えつけて置きながら、時計の中へなんぞ隠して置くとは、神山さんも素人ではないですね。……いやどうも、飛んだ無駄口ばかり叩きました。では、これで……」

七、大百貨注文

それから一週間ほどしてからの或る晩。

蒔田幸造氏は、割烹「藪常」の奥座敷へ、五十人前の特別料理に相当する程の立派な膳部を誂《あつら》えて、例の七人の客人達を正式に招待した。

客人達が全部席につくと、蒔田氏は包み切れぬ悦びを全身に表わしながら、

「今晩は皆様方に、改めて私の注文をお聞き届け願いたいと存じます。

まず大島椿さんに、先日置いて行って下さったあのポマード、あれは非常に品物がいいから、家内中一生涯使えるように、四百個ほどお願いしましょう。それから鉄砲屋さんには、物騒な事件のあとですから護身用のピストルを三挺、荒物屋さんには、近いうち茶席を建てようと思っていますから、井戸の釣瓶《つるべ》に使う棕梠《しゅろ》縄の太いのを、そうですね、何本も取替えられるように七十米《メートル》もお願いしましょう。それから靴屋さんには、この席の殿方全部が履くように上等の短靴を六足。さて、女将さんには、もう今夜頼んでしまったし、大月弁護士には私の一生を託したし、どうやらあとは、そちらのお嬢さんですね。ハテ、この方には何をして貰おう？」

と、マネキン嬢のほうを見ながら考え込むと、傍らの大月氏がすかさず口を入れた。

「ポマード氏の隣りへ坐って貰いなさい。それでいい。それだけでいい」

（〈新青年〉昭和十三年臨時増刊［新版大衆小説傑作集］号）

人間燈台

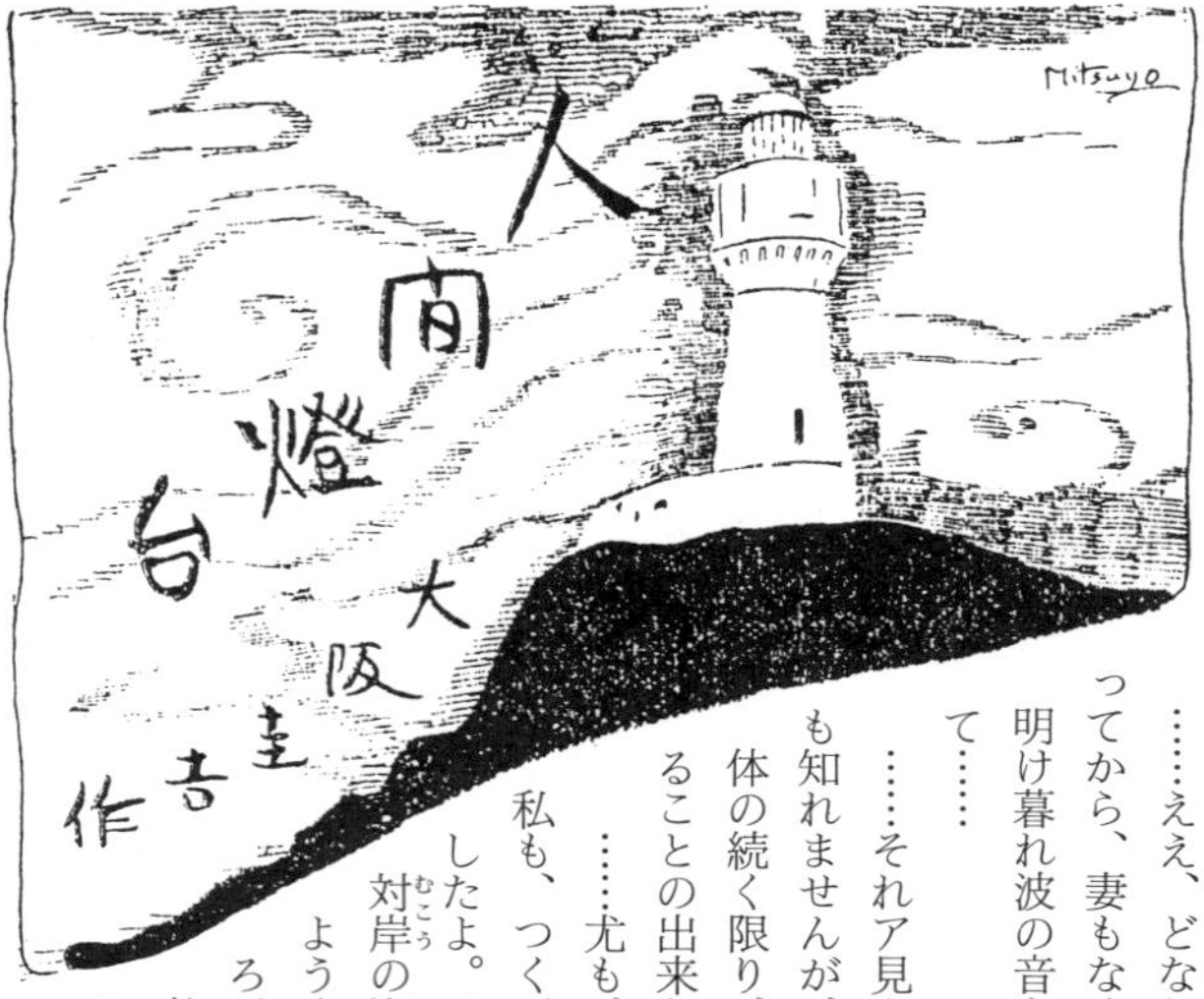

……ええ、どなたもそう仰有《おっしゃ》いますよ。こんなに歳をとってから、妻もなく、子もなく、こんな寂しい離れ小島で、明け暮れ波の音を聞きながら燈台守りをしつづけるなんて……

……それア見ようによっちゃア、随分味気ない暮しかも知れませんが、それでも、この老耄奴《おいぼれめ》にとっちゃア、体の続く限り、目界の見える限り、恐らく一生涯離れることの出来ないくらいに、幸福な勤めなんですよ。

……尤も、数年前に病気で家内を亡くした頃には、私も、つくづくこの稼業を、寂しいなアと思ってましたよ。それで、倅《せがれ》にでも後を継がして、自分は対岸《むこう》の町にでも落ついて、いずれ楽隠居でもしようぐらいに考えておりましたがね……ところが私が、そんな呑気な甘ッたるいことを考えはじめた頃に、いまはもう死んでしまった一人息子の政吉が……いや皆さん、聞いて下さいよ……燈台と云うものが、仮令《たとえ》それが、こんな世間から忘られてしまったような離れ小島の燈台でも、どんなに尊い仕事を、尊い役目を持ってるかってことを、この老耄《おいぼれ》にハッキリと教えてくれたんですよ。

……いや全く、親爺の口からこんなことを云うのは、少しどうかと思いますが、倅の政吉は、まったく出来のいい、しっかりした、立派な燈台守の息子でしたよ。私ア政吉のあの恐ろしい、だが尊い教えを思い出す度毎に、こう、胸ン中がわくわくして来て、それこそ寂しいなンてつまらぬ気持アどこかへすッ飛んじまいますよ。……じゃア、ぼつぼつあの時のことでも、お話いたしますかな……

……おや、なんだか大変、風が強くなって来ましたな……そうそう恰度あの恐ろしい出来事のあったのも、確かこんな風《ふう》に風の強い、海の荒れ果てた、嵐の夜のことでしたよ。

……いまでこそ、この島の燈台も、なにかと附属施設が整って看守の頭数も沢山になりましたが、当時は私と倅の政吉と、それから細君を貰ったばかりの殿村看守との、寂しい寄り合い世帯でしてね、あの向うの古いほうの官舎で、それでも、ま、平和に暮してたんですが、ところが運の悪い時は仕方のないもので、いつもピチピチしていた殿村看守が、或る時、不意に盲腸炎をやっちまったんですよ。で、早速海を渡って町の病院へ入院したんですがね、むろん細君は看病のためについて行きましたし、それからと云うものは、私と倅の政吉の二人で、不自由ながらも、まアどうにかこうにか、交替で、夜毎の当直に当っていたわけなんです。

けれども、早速入院したおかげで、治療の結果も頗《すこぶ》る良く、やがて殿村看守も退院する日がやって来ました。吉報を受けると、待ち兼ねていた私は、早速お迎えの船の仕度にかかりましたよ。当時この燈台に備付けてありました小さな発動機船に、油を詰め込み、座席に筵《むしろ》を敷いて、それから政吉に留守を頼むと、そのまま私は、対岸《むこう》の町に向って、爽やかな六月の海へ乗り出したんです。

……いや、皆さん。あとで思うと、あの時あれが、政吉との最期の別れだったんですよ。その日は、妙にこう静かな凪《なぎ》で、夕方までに帰島する予定の私は、思いきり船の馬力をあげて、築山みたいな滑かなうねりを突切り突切り走って行きました。……ところが、この辺の海は、夏から秋にかけて、まるであてにならないんです。こんなことは、いまさら気付いたことではなし、全く不覚のいたりで、なんと云っても取り返しはつかないんですが、それから間もなく町へついた私は、殿村夫婦を船に迎えると早速帰途についたんですが、その頃から、南の空へ柊揆《きいづち》のような鉛色の頭をもちあげた入道雲が、みるみる伸び上って頭の鉢を妙な恰好に拡げはじめたかと思うと……もう駄目でした。うねりは益々高く、海の色が急に変って、大粒な雨が真ッ黒な空から、横降りに吹き当りはじめました。私達は、これでも永い間海で暮しましたお蔭で、海の御機嫌を見ることだけは、ま、充分自信がありますよ。それで、むろん直ぐに引返しました。あの町には、ご存じの通り税関の支署があります。あそこの連中とは前から心易くしていたもんですから、そこの宿舎へ寄せて貰って、残念ながら暫く凪を待つことにしたんです。

ところが――いや全く、悪いことは重なって来るとは、うまいことを云ったもんですよ。海は益々荒れつのり、なかなか静まろうといたしません。私は段々心配が嵩《かさ》みはじめました。仮令《たとえ》政吉を当直さして来たとは云え、たった一人だけでは、万一の場合どんなに重大な責任問題が持上るか？……それに、当時まだ改修前の古い建物は、そんな嵐のある度毎に、屹度《きっと》どこかに損傷を来すのが常でしたし、よしんばそれでなくても、こんな晩に、たった一人だけで、あのギーギーと揺れ続ける塔の上で……おや、皆さんご存じないんですか？　嵐の晩などは、あの塔の上は揺れるんですよ。むろん少しずつですがね、こう強い風に当って……でもまア揺れるうちは、まだ鉄筋に弾力があるんだから、そう思って安心も出来るわけですが、兎に角心細いには違いありませんよ。……でまア、そんなわけで、矢も楯もたまらなくなった私は、大きな船を仕立てようと八方奔走してみたんですが、その嵐で、港へ逃げ込んで来る船はあっても、潮流の強い暗礁の多いこの島まで出て呉れる船は一艘もありません。そして不安と焦燥のうちに、とうとう夜が来ました。嵐の夜です。けれども躍る胸を抑えながら、支署の宿舎の表二階へ駈けあがって行った私は、そこの雨に叩かれたガラス窓から、模糊として荒れすさんだ宵闇を透して、遠く、島の燈台が、政吉の点《とも》した塔の光が、正確に十秒毎の一閃光を、風雨にボヤンとにじませながらも蛍のように息吹きつづけているのを見た時、もう泣き出したいくらいに安心してしまいました。この上は、あの光が無事に続いて呉れるよう、そればかり祈りながら、食事を済した私達は、支署の人々の好意で、寝《やす》ませて貰うことになりました。けれども、夜と共に嵐は益々激しくなります。私も殿村もまるで寝た心地はありません。何度も何度も起上っては、表二階の窓から、遠く海の向うに瞬き続ける島の灯を、まるで哀願するようにソッと覗《うかが》っては寝床へ帰えるのでした。

……そうそう、あの時政吉は、まだ二十一でしたよ。皆さんよりも若かったんです。こう、汐に焼けた赭《あか》ら顔で、それでもどこかこの親爺に似て、不敵な、負けん気な気性の子でしたよ。……いや、いまさら愚痴をこぼしても仕方がありません。

兎に角、その晩、私達はまんじりともしないで、時々起上っては、窓越しに嵐の島の灯を見守りました。でも、政吉は、とうとう朝まで頑張って呉れました。……

その朝は、いや全く、実に憎らしいじゃアありませんか、もう嵐なんぞどこへ行ったと云わんばかりの、ケロリとした凪で、ただうねりだけが、流石《さすが》に昨夜の名残りらしく、大きくのたりのたりと押寄せておりましたよ。私達は、支署の人々に厚く礼を述べて、早速船を出しました。……二時間もしない内に、船はもう島に近付きました。けれども、島に近付くにつれて、懐しい塔の聳《そび》え立った島に近付くにつれて、だんだん私の胸の中に、今度は、ほんとうの不安が、はじめて湧きあがって来たのです……

と云うのは——他でもありませんが、あんな嵐のあとで、予定を狂わし一晩遅くれてやっと帰って来た私達を、定めし気遣いながらも待ちあぐんでいたに違いない政吉が、もういまに塔の蔭から、いや直ぐ目の前の岩角から、飛び出して、両手を高く振り上げながら「おーい」と歓喜の叫びを張り上げて呉れるに違いない元気な姿が、いやそう思い思い岸辺に近付いた私達の期待が、近付くにつれ、高まるにつれ、まるで古い箔の剝落ちるようにボロボロともろくも崩れはじめたからです。……堪えかねて、やがて私は続けざまに「おーい」「おーい」とこちらから声を掛けてみました。何の応《いら》えもありません。ただ岩壁に打ち当った私の声の木霊《こだま》だけが、磯浪の轟きに苛立たしく縺《もつ》れ合っては消えて行くばかりです。

さあそうなると、いよいよ不安が、本式に首をもたげ始めました。心臓をドキドキさせながら、お粗末な入江の波止場へ船をつけると、そのまま私達は、大急ぎで崖道を登って来たんです。……ご覧の通り、崖道を登り詰めると、そこがこの、官舎のある広場になっております。で、直ぐに私達は、大声で政吉の名を呼ばりながら、官舎の中から外まで、広場中を探し廻ったんです。けれども、倅はおりませんでした。私は、殿村夫婦をひとまず落つかせて、とりあえず岩の上の燈台へ登って行きました。塔の中の螺旋階段を登りながら、政吉の名を呼び続ける私の顫え声が、やけにそこらへガンガンと響くばかりで、政吉はおりません。とうとう私は、塔の頂上の当直室を兼ねているランプ室へやって来ました。むろんそこにも、政吉はおりません。けれども、政吉の代りに、そこで私は妙な異変をみつけたんです。

と云うのは――もう皆さん、ご見学になりましたように、この燈台は、十秒毎に一閃光を発する廻転式燈台《レボルランプ》でして、あのランプ室の中央のフレネル・レンズのはまった大ランプは、塔の中心を上下に貫く円筒の中にブラ下った、大きな分銅の重みによって、歯車仕掛けで、十秒毎に光が見えるようにグルグルと廻る仕掛になっておりますが、その大ランプが、私がランプ室へ飛び込んだ時に、まだグルグルと廻り続けているんです。そしてランプの中には、蒼白いアセチリン瓦斯《ガス》の火が、まるで昼行燈《ひるあんどん》みたいに意味ありげに、白くぼやけて点《とも》されたままでおりました。してみると政吉は、今朝の消燈時間前に、どこかへ行って了ったに違いない——そう思って私は、顫えながらも直ぐに火を消し、ランプの廻転を止めると、そのままあたふたと塔を下り、下りたところでふと気がついて、塔の根元の器具置場になっている物置の中へ這入って見ました。けれども薄暗いその小屋の中にも、やっぱり倅の姿は見えません。私は蒼くなって、泣き出したいような気持で殿村看守のところへ飛んで行きました。

……いや皆さん。全くあの時は、流石《さすが》の私も、どうしようかと思いましたよ。なんしろ倅が、燈台を働かせたまま姿を消してしまったんですからね。でも、兎に角ボンヤリしてもいられませんから、それから、まだろくに落つきもしない殿村看守と二人で、今度は、この島の中を隅から隅まで探してみることにいたしました。

……左様、これでこの島は、周囲が十町もありますかな。兎に角、ご覧の通り、決して探すなぞと云うほどの大きな島ではありませんが、それでも、処々に灌木の茂みや、深い叢《くさむら》がありますし、それに、海岸一帯に亙って、随分凸凹した岩壁の起伏がありますので、いざ探すとなると、割に手間がとれましたよ。それにもう、そんなにして探さねばならないようでは、仮に倅が出て来たとしてもどうせ満足な姿ではあるまいと思うと、つい私もホロリとなりまして、岸辺の岩を攀《よ》じながらもうっかり下の海を眺めては、ひょっとそのあたりに浮いて漂ってはいないかなぞと、妙にいらいらしはじめたものでした。

……いや皆さん。結局島の中には、どこを探してもみつかりませんでしたよ。苦しい無意味な捜査が続いて、やがて島には夜がやって来ました。私の胸の中には、疑惑と懊悩と焦燥が、その宵闇のようにひたひたと満たされて来ました。

殿村看守はもう充分病院で養生して来ましたので、とりあえずその晩は、私に代って燈台の看守について呉れました。塔には灯がはいりました。そしていつもと同じように、正確に、役目を続けて行きます。が、夜が深くなっても、私の倅は、政吉は帰って来ません。殿村看守の細君は、殆ど寝もしないで私の官舎へ来ては、夜どおしなにかと、私の心を慰め励まして呉れました。そしてやがて、疲れ切った朝が来ました。

朝になると、それでも私は、何故か元気づいて、はかない希望を抱きながらも、今度は附近の海へ船を乗り出して探しはじめました。が、これもむろん徒労に終りました。再び、失望の夜がやって来ました。翌る日は、併《しか》し諦めかねた私は、殿村夫婦と一緒に、もう一度燈台の内外に亙って隈なく探してみました。執務中に行衛《ゆくえ》を晦《くら》ましたんですから、まず自殺とは思えません。屹度《きっと》この島の中で、あの晩なに事かが起った、そしてその為めに出掛けて行った政吉が、不慮の災難を受けて海へでも流されてしまった――そうとでも外《ほか》にとりようがありません。殿村夫婦は「もう諦めて警察や親戚へ通知してはどうです」ってすすめて呉れました。けれども……いや皆さん。ところが親心と云うものは、仲々そう簡単に諦め切れるものではありませんよ。あれほどピチピチしていた政吉が、而《しか》も泳ぎにかけちゃア天下一品の政吉が、なんの手掛りも残さずに突然海に呑まれるなんて、とても私には考えられませんでした。それで、諦めかねたままに、殆んど喪心したようになった私は、殿村夫婦の憐れむような視線を脊《せ》に受けながら、その翌る日も亦《また》その翌る日も、島の中をさまよい歩いては政吉の姿を探しつづけ、それでもいないと果ては床下を覗き込んだり、塔のコンクリートの壁をソッと叩いて見たりして、ひょっとこんな処にでもいるんではないかな、なぞと飛んでもない妄想を起したりしたもんです。けれども私の心がそんなに荒《すさ》んで行っても、相変らず燈台だけは、夜毎、正確に、なんの故障も起さず役目を果しつづけて行きました。

いや皆さん、ところが、その私の狂気じみた妄想は、まだまだそれどころではなく、一旦顔を出しかけると、いよいよ猜疑深い調子で逞しく盛り上って、或る晩なぞは、塔の螺旋階段を登りながらも、妙に遠くに、或はひどく近くに、うつつのような倅の呼び声を聞いたような気がして、ふと立止ると、螺旋階段の中心を上下に貫いている、まるで煙突みたいな太いコンクリートの円筒の肌を、眼を据えてジッと見詰めたりしたこともありました。けれども、前にも申上げたように、この円筒の中には、頂上の大ランプを時計仕掛に廻転させるための、四十貫もある大きな分銅が、ロープに吊られて静かに少しずつ下りながらブラ下っているだけだと思うと、いやまた、若《も》しもこの中へ辛うじて人間が飛び込んだとしても、狭い穴の中だから直ぐに分銅に引掛ってしまうし、引掛れば分銅の重みが増して当然頂上のランプが規定よりも早く廻りだすわけです。而《しか》もランプは正確に動いています――そう思うと、今度は自分の疑心そのものの方が、ひどく恐ろしく思われたりして、恰度上から降りて来た殿村看守の憐れむような静かな視線にぶつかると、そのままおどおどと官舎へ逃げるように引上げてしまったものですよ。

いや、皆さん、ところが……これが虫の知らせとでも云う奴でしょうか、なんと、その私の気狂いじみた妄想が、実は恐ろしいまでに当っていたんですよ。全くふとしたことから私達は、飛んでもない、二目と見られない政吉の姿を見つけてしまったんです。

それは、恰度倅が見えなくなってから、五日目の昼のことでした。あの塔の向うの信号柱を支えている針金の一本が、先日の嵐でひどく傷んでいるのを殿村看守が発見して、修繕の道具を取りに例の器具置場へ出掛けたんですが、肝心の大工道具が何処を探してもないと云うので、官舎の庭でボンヤリ物思いにふけっていた私のところへ飛んで来たんです。この大工道具と云うのは、一口に大工道具とは云っても随分色々な小道具や材料の集りでして、鋸《のこぎり》や鉋《かんな》や鑿《のみ》、金槌はむろんのこと、玄翁《げんのう》でも斧でも、西洋釘抜《ガチヤ》や螺旋廻《スパナ》やそれにボルトやナットまで、一緒くたにひっくるめて、二つの丈夫な細長いズックの袋に入れて仕舞ってあったんですが、成る程物置小屋へ行ってみると、この頃誰も使ったことがないのに、その大きな長細いズックの袋は、二つともありません。いくら探してもありません。……さあ妙なことになったものです……ひょっと、政吉が持出したのかな、とも思いましたが、いったい彼奴が、そんなに沢山の道具を何にしましょう。それに第一、二つの袋の重さは、両方合せて二十貫以上は充分にあります。私は少なからず戸惑ってしまいました。

するとその時、物置の隅から隅を探し廻っていた殿村看守が、不意にその片隅へ歩み寄ると、そこには仕入れた油を計ったりする旧式の大きな台秤が置いてあるんですが、その秤の前へ屈み込んで、首を傾げ、すかし見るようにしながら秤の台の上を手の指でスッと軽く拭いたんです。そして直ぐに私を招き寄せると、

「どうも政吉さんらしいですよ。この上に袋を二つ乗せたと見えて、積った埃の上にズックの跡がついてますよ」

そう云って蒼い顔をするんです。見れば成る程、殿村看守の云う通り秤台の上にはハッキリ跡が残っております。私は、益々わけが判らなくなりました。すると殿村看守は首を持上げて、私の方へ笑いながら、秤桿《はかりざお》の端にかかったままになっているいくつかの分銅と、秤桿の表面の目盛とを指差しました。何気なく取ってみると、分銅の方が四十貫、目盛の方が五百匁《もんめ》です。つまり合計四十貫と五百匁《もんめ》の重量が秤台へ乗せられたと云う形です。併《しか》し、あの二つの袋は、合せて二十貫余はあっても、とても四十貫なんてありません。妙です！……けれども、恰度このとき、急に固くなった殿村看守の顔を見ているうちに、私の頭ン中を不思議な暗号が、まるで電気みたいに掠め去ったんです。

四十貫五百匁《もんめ》！……ああ、なんとこれこそは、あの燈台の大ランプを廻転させる分銅の目方

ではありませんか！　むろん殿村看守もそれに気付いたんです。二人は直ぐに、まろぶようにして燈台の中へ飛び込んで行きました。そしてその階段室の最下層の中心にある、例の円筒の底の上げ蓋を開いて見ました。

　すると、いったいこれは、どうしたと云うんでしょう、あの巨大な分銅は、もう大分傷んだロープのつけ根から切れ落ちたと見えて、円筒の底のコンクリートを微塵に砕き、えらい勢でその中へ喰い込んでおります。いつの間に落ちたんだろう？　二人で抜き出そうとしても、ビクとも動きません。すると、真暗な狭い円筒の穴の上を覗き込んでいた殿村看守が、この時不意に振返ると、私の肩をイヤと云うほど摑んで、

「政吉さんの体重は、何貫ありました？」と、変なことを訊くんです。

「十、十八貫位いかな……」

　私が顫えながら答えると、

「判った！」と殿村看守は叫んで、みるみる眼を輝かせながら云うんです。「――つまりあの嵐の晩に、もうだいぶ古くなったこのロープの結び目が切れて、分銅がここへ墜落し、上の大ランプの廻転が止まったんだ。すると吃驚《びっくり》した政吉さんは、直ぐにここへ駈けつけて、応急の修理をしようとした。けれども、この通り高い処から落ちた分銅は、床へのめり込んでビクともしない。併《しか》し、燈台は止って了った。外の海は嵐だ。一刻も愚図愚図してはいられない。けれども応援を呼ぼうにも誰れも人はいない。そこで、そこで、咄嗟《とっさ》に機智を働かした政吉さん

は、物置へ駈け込むと、大急ぎで、臨時の分銅になりそうな品物を探しはじめた。目にとまったのが、あの道具を入れた二つの重い袋だ。けれども、残念ながらあの袋は、二つ合しても、二十貫と少ししかない。だが、愚図愚図してはいられない。政吉さんは、そうだ屹度《きっと》政吉さんは、残りの重量を満すために、なんでもいい、十八九貫の長細い物を探しはじめたんだ……」

ここまで殿村看守が説明すると、流石《さすが》の私も、やっと事情が呑み込めて来ました。

……いや皆さん。全くどうも、大変なことですよ。倅の政吉は、とうとうその「なんでもいい、十八九貫の、長細いもの」をみつけて了ったんですよ。自、自分自身の、か、ら、だをみつけて了ったんです。……

むろん私達は、直ぐに頂上のランプ室へ駈け登ると、そこの旋回機のハンドルを廻して、深い狭い中空円筒の途中にブラ下っている筈の分銅？　を大急ぎで捲上げました。そして殿村看守にハンドルを廻して貰いながら、ランプ室の直ぐ下の螺旋階段の横に開いている円筒の上方の横穴から、いまかいまかと覗いていた私の眼の前へ、とうとう、五日の間に見違えるほど痩せさらばえた残酷《むごたら》しい政吉の餓死体が、ロープにひッくくられるようになって登って来ました。死体の後からは、例の二つの袋が、それぞれ同じようにロープにくくられて登って来ました。……

いや全く、驚きましたよ……可哀想に政吉は、自分の体を分銅にして、ロープを縛りつけ、上の横穴から窮屈な円筒の中へ飛び込んだのです。お蔭で、燈台は直ぐに動き出し、私達があの税関支署の二階から見たように、無事にその役目を果して行きました……けれども、分銅になった政吉の体は、時間がたつに従って段々円筒の下へくだって行きます。真ッ暗な狭い、厚いコンクリート壁につつまれた円筒の中で、定めし政吉は、いつ帰ると判らぬ人々へ救いの叫びを上げながら、疲労と餓飢の地獄へ下って行ったんです。あの中で声を上げたんでは、とても聞えませんよ。それに私達が帰った頃には、もう大分疲れて声も嗄れていたでしょうし、よしんばそんな嗄れ声が洩れたとしても、「壁の中の声」なんて怪談じみてまともには受けとれません。それに、島には、ほら、お聴きの通り、いつも風と磯浪の轟きが、満されております。

……

……いや皆さん。お判りになりましたかな？……政吉が、身を以って、なにを私に教えて呉れたか！……

……私は、この体の続く限り、お上で置いて下さる限り、政吉の教えを守って、この離れ小島で尊い勤めを続けるつもりです。……寂

しいなんて、思うものですか……。

〈逓信協会雑誌〉昭和十一年七月号）

幽霊妻

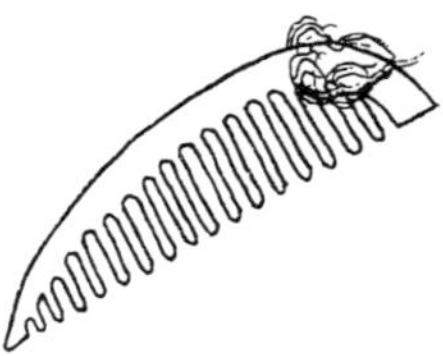

――じゃアひとつ、すっかり始めっから申し上げましょう……いや全く、私もこの歳になるまでには、随分変った世間も見て参りましたが、こんな恐ろしい目に出会ったのは天にも地にも、これが生れて始めてなんでして……

――ところで、むごい目にお会いになった旦那様のお名前は、御存知でしたね……そうそう新聞に書いたりましたな。平田章次郎様と仰有《おっしゃ》って、当年とって四十六才。いや新聞も、話の内容はまるで間違ったことを書いてても、あれだけは確かでしたよ。N専門学校の校長様で、真面目過ぎるのが、却ってたった一つの欠点に見える位の、立派な厳格な先生様でございました。……ところで、今度のことが起きあがる暫く前に、御離縁になって、御気の毒な最期をおとげになった、問題の、夏枝様と仰有る奥様は、旦那様とは十二違いの三十四にお成りでございましたか、この方が又、全く新聞に書いてあった通りの御器量よしで、その上お気立のやさしい、よく出来たお方でした……こう申しては、なんですが、二年前にこの老耄《おいぼれ》が、学校の方の小使を馘《くび》になりました時に、お邸の方の下男にお引立て下さったのも、後で女中から聞いたことですが、みンな奥様のお口添があったからでして、なんでも、旦那様はどちらかというと、口喧《やかま》しいお方でしたが、奥様は、いかにも大家の娘らしく、寛大で、淑《しと》やかで、そのために御夫婦の間で口争いなぞこれッぽちも、なさったことはございませんでした。……申し忘れましたが、奥様は、旦那様と違って生粋《きっすい》の江戸ッ子で、御実家は人形町の呉服屋さんで、かなり盛んにお店を張っていらっしゃいます……で、まあ、そんなわけで、御夫婦の間にお子様こそございませんでしたが御家庭は、まずまず穏やかに参っていたわけでございますが、ところが、それがこの頃になって、どうしたことか急に悪いことになり、とうとう奥様は御離縁という、まことに不味《まず》いお話になって了ったんでございます。

――いや全く、なんだって今更御離縁なぞという飛んでもないお話になったのか、私共にはトンと知る由もござんせんでしたが、御実家のお父様も、二三度おいでになって色々とお話をなさったようでございましたが、何分頑《かたくな》な旦那様のことでお話は出来ず、親元へお引取りということになったんでございます。

――いや、どうも、これがそもそも悪いことの始まりでした。奥様は大変お嘆きになって、お眼を真赤に泣きはらしながら、お父様と御一緒にお帰りになるし、旦那様は、なにか大変不機嫌で、ろくに口をお利きにならないという始末。私共も随分気を揉んだんですが、何を申してもこちらはただの傭人《やといにん》、それに、第一なンのための御離縁か、肝心要のところがトンと判っていないのですから、お話にもなりません。なんでも、女中の澄《すみ》さんのいうところでは、なにか奥様に不行跡があっての御離縁ではあるまいかなぞと申しますが、しかし私は、始めっから、奥様がそんな方でないことは、チャーンと存じ上げておりました。成る程奥様は御器量よしで、流石《さすが》に下町育ちだけあって万事に日本趣味で、髪なぞもしょっちゅう日本髪でお過しになりましたが、それが又なんともいえない粋な中に気品があって、失礼ながら校長様の奥様としても、申し分ないほどのお美しい方でしたし、それに第一又、お子様もないことですので、お一人で気軽に外出なさることもよくございましたが、けれども、一旦お天道様が沈んでからとでもいうものは、一人でお出掛けになったことなど、決してございませんでした……いや全く、私もこの歳になるまでには、随分色々な女も見て参りましたが、奥様のように、大事なところをキチンと弁《わき》まえていられる方は、そうザラにはございませんですよ……

——いやどうも、飛んだ横道にそれて了いましたが、さて、それから大変なことが、続いて持上ったのでございます。……あれは、御離縁になってから確か四日目のことでございましたが、まだお荷物も片付いてないというのに、御離縁を苦になさった奥様は、とうとう御実家で、毒を呑んでお亡なりになったんでございます。どうも、何ともお気の毒な次第で……なんでも、これはあとから伺ったことでございますが、奥様は簡単な書置きをお残しになって、自分はどこまでも潔白であるが、お疑いの晴れないのが恨めしい、というようなことを、旦那様あてにお残しになったということですが、そのお手紙を持って、人形町からの使いが、奥様の急死を旦那様へお知らせに来ました時には流石に旦那様も、急にお顔の色がサッとお変りになりました。

――いや皆さん。ところが学者というものの偏屈さを私はその時しみじみ感じましたよ。……兎に角、命を投げ出してまでも身の潔白を立てようとなさった奥様ではございませんか、よしんばどのような罪がおありなさったとしても、仏様になってからまで、そんなにつらくお当りになることもないんですのに、ところが旦那様は、一旦離縁したものは妻でも親族でもないと仰有って、青い顔をなさりながらも、名誉心が高いと申しますか、意地が強いと申しますか、お葬式にさえ、お顔をお出しになろうとなさらなかったのでございます。そうして、私共の気を揉むうちに、どうやら御実家のほうだけで御葬儀も済んでしまい、あの取り込みのあとの言いようのない淋しさが、やって来たのでございます。……

――さて、これで、このままで過ぎて了えば、なんでもなかったのでございますが、実を申しますと、いままでのお話は、ほんの前置でございまして、話はこれから、いよいよ本筋に這入り、とうとう皆様も御存知のような、恐ろしい出来事が持上って了ったのでございます。

――ところで、いちばん始め、旦那様の素振りに変なところの見えだしましたのは奥様の御葬儀がお済みになりましてから、三日目のことでございました。いまも申上げましたように、旦那様は偏屈を仰有って、御葬儀にもお出席になりませんでしたが、旦那様はそれでいいとしましてもお世話になりました私共がそれでは済みません。それで、なんとかして、せめてお墓参りなとさして戴き度いものと存じまして、それとなく旦那様にお願いいたしましたところ、それまで表面はかなり頑固にしてみえた旦那様も、流石に内心お咎めになるところがあるとみ

えまして、

「では、わしも、蔭ながら一度詣ってやろう」

と仰有いまして、早速お供を申上げることになったのでございます。

申し忘れましたが、奥様の御墓所は谷中《やなか》墓地でございまして、田端《たばた》のお邸からはさして遠くもございませんので、私共は歩いて参りましたのでございますが、何分旦那様の学校がお退《ひ》けになりましてから、お供したのでございますので、道灌山《どうかんやま》を越して、谷中の墓地に着きました時には、もうそろそろ日も暮れ落ちようという、淋しい時でございました。

奥様の御実家の、御墓所の位置は、以前にもおいでになったことがございまして、旦那様はよく御存知でございますので、早速お花を持ってそちらへお出掛けになるし、私は、井戸へお水を汲みに参ったのでございます。ところがお水を汲みまして、私が、一足遅くれて御墓所のほうへ参ろうといたしますと、たったいまそちらへお出掛けになったばかりの旦那様が、こう、真ッ蒼いお顔をして、あたふたと逃げるように引返しておいでになり、

「急に気持が悪くなったから、これで帰ろう。自動車を呼んでくれ」

と仰有るのでございます……いやどうも、全く吃驚《びっくり》いたしました。私としましては、折角ここまで参ったのでございますから、とてもそのまま引返したりなぞいたしたくなかったのでございますが、さりとて、お加減の悪い旦那様を捨てても置かれず、残念ではございましたが、そのまま一旦桜木町の広い通りへ出まして、遠廻りながらそこから自動車を拾って、お宅まで

引返して了ったのでございました。……

あとで考えて見れば、少しは無理と思いましても、あの時旦那様だけお返しして、私だけ、直ぐに引返してお墓参りをしましたなら、或いはあの時、人気のない墓地の中で旦那様がご覧になったものを、私も見ることが出来たかも知れないと、おっかなびっくり考えたものでございますが何分その時は、変だなとは思いながらも、旦那様の御容態の方が心配でしたので、そんな分別も出なかったわけでございます。

――さて、御帰宅なさいましてから、旦那様の御加減は間もなくお直りになりましたが、その日から、旦那様の御容子が、少しずつ変って参ったのでございます。……いつになってもお顔の色は妙に優《すぐ》れず、お眼が血走って、いつもイライラなさっていられるのを見ますと、私共は、まだ本当にお加減はよくなっていられないのだなと、思われたほどでございます。

――そうそう、こんなこともございました。なんでも、いままでは夜分なぞ、いつもかなり遅くまで御書見なさったり、御書物《おかきもの》をなさったりされました御習慣が、ふッつりお止りになりまして、かなり早くから女中にお床をお取らせになって、お睡《やす》みになるのでございます。そして戸締りなぞにつきましても、いままでよりも一層神経質になり、厳しく仰有るのでございます。――気の精か、そうして日毎に御容子のお変りになって行く旦那様のお側におりながら、私共は、ただわけもわからず、オドオドいたすばかりでございました。……

――いや、ところが、こうした、まるで「牡丹燈籠」の新三郎のような不吉な御容子は、そのまま四日ほども段々高まり続いて、とうとう恐ろしい最期の夜が参ったのでございます。

――いや全く、今から思い出してもゾッとするような恐ろしい出来事でございました。……なんでも、あの日女中の澄さんは、千葉の里から兄さんが訪ねて来まして、一晩お暇を戴いて遊びに出掛け、旦那様のお世話は、この老耄《おいぼれ》が一人でお引受けいたしていたのでございますが、六時頃に夕飯をお済ましになりますと、旦那様は、御書斎から何か書類の束をお持出しになって、

「明日から二三日、学校の方を休みたいと思うから、これを早稲田の上田さんへお届けして、お願いして来て呉れ」

と仰有るのでございます。上田様と仰有るのは、学校で旦那様のお代理をなさる先生でございます。まだその時は時間も早うございましたし、二時間もすれば充分帰って来られると思いましたので、早速お引受けいたしまして、田端駅から早稲田まで出掛けたのでございます。むろん私は平素のお指図通り、戸締りはきちンとし、表門なぞも固く閉《とざ》して勝手口からこっそり出掛けたのでございますが、なんと申しても、旦那様をお一人で残して置くなぞというのは、そもそも量見違いだったのでございます。……

――御用を済しまして帰って参りましたのが、意外に遅くなって八時半。てっきり旦那様にお小言を受けるに違いないと、舌打ちしながら、急いで廊下を御書斎の前まで参りまして、扉の外から、

「行って参りました」

恐る恐るお声を掛けたものでございます。ところが御返事がございません。もう一度声をかけながら、扉をあけてお部屋の中へ一歩踏込んだ私は、その時思わずハッとなって立竦《たちすく》んだのでございます。——何処へお出掛けになったのか、旦那様のお姿が見えません。いやそれどころか、お庭に面した窓の硝子扉が一方へ押開けられて、その外側の窓枠に嵌めてある筈の頑丈な鉄棒が、見ればなんと数本抜きとられて外の闇がそこだけ派手な縞となって嘘のように浮上っているではございませんか。私は思わずドキンとなってその方へ進みかけたのでございますが、進みかけて、ふと傍らの開放《あけはな》された襖《ふすま》越しに、畳敷のお居間の中へ目をやった私は、今度はへなへなとなってそのままその場に崩れるように屈んで了いました。お居間の床柱の前に仰向きに倒れたままこと切れていられる旦那様をみつけたからでございます。——お姿はふためと見られないむごたらしさで、両のお眼を、なにかまるで、ひどく凄いものでもご覧になったらしくカッとお開きになったまま、お眼玉が半分ほども飛び出して、お顔の色が土色に変っているではございませんか。見渡せば、お部屋の中は大変な有様で、旦那様もかなり抵抗なさったと見え、枕や座布団や火箸なぞがところ構わず投げ出されているのでございます。……

——さアそれからというものは、いったい私は何をどうしたのか、いまから考えても、サッパリその時の自分のとった処置が、思い出せないのでございますが……なんでも私の気持が少しずつ落付いて参りました頃には、もう大勢の警官達が馳けつけて、調査がどしどし進められ、世にも奇怪な事実が、みつけられていたのでございます。

――なんでも、警察の方のお調べによると、旦那様のところへやって来た恐ろしいものは、明らかに一人で、庭下駄を履いて来たというのでございます。それは表門の近くの生垣を通り越して、玄関、勝手口を廻って庭に面した書斎の窓の前に到るまでの処々の湿った地面の上に、同じ一つの庭下駄の跡が残っていたからで、しかもその庭下駄の跡は歯と歯の間に鼻緒の結びの跡がいずれも内側に残っていて、ひどく内側の擦減った下駄であることが直ぐに判ったというのでございます。

私は、警官同志で語り合っているこの説明を聞いた時に思わずギョクンとなりました。それは――前にも申上げましたように、お亡なりになりました奥様は、日本趣味で、髪もしょっちゅう日本髪に結っておいでになったようなお方で、歩き方も、いま時の御婦人には珍らしい純粋な内股で、いつもお履物が、直ぐに内側が擦減ってかなわない、と仰有っておいでになったのを、思い出したからでございます。私は思わずゾッとなって、このことは口に出すまいと決心いたしました。

――さて、庭に面した書斎の窓の、親指ほどの太さの鉄棒は、皆で三本抜かれておりましたが、それは三本とも殆んど人間ばなれのした激しい力で押し曲げられて、窓枠の枘《ほぞ》から外されたと見え、それぞれ少しずつ中ほどから曲ったまま軒下に捨ててあるのを見ました時に、私は思わず顫え上って了いました。

――ところで、今度は旦那様の御遺骸でございますが、これはまことにむごたらしいお姿で、なんでも頭の骨が砕かれた為めに、脳震蕩とかを起されたのが御死因で、もうひとつひどいことには、お頸の骨がヘシ折られていたのでございます。この他には別にお傷はございませんでしたが、けれどもその固く握りしめられた右掌の中から、ナンとも奇妙な恐ろしいものがみつけ出されたのでございます。お側にソッと屈んで見ますと、なンとそれは、右掌の指にからみつくようにして握りしめられた数本の、長い女の髪の毛ではございませんか。そして、おまけにその髪の毛からは、ほのかに、あのお懐しい、日本髪に使う香油の匂いがしているではございませんか……私はふと無意識で顔をあげました。このお部屋は十畳敷で、床の間の真向いの壁よりの処には、なにかと取込み中で、まだ御整理の出来ていない奥様のお箪笥や鏡台が、遠慮深げに油単《ゆたん》をかけて置かれてあったのでございますが、香油の匂いを嗅いでふと思わず顔をあげた私は、何気なしにその鏡台のほうへ眼をやったのですが、その途端に又してもドキンとなったのでございます。――見れば、いままで気づかなかったその鏡台の、燃えるような派手な友禅の鏡台掛が、艶《なま》めかしくパッと捲くりあげられたままでおり、下の抽斗《ひきだし》が半ば引出されて、その前に黄楊櫛《つげぐし》が一本投げ出されているではございませんか。思わず立上った私は、鏡台の前へかけよると、屈むようにして、改めてあたりの様子を見廻わしたのでございますが、抽斗の前の畳の上に投げ出された黄楊櫛には、なンと旦那様のお手に握られていたと全く同じな髪の毛が三、四本、不吉な輪を作って梳き残されておりました……

――いや全く、その時私は、たった今しがた、その鏡台の前に座って、澄み切った鏡の中へ姿を写しながら、乱れた髪をときつけて消え去って行った恐ろしいものの姿が、アリアリと眼に見えるような気がして、思わず身顫いをくりかえしたことでございます。

――ところが、この時私は、又しても忌わしいものをみつけたのでございます。それは、この鏡台の前に来てはじめてみつけることの出来るような、部屋の隅の畳の上に、落して踏みつぶされたらしい真新らしい線香、それも見覚えもない墓前用の線香が、半分バラバラになって散らばっているのでございます。なんという忌わしい品物でございましょう。私はおもわず目をつむって、誰れへともなく、心の中で掌を合せたものでございます。そして私は、もうこれ以上これらの忌わしい思いを、自分一人の心の中に包み切れなくなりまして、折から、私へのお調べの始まったのを幸いに、奥様の御離縁からお亡なりになった御模様、続いてあの谷中の墓地での旦那様のおかしな御容子から、今日いま茲《ここ》に到るまでの気味悪い数々の出来事を、逐一申上げたのでございます。

――すると、それまで私の話を黙って聞いていた、金筋入の肩章をつけた警官は、傍らの同僚の方のほうへ向き直りながら、

「どうもこのお爺さんは、亡くなられた奥さんが、幽霊になって出て来られた、と思ってるらしいんだね」

そういってニタリと笑いながら、再び私のほうへ向き直って云われるのです。

「成る程、お爺さん。これだけむごたらしい殺し場は、生きてる人間の業とは、一寸思われないかも知れないね。しかし、これも考えようによっては、ただの女一人にだって出来る仕事なんだよ。例えばね。あの窓の鉄棒を抜きとるのにしたって、なにもそんなお化け染みた力がなくたって、よくある手だが、まず二本の鉄棒に手拭かなんかを、輪のように廻してしっかり縛るんだ。そしてこの手拭の輪の中になにか木片でも挿込んで、ギリギリ廻しながら手拭の輪を締めあげるんだ。すると二本の鉄棒は、すぐに曲って窓枠の枘《ほぞ》から外れて了う。……なんでもないよ。……それから、この死人の傷にしたって、何か重味のある兇器で使いようによっては充分こうなる。……それから又、内側の減った下駄にしても、なにも内股に歩くのは、こちらの奥さん一人きりというわけもないだろう……判ったね。じゃアひとつ、これから、その亡くなった奥さんの、人形町の実家というのへ案内して呉れ。そこにいる女を、片ッ端から叩きあげるんだ」

警官は、そう云って、ガッチリした体をゆすりあげたものでございます。ところが、この時、いままで旦那様の御遺骸を調べていられた、割に若い、お医者様らしいお方がやって来られまして、不意に、

「警部さん。あなたは、なにか勘違いをしてられますよ」

と、テキパキした調子で、始められたんでございます。

「例えば、あなたの鉄棒を曲げるお説ですね。聞いて見れば、成る程ご尤です。その手でやれ

ば、二本の鉄棒は、人間の力で充分曲りましょう。しかし、いまあの窓で曲げられているのは、三本ですよ。三本曲げるにはどうするんです。え？　いまのあなたのお説では、二本しか同時に曲げることは出来ないのですから、二本とか四本とか六本とか、つまり偶数なら曲げられるが、一本とか三本とか五本とか、奇数ではどうしても一本きり余りが出来て、手拭の輪をかけることも出来ないではありませんか。……だからあれはそんな泥棒じみたからくりで抜いたんではありませんよ。本当に魔物のような力でやったんです。……それから、例の下駄の件ですがね。あなたは、あの下駄を履いた内股歩きの女が、人形町あたりにいるようなお見込みですが、しかし、こういう事を一応考えて下さい。つまり、下駄の裏の鼻緒の結びの跡が残る程、内側が擦り減るには、一度や二度履いただけではなく、いつも履いていなくちゃアならぬわけでしょう。そうすると、鏡台に向って、乱れた髪をときつけて帰って行くような、たしなみを知ってる普通の女がいつでも庭下駄なんぞを履いて、しかも人形町あたりでゾロゾロしてるというのは一寸おかしかないですか？……」

そういってお医者さんは、急に部屋の隅へ行かれて、畳の上から例の忌わしい線香の束を拾いあげると、今度はそいつを持ってツカツカと私の前へやって来られていきなり、

「あなたは谷中の墓地にある、亡くなられた奥さんのお墓の位置を知ってますか？」

と訊かれたんでございます。抜き打ちの御質問で吃驚《びっくり》した私が、声も出せずに黙ってうなずきますと、その若い利巧そうなお医者様は、

「では、これから、そのお墓まで連れて行って呉れませんか」

と今度は警官のほうへ向き直って、

「ねえ警部さん。この線香の束は、まだこれから使うつもりの新らしいものですよ。ひとつこれから、谷中の墓地へ出掛けて、こいつを此処へ忘れて行った、その恐ろしいものにぶつかって見ませんか？」

とまアそんなわけで、それから十分程後には、もう私共は警察の自動車に乗って、深夜の谷中墓地へやって来たのでございます。

墓地の入口のずっと手前で自動車を乗り捨てた私共は、お医者様の御注意で、お互に話をしないように静かに足音を忍んで、墓地の中へはいっていったのでございますが、恰度そのとき雲の切れめを洩れた満月の光が、見渡す限りの墓標の原を白々と照らし出して、墓地の周囲の深い木立が、折からの夜風にサワサワと揺れるのさえ、ハッキリと手にとるように見えはじめたのでございます。——いや全くこの時の物凄い景色は、案内人で先へ立たされていた私の頭ン中へ、一生忘れることの出来ないような、なんて申しますか、印象？　とかっていうものを、焼きつけられたんでございます。

——ところが、それから間もなく、奥様のお墓の近くまでやって参りました私は、不意にギヨッとなって立止ったのでございます。——見れば、まだ石塔の立っていないために、心持ち窪んで見える奥様のお墓のところから、夜目にもホノボノと、青白い線香の煙りが立っているではありませんか。

「ああ、確かあの、煙の立っているところでございます」

もう私は、案内役が出来なくなりましたので、そう云って顫える手で向うを指差しながら、皆様に先に立って戴きました。するとお医者様が真先になって、ドシドシお墓のところまでお行きになりましたが、立ち止って覗き込むようにしながら、

「こんなことだろうと思った」

そういって、私達へ早く来い――と顎をしゃくってお見せになりました。続いてかけつけた私達は、ひとめお墓の前を覗き込むと、その場の異様な有様に打たれて、思わず呆然と立竦んだのでございます。

――黒々と湿った土の上に、斜めに突き挿された真新らしい奥様の卒塔婆《そとば》の前には、この寒空に派手な浴衣地の寝衣を着て、長い髪の毛を頭の上でチョコンと結んだ、一人の異様な角力《すもう》取りが、我れと己れの舌を嚙み切って、仰向きざまにぶっ倒れていたのでございます。

「手遅くれでしたよ」

お医者様はそういいながら、無造作な手つきで死人の体をまさぐっていられましたが、やがてふと、卒塔婆の前のもう既に燃えつきようとする線香の束の横から、白い手紙のようなものを取りあげると、そいつをひろげて、黙って警部さんのほうへ差出されました。むろんその手紙は、私もあとから見せて戴きましたが……なんでも、余り達筆ではございませんでしたが、

それでも一生懸命な筆蹟で……

御贔屓《ひいき》の奥様。

いきさつは御実家の旦那様からお伺いいいたしました。私奴《め》のために飛んでもない濡れ衣をお着になったお恨みは必らずお晴らし申します。特別御贔屓にして頂きました私奴の、これがせめてもの御恩返しでございます。

——大体、そんなことがその手紙には書いてあったのでございます。

——いや全く、相手がお角力取りと知ってからは、大きな下駄の跡を、庭下駄の跡だなんて騒いでいた連中が可笑《おか》しいみたいで……それに、これはあとから奥様の御実家の旦那様から伺ったんでございますが、なんでも下駄の内側を擦り減らすのは角力取りに多いので、それは角力取りの一番力のはいるところが、両足の拇指《おやゆび》のつけ根だからだそうでございます。それから、奥様の御実家は、皆様揃って角力好きで、舌を嚙み切って死んだその角力取りは、御実家で特に贔屓にしていらっしゃる茨木部屋の二段目で、小松山という将来のある力士だったそうでございます。

——いや、どうも、奥様の幽霊の正体が、お角力取りとは思いも寄りませんでしたが、それでも私は、奥様が不行跡をなさるようなお方でないことは、始めッから固く信じておりましたようなわけで、こうしてことの起りが贔屓角力と判ってみれば、やっぱり私の考えが正しかったのでございます。学者気質で、少し頑な旦那様には、お可哀そうに、どうしても、贔屓角力の純な気持というものが、お判りになれなかったのでございましょう……

——やれやれ、飛んだ長話をいたしましたな。では、ここらで御無礼さして戴きます……。

（〈新探偵小説〉昭和二十二年六月号）

解説

山前　譲

　プロ野球のファンならば、一度くらいは沢村栄治投手の名を聞いたことがあるだろう。ベーブ・ルースやルー・ゲーリッグを擁する全米オールスターを相手に、ゲーリッグの本塁打による一得点のみに抑えたのは、昭和九年、弱冠十七歳の時である。昭和十一年に発足したプロ野球では、大日本東京野球倶楽部（のちの巨人軍）に所属、速球を武器に大活躍し、プロ野球初のノーヒット・ノーランを記録している。昭和十二年春のリーグにおいては、二十四勝四敗、防御率〇・八一でＭＶＰとなった。翌年、召集を受けた沢村は、戦地で肩を壊す。昭和十五年に復帰した時は、変化球主体の技巧派に変身していた。それでもノーヒット・ノーランを達成している。昭和十七年の再度の召集から帰ってまたもやマウンドに立った沢村だが、三度目の召集でレイテ島へ向かう途中、輸送船が撃沈されて帰らぬ人となる。昭和十九年十二月、まだ二十七歳だった。セントラル・リーグは沢村栄治賞を設け、この名投手の名をいまも残している。

活躍したフィールドはまったく異なるが、戦前のプロ野球界を代表する投手だった沢村栄治に、不思議と重なっていくのが大阪圭吉だ。六歳ほど年上ではあるけれど、探偵作家として活躍した時期が沢村栄治の全盛期と重なっている。大阪圭吉もまた戦争によって活躍の道が閉ざされた。そしてなにより、今日、その業績が本格派として評価されているところに——

＊

明治四十五年三月二十日、愛知県新城に生れ、昭和二十年七月二日にフィリピン・ルソン島で戦病死したとされている大阪圭吉の、三十三年余りの生涯とその作品については、鮎川哲也（「ルソン島に散った本格派」『幻の探偵作家を求めて』所収）や権田萬治（「蒼き死の微笑——大阪圭吉論」『日本探偵作家論』所収）によって詳しく語られ、論じられている。それは主として探偵小説の分野についてだったが、愛知県の杉浦俊彦教諭は郷土三河の推理作家として注目し、個人誌「大坂圭吉研究」（昭和五十年十一月創刊）ほかで創作活動全般を精力的に研究してきた。その過程で、自筆の詳細な執筆メモや書簡類など、遺族のもとに残されていた貴重な資料が紹介されている（大阪圭吉ではなく大坂圭吉としているのもその成果のひとつである）。本稿ではこれら先行研究を参考にさせていただいた。

新城の名家「鈼屋」の分家に生れた鈴木福太郎、のちの大阪圭吉は、新城の小学校から豊橋市立豊橋商業学校に進学するも三年で中退し、その後、日本大学商業学校（夜間）に学んで昭和六年に卒業した。この年、「中央公論」の懸賞に坂上蘭吉のペンネームで応募したことがあるという。「日の出」の創刊号懸賞小説に「人喰ひ風呂」で佳作入選したのは昭和七年、まだ二十歳の時だった（「人喰ひ風呂」は改稿されて昭和九年十二月の「新青年」に発表）。その年の十月、「新青年」に「デパートの絞刑吏」を発表し、大阪圭吉は探偵文壇にデビューする。甲賀三郎の推薦だったが、そして生涯、三郎が創作活動の支えだったが、最初の接点がどこにあったのかは詳らかではない。原稿を送ったのか、それとも学生時代に訪ねていったのか——。親分肌だった三郎の周囲には、作家志望の若者が集っていたらしい。持ち込み原稿も多かっただろう。「本格」という用語の提唱者とされているだけに、典型的な名探偵の謎解きであるトリッキイな「デパートの絞刑吏」ならば、とりわけ好感をもったに違いない。

探偵小説専門ではなかったけれど、「新青年」は当時の探偵小説界を代表する雑誌である。そこでのデビューは、探偵作家を志す者ならば誰しも憧れたはずだ。新城で家業の旅館を手伝いながら、つづいて「新青年」に、「カンカン虫殺人事件」（昭7・12）「白鮫号の殺人事件」（昭8・7）「気狂ひ機関車」（昭9・1）「なかうど名探偵」（昭9・7）「石塀幽霊」（昭10・7）「燈台鬼」（昭10・12）を発表している。昭和八年に創刊された「ぷろふいる」にも、「花束の虫」（昭9・4）「とむらひ機関車」（昭9・9）「雪解」（昭10・3）「闖入者」（昭11・1）を発表し、大阪圭吉は本格探偵小説の新鋭としての地歩を固めていく。これら初期短編をまとめ、昭和十一年六月、最初の著書『死の快走船』をぷろふいる社から出版した（奥付は「ぷろふるい社」と誤植されているが）。「白鮫号の殺人事件」を大幅に改稿した表題作ほか九作収録で、江戸川乱歩と甲賀三郎が序文を書いている。「巻末に」では、自らの歩みを凸凹道を走る軽便列車にたとえていた。六月三日に東京で出版記念会が行われ、乱歩、三郎、水谷準、大下宇陀児、海野十三、橋本五郎らが出席した。当日の記念写真は乱歩の『探偵小説四十年』で見ることができる。『死の快走船』の刊行経緯については杉浦俊彦「第一小説集『死の快走船』覚え書き」（「国語教育研究誌（第十一集）昭50・3）に詳しい。

二十四歳の若さにして最初の著書を出した昭和十一年が、探偵作家大阪圭吉の創作活動のピークだったと言っても間違いないだろう。七月からは、「新青年」での連続短編執筆がスタートしている。「三狂人」を最初に、「白妖」「あやつり裁判」「銀座幽霊」「動かぬ鯨群」「寒の夜晴れ」と毎月発表した。水谷準編集長の叱咤激励のもとでの執筆だったが、本格物を書きつづけることの苦しさを知る。同時に「改造」のためにも執筆していたが、書き直しがあったりして、結局、「坑鬼」と題された中編が発表されたのは翌十二年五月だった（その経緯は「大坂圭吉研究」第三号〈昭51・8〉に詳しい）。

大阪圭吉のデビュー以来の創作活動は、江戸川乱歩が言うところの日本探偵小説第二の隆盛期の形成と重なっている。探偵小説の勢いはまた、圭吉の創作活動の勢いであった。だが、昭和十二年七月に勃発した日中戦争以降、急速に戦時体制を強めた日本において、殺人事件を扱う探偵小説の執筆は急激に困難なものとなった。「探偵春秋」「月刊探偵」「シュピオ」といった専門誌が次々と廃刊となるなか、昭和十四年以降、ユーモア探偵小説や捕物帳、明朗小説、海外秘境小説、スパイ小説と、ほかの探偵作家と同様に、圭吉は作風を変えている。皮肉なことに、「週刊朝日」「キング」「講談倶楽部」などと発表の場は広がり、執筆量そのものは探偵小説時代より増えた。

昭和十一年八月に新城町役場書記補となり、豊橋職業紹介所などにも勤めた圭吉は、昭和十七年七月に上京、日本文学報国会総務部会計課長となった（総務部長であった甲賀三郎の要請という）。勤務のかたわら、創作活動に意欲を燃やしたが、昭和十八年八月、ついに召集される。満洲からフィリピンへと転戦し、終戦の年に戦病死した。戦地に赴く前に本格長編探偵小説を書き上げ、甲賀三郎に託したと伝えられるが、三郎が昭和二十年二月に急逝したこともあって、原稿は行方不明となっている。どのようなものであったか、今では推測することすらできない。もっとも、当時の世相を考えれば、たとえ大傑作であったとしても、探偵小説の出版は難しかっただろうが。

戦後まもなくの探偵小説ブームの頃、名古屋で創刊された「新探偵小説」に「幽霊妻」（昭22・6）が掲載された。編集後記の「社中偶語」には、〝比島で戦病死を伝へられて、久しい大阪圭吉の、未発表稿の内から一篇を選んでみた〟とある。探偵小説は推理小説、ミステリーと名称を変えて読者を増やしていったが、なかなか再評価の機会が与えられず、大阪圭吉はいわば幻の作家となってしまう。中島河太郎によって「三狂人」が何度かアンソロジーに採られるだけだったが、昭和四十年代後半からようやく探偵作家としての再評価の気運が高まり、作品紹介の機会も増えた。まとまって作品を読む機会は、平成四年五月刊行の『とむらい機関車』(国書刊行会)まで待たなければならなかったとはいえ、いまや幻の作家ではなくなっている。探偵小説ファンならば、一度くらいは作品を読んだことがあるに違いない。

*

大正十二年の江戸川乱歩のデビューに相前後して、横溝正史、角田喜久雄、水谷準、甲賀三郎、大下宇陀児、城昌幸らが登場、ようやく日本にも探偵文壇と呼べるものが形成され、最初の隆盛期を迎えたのは大正末期である。昭和七年、乱歩に約十年遅れてデビューした大阪圭吉は、第二の新人群に属する。海野十三や渡辺啓助が本格的な創作活動に入り、圭吉につづいて小栗虫太郎、さらに木々高太郎と新人が登場して、探偵小説界に活気をもたらした。昭和十年前後の第二の隆盛期では、第一の新人が円熟の域に達し、第二の新人が個性的な作品を発表している。探偵雑誌の創刊が相次ぎ、鬼と呼ばれた読者が忌憚ない意見を発した。出版点数からみれば、第一の隆盛期より遙かに活発である。

ただ、大阪圭吉の作品そのものは、新しいというよりは、古典的な正統派と見なされていた。江戸川乱歩は評論「日本の探偵小説」(昭和十年九月刊の春秋社『日本探偵小説傑作集』に書下し）の大阪圭吉の項で、〝理智探偵小説といふものを、その本当の意味で摑んでゐる点では、先輩作家の間にも多く類例がない程だと思ふ〟としたあとに、こう述べている。

たゞその作風がドイル以来の正統派であつて異彩に乏しいこと、これまで発表された全部の作品が悉く本当の短篇であつて、謎の提出からその解決までの距離が短く、あれかこれかと読者の理智を働かせ、読者を楽しませる余裕を欠いてゐることなどの為に、その着想と論理との優れてゐる割合には、大きく人をうつ所がないのではあるまいか。

『死の快走船』の「序」においても乱歩は、ドイルの特徴である出発点の怪奇と結末の意外が弱いとしたあとに、

年少の大阪君を、直ちに大先輩ドイルと比較することは当を失してゐるが、作品そのものではなくて、構成手法だけについて云ふならば、ドイルの作風は、怪奇―論理―意外の三要素が適度に塩梅されてゐるのに比べて、大阪君の作風は、三要素中の論理にのみに力点が置かれ、怪奇と意外とは甚だ影が薄くなつてゐるやうに思はれる。そこにこの作者の堅実味と近代性を見ることが出来ると共に、私などは敬服しながらも一面何かしら物足りないものを感じるところがあるのだと思ふ。

しかし、だからこそ、すなわち論理に力点を置いたからこそ、今日、大阪圭吉の作品が、戦前の探偵小説界における貴重な本格物として評価されることになったのだ。「本格」という用語の定義はいろいろと意見の出てくるところだろうが、その基本はやはり、不可解な謎と論理的な推理にある。圭吉の探偵小説は、まさに謎と論理に腐心し、そして苦しんだのだ。

大阪圭吉は眼目となる謎の提示が不器用である。どこかまだるっこしく、不可解性や不可思議性があまり印象づけられないのだ。「白妖」のように道路からの自動車消失といったシンプルなものでさえ、謎が謎として明確に伝わってこない。たしかに論理的な推理によって事件は解明されていくが、まずその謎を解こうというモチベーションを読者に伝えなければ、作者の独り善がりに終わってしまう。なにもこけおどし的な表現を期待しているわけではない。どういう謎なのかをはっきりさせれば、作品の印象はずいぶん変っただろう。また、初期の作品では、句点や改行の少ない晦渋な文章も目立つ。その着想に文章力がまだ追いついていなかった。人物描写も平板で、犯罪研究家の青山喬介、水産試験所の東屋三郎、弁護士の大月対次といった探偵役にも、さほど魅力を感じない。

とはいえ、「新青年」の連続短編の頃になると、文章はかなり洗練され、初期に目立った機械的トリックへの依存がなくなって、謎の設定にヴァリエーションが出てきた。論理による推理の過程を生かそうと、さまざまな工夫をしていることが窺える。日本探偵作家クラブ賞も日本推理作家協会賞もない時代にあって、「新青年」の連続短編執筆は、探偵作家大阪圭吉にとって、プロ野球のMVPに匹敵するほどの最高の名誉であったはずだ。とくに力を込めたに違いない。

ところが、最初の「三狂人」以外は、手厳しい評価が多かった。

▼大阪圭吉の「白妖」は前作「三狂人」に較べると構成も文章もやゝ落ちるやうな気がする。これは彼の作品中でも決して自慢にはならないものであらう――中島親「作品月評」(「探偵文学」昭11・9)

▼銀座に幽霊が出たなんて大きな事言つて置きながら落が平凡なので、なんだか呆気なかつた。読者が一応考へた所に結局話が落ちて終ふのは決して巧い話とは言へない。苦心の跡は認めるけれど――妖崎館主人「晴雨計」(「探偵文学」昭11・11)

▼大阪圭吉の「寒の夜晴れ」は連続短篇のラスト・コースであるせゐか作者の疲労がかなり目立つて、此の作者のものとしては更に素材的迫力の弱い作品であつた。いつも素材に新進らしい真剣な創意を示す彼がこゝには全く見られない。期待外れがしたやうで呆気ない気もするが、それだけに此の一篇には探偵小説特有の稚気と無理がないので、あと味が淡々としてゐる――中島親「作品月評」(「シユピオ」昭12・1)

▼大阪圭吉は、今、やうやつと新青年の連続短篇を終了して、ほつと一息、といふトコロ

ぢやらう――と想像するが、ことほど左様にあの連続短篇は気息エン〳〵の態と観測したがどうぢや？――鴉黒平「らくがき」（「探偵春秋」昭12・1）

当時は本格短編がほとんど書かれず（師である甲賀三郎にしても）、期待が大きかったための酷評とも言えるが、わずか五十枚前後で謎と論理の本格短編を書くことが難しいのは明らかだった。しかも、江戸川乱歩が的確に指摘した、ドイルの流れにある正統派探偵小説ではあるけれども本質は違っているという、大阪作品の本格物としての特徴を理解していない評が繰り返されている。あくまでも論理的な解決が主なのだ。その意味で、些細なコラムではあるけれど、以下のものは引用しておく価値があるだろう（蓑虫「圭吉氏と批評」「シユピオ」昭12・1）。

大阪圭吉氏の新青年の連続短篇に対する世評（活字になつた）は甚しく不評であつた。然し、大阪氏が本格ものに精進し、ドイル直系などといはれてゐる為に、氏自身もそれを目指し、又批評家連もそれを目指し乍ら出来上つた作品は固いだの、つまらぬだのと悪評を放つてゐるが、それは大体無理な話であつて、大阪氏のものはトリツクもいいし、よく考へてゐ、文章もしつかりしてゐると思ふ。
一体、ドイルそのものが今日現はれたつて、さう面白いものではあるまい――、とは大下宇陀児氏の話。

舞台や素材にいろいろ工夫をしているが、大阪作品における謎は、それだけで読者を驚かす奇矯なものではないし、またそれを狙っているわけでもない。本質は解決の道筋である。「坑鬼」でも明らかなように、十分な枚数が与えられれば、圭吉の持ち味がもっと発揮できたはずだ。海底炭坑という異色の舞台が小説としても本格物としても効果的な「坑鬼」は、既発表のある作品と同じ発想ながら、中編とあって、いっそう論理的な謎解きが楽しめる。ただし、推理まで引きつけていく謎の提示がやはり十分ではない。舞台のユニークさと事件の異様さに目を奪われてしまうせいかもしれないが、犯罪の不可解性が捉えにくいのである。

大阪圭吉が昭和十年前後に長編を執筆した形跡は残念ながらない。『死の快走船』の直前、春秋社の懸賞小説に入選した蒼井雄『船富家の惨劇』ほかが刊行されているが、いくら探偵小説ブームで出版活動が盛んだったといっても、現在のように新鋭の長編が次々と刊行される時代ではなかった。それでも、大阪圭吉の作品ならば出版の道はあったはずである。本格探偵作家として勢いのあった頃にもし長編が書かれていたら、その本来の才能を遺憾なく発揮し、鬼たちをうならせるものとなったと思うのだが。

＊

連続短編執筆に精力を使い果たしたのか、あるいは芳しくない評に意欲をそがれたのか、昭和十二年に大阪圭吉はほとんど作品を発表していない。その頃、日本の探偵小説界は大きな転機を迎えていた。戦時体制下で探偵小説そのものの執筆が困難になってきたのである。大阪作品においても、「唄はぬ時計」(「新青年」昭13・1)のように、戦争の影が色濃くなっていく。「恋慕時計」(「新青年」昭12・4)や「三の字旅行会」(「新青年」昭14・1)といった、日常的な光景のなかに謎を設定してのユーモラスな味わいの探偵小説が増えている。もっとも、ユーモアは「なかうど名探偵」ほかいくつかの初期作品にも濃厚で、圭吉のひとつの持ち味と言っていい。昭和十八年に刊行された『ほがらか夫人』は明朗小説集とのことだ。謎と論理の探偵小説をことさらに意識しなくなったせいか、文章がいっそうこなれ、リズミカルになっている。作品発表の舞台が広がったのも頷ける。

戦争の深刻化はユーモア探偵小説の執筆すら困難にした。すべてに目を通したわけではないが、スパイ小説、国際小説と銘打たれた「プラプイ君の大経験」(「新青年」昭16・8)、あるいは北洋小説と銘打たれた「アラスカ狐」(「新青年」昭17・8)など、時局に応じた小説も大阪圭吉はそつなくこなしている。変化球ならぬ変格にも非凡なものをみせた。だが、それはなにも圭吉の手によらなくてもよい。家作があって生活に十分な収入はあったという。戦争の終結後を見据え、創作活動の出発点である本格探偵小説を書きためるようなことはできなかったのだろうか。たとえどんな形であれ、やはり圭吉はプロ作家でありつづけたかったのか。

あらゆるフィールドで、戦争によって多くの才能が摘まれた。大阪圭吉もまたそのひとりであるが、無事生き抜いていたら、はたしてどんな小説を書いただろう。横溝正史『本陣殺人事件』を皮切りとする戦後まもなくの本格ブームのなか、ここぞとばかりに活躍しただろうか。それとも、子息が語るようにユーモア小説を書いたのだろうか。いまとなっては誰にも解けない謎である。

*

沢村栄治がプロ野球で華々しい活躍を見せていたちょうどその頃、大阪圭吉も探偵文壇において話題作を発表していた。沢村栄治といえば、ダイナミックなフォームから繰り出される、球速百六十キロはあったのではないかという伝説的な豪速球だ。そして大阪圭吉はといえば、やはり謎と論理の本格探偵小説である。
江戸川乱歩は『死の快走船』の「序」でこうも述べていた。

従来日本のどの作家が、かくまでも純粋に、かくまでも根強く、正統短篇探偵小説への愛情と理解とを示し得たであらうか。どの作家が、これ程深く理智探偵小説の骨法を体得し得たであらうか。大阪君の作風は一見地味であり、常套でさへあるかも知れないけれど、その興味と情熱の純粋性に於ては、探偵文壇に比類なしと云つても過言ではないであらう。

その興味と情熱の純粋性は、いま現在に至っても、比類なきものとは言えないだろうか。

大阪圭吉　著作リスト

【書籍】

『死の快走船』　ぷろふいる社　昭和11年6月
序（江戸川乱歩）／大阪圭吉のユニクさ（甲賀三郎）／死の快走船／とむらひ機関車／雪解／デパートの絞刑吏／気狂ひ機関車／なかうど名探偵／人喰ひ風呂／花束の虫／石塀幽霊／燈台鬼／巻末に

『海底諜報局』　熊谷書房　昭和16年12月
＊書き下ろし長篇。「作者の言葉」あり

『ほがらか夫人』　大都書房　昭和18年1月　＊大坂圭吉名義
謹太郎氏の結婚／慰問文夫人／翼賛タクシー／香水紳士／九百九十九人針／約束／子は国の宝／プラプイ君の大経験／ほがらか夫人／正宗のゐる工場／トンナイ湖畔の若者

『香水夫人』　大東亜出版社（満洲国奉天市）　康徳10年（昭和18年）3月
香水夫人／三の字旅行会／告知板の謎／からくり証人／寝言を云ふ女／特別代理人／正札騒動／昇降時計／刺青のある男

『ここに家郷あり』　新興亜社　昭和18年4月　＊大坂圭吉名義

『人間燈台』　大東亜出版社（満洲国奉天市）　康徳10年（昭和18年）4月
悪魔の地図／乱れる金髪／人間燈台／百貨註文主／闖入者／唄はぬ時計／盗まぬ掏摸／懸賞尋ね人／ポケット日記／花嫁の病気

『仮面の親日』　大道書房　昭和18年4月　＊大坂圭吉名義
仮面の親日／百万人の正宗／疑問のＳ／金髪美容師／紅毛特急車／赤いスケート服の娘／空中の散歩者／街の潜水夫／恐ろしき時計店／東京第五部隊／間諜満洲にあり／寝台車事件／手紙を喰ふポスト

『誓ひの魚雷』　上崎書店　昭和18年9月　＊大坂圭吉名義　※現物未確認、自筆作品目録および日本出版配給株式会社「新刊弘報」による。短篇集。

『とむらい機関車』　国書刊行会　平成4年5月
デパートの絞刑吏／死の快走船／気狂い機関車／とむらい機関車／燈台鬼／闖入者／三狂人／白妖／あやつり裁判／銀座幽霊／動かぬ鯨群／寒の夜晴れ／坑鬼／幽霊妻／論理派ミステリーの先駆者（鮎川哲也）

『とむらい機関車』　創元推理文庫　平成13年10月
とむらい機関車／デパートの絞刑吏／カンカン虫殺人事件／白鮫号の殺人事件／気狂い機関車／石塀幽霊／あやつり裁判／雪解／坑鬼／我もし自殺者なりせば／探偵小説突撃隊／幻影城の番人／お玉杓子の話／頭のスイッチ――近頃読んだもの／弓の先生／連続短篇回顧／二度と読まない小説／停車場狂い／好意ある督戦隊／解説（巽昌章）

『銀座幽霊』　創元推理文庫　平成13年10月
三狂人／銀座幽霊／寒の夜晴れ／燈台鬼／動かぬ鯨群／花束の虫／闖入者／白妖／大百貨注文者／人間燈台／幽霊妻／解説（山前譲）／大阪圭吉　著作リスト

『大阪圭吉探偵小説選』　論創社　平成22年4月
東京第五部隊／金髪美容師／赤いスケート服の娘／仮面の親日／疑問のS／街の潜水夫／紅毛特急車／空中の散歩者／海底諜報局／間諜満洲にあり／百万人の正宗／解題（横井司）

『死の快走船』　日下三蔵編　戎光祥出版　平成28年4月
序（江戸川乱歩）／大阪圭吉のユニクさ（甲賀三郎）／死の快走船／なこうど名探偵／人喰い風呂／巻末に／謹太郎氏の結婚／慰問文夫人／翼賛タクシー／香水紳士／九百九十九人針／約束／子は国の宝／プラプイ君の大経験／ほがらか夫人／正宗のいる工場／トンナイ湖畔の若者／香水夫人／三の字旅行会／告知板の謎／寝言を云う女／特別代理人／正札騒動／昇降時計／刺青のある男／唄わぬ時計／盗まぬ掏摸／懸賞尋ね人／ポケット日記／花嫁の病気／恐ろしき時計店／寝台車事件／手紙を喰うポスト／塑像／案山子探偵／水族館異変／扮装盗人／証拠物件／秘密／待呆け嬢／怪盗奇談／大阪圭吉論　本格派の鬼（権田萬治）／人間・大阪圭吉（鮎川哲也）／論理派ミステ

リーの先駆者（鮎川哲也）／編者解題（日下三蔵）

『甲賀三郎　大阪圭吉　ミステリー・レガシー』　ミステリー文学資料館編　光文社文庫　平成30年5月

序（江戸川乱歩）／大阪圭吉のユニクさ（甲賀三郎）／**死の快走船**／**とむらい機関車**／**雪解**／**デパートの絞刑吏**／**気狂い機関車**／**なこうど名探偵**／**人喰い風呂**／**花束の虫**／**石塀幽霊**／**燈台鬼**／巻末に／解説（山前譲）　※『死の快走船』（ぷろふいる社）を完全収録。甲賀三郎作品三篇と随筆を同時収録。

『死の快走船』　創元推理文庫　令和2年8月

死の快走船／**なこうど名探偵**／**塑像**／**人喰い風呂**／**水族館異変**／**求婚広告**／**三の字旅行会**／**愛情盗難**／**正札騒動**／**告知板の女**／**香水紳士**／**空中の散歩者**／**氷河婆さん**／**夏芝居四谷怪談**／**ちくてん奇談**／小栗さんの印象など／犯罪時代と探偵小説／鱒を釣る探偵／巻末に／怒れる山（日立鉱山錬成行）／アンケート回答／解題（藤原編集室）／幻の探偵作家の足跡をたどって（小野純一）

【作品リスト】

小説作品を発表年代順に配列、タイトル・掲載誌・掲載年月（昭和）を記し、単行本収録時に改題されたもの、「大坂圭吉」「岬潮太郎」の名義で発表されたものは、これを併記した。

なお、シリーズ物および「新青年」連続短篇は、以下の略記で示した。

《青山》＝青山喬介　《東屋》＝東屋三郎
《大月》＝大月対次弁護士　《大手》＝大手鴨十
《横川》＝横川禎介（防諜物）
《弓太郎》＝弓太郎捕物帖
連続＝「新青年」連続短篇

デパートの絞刑吏　新青年7・10《青山》
カンカン虫殺人事件　新青年7・12《青山》
白鮫号の殺人事件　新青年8・7《青山》
＊改題改稿「死の快走船」（『死の快走船』所収）
気狂ひ機関車　新青年9・1《青山》
花束の虫　ぷろふいる9・4《大月》

なかうど名探偵　新青年9・7《大手》
塑像　ぷろふいる9・8
　＊追記参照
とむらひ機関車　ぷろふいる9・9
人喰ひ風呂　新青年9・12
雪解　ぷろふいる10・3
石塀幽霊　新青年10・7《青山》
燈台鬼　新青年10・12《東屋》
　＊再録・シュピオ12・5
闖入者　ぷろふいる11・1《大月》
案山子探偵　月刊探偵11・5《大手》
死の快走船　『死の快走船』ぷろふいる社
11・6《東屋》
　＊「白鮫号の殺人事件」を改題改稿
三狂人　新青年11・7　連続①
人間燈台　逓信協会雑誌11・7
白妖　新青年11・8　連続②　《大月》
あやつり裁判　新青年11・9　連続③　《青山》
　＊改題「からくり証人」（『香水夫人』所収）
銀座幽霊　新青年11・10　連続④
動かぬ鯨群　新青年11・11　連続⑤　《東屋》
寒の夜晴れ　新青年11・12　連続⑥
恋慕時計　新青年12・4
　＊改題「昇降時計」（『香水夫人』所収）
坑鬼　改造12・5
水族館異変　モダン日本12・6
唄はぬ時計　新青年13・1
情死　近代生活13・2
大百貨注文者　新青年13・臨時増刊（新版大衆小説傑作集）《大月》
　＊改題「百貨註文主」（『人間燈台』所収）
トンナイチヤ湖畔の若者　新青年13・特別増刊（第二新版大衆小説集）
　＊改題「トンナイ湖畔の若者」（『ほがらか夫人』所収）
扮装盗人　映画ファン13・9
証拠物件　エス・エス13・11

三の字旅行会　新青年14・1
求婚広告　週刊朝日14・新年特別号（35巻2号）
＊改題「謹太郎氏の結婚」（『ほがらか夫人』所収）
沙漠の伏魔殿　奇譚14・4
愛情盗難　週刊朝日14・5／7、5／14、5／21、5／28（4回）
＊改題「香水夫人」（『香水夫人』所収）
正札騒動　新青年14・6
人間氷山　奇譚14・7　＊岬潮太郎名義
花嫁の病気　新青年14・8
尋ね人をする女　にっぽん14・9
＊再録「尋人をする女」戦線文庫14・9
＊改題「懸賞尋ね人」（『人間燈台』所収）
隆鼻術　名作14・9
告知板の女　新青年14・10
＊改題「告知板の謎」（『香水夫人』所収）
恋のお手柄　奇譚14・11
＊改題「手紙を喰ふポスト」（『仮面の親日』所収）
秘密　新青年15・1
新婚寝台車　週刊朝日15・新年特別号（1／1）
＊改題「寝台車事件」（『仮面の親日』所収）
身代り花嫁　ユーモアクラブ15・2
＊改題「慰問文夫人」（『ほがらか夫人』所収）
愛情試験　にっぽん15・3
花嫁と仮髪　週刊朝日15・3／3、3／10、3／17、3／24（4回）
愛情代理人　新青年15・4
＊改題「特別代理人」（『香水夫人』所収）
盗まぬ掏摸　キング15・4
香水紳士　少女の友15・5
待呆け嬢　新青年15・6
刺青のある男　キング15・6
人外神秘境　奇譚15・6
怪盗奇談　新青年15・7
恐しき時計店　キング15・7
＊「恐ろしき時計店」（『仮面の親日』所収）
寝言をいふ女　ユーモアクラブ15・7

＊「寝言を云ふ女」（『香水夫人』所収）
愛の先駆車　キング15・9
東京第五部隊　講談倶楽部15・10《横川》
金髪美容師　キング15・11《横川》
＊再録・読切講談17・8 ※
＊改題「乱れる金髪」（『人間燈台』所収）
正宗のゐる工場　にっぽん15・12
赤いスケート服の娘　新青年16・1《横川》
仮面の親日　富士16・1《横川》
＊改題「悪魔の地図」（『人間燈台』所収）
九百九十九人針　新青年16・4
疑問のS　富士16・4《横川》
翼賛タクシー　週刊朝日16・春季特別号
（4／1）
街の潜水夫　富士16・7《横川》
屋形船異変　にっぽん16・7《弓太郎①》
プラプイ君の大経験　新青年16・8
夏芝居四谷怪談　にっぽん16・8《弓太郎②》
紅毛特急車　キング16・8《横川》
五人の手古舞娘　にっぽん16・9《弓太郎③》
約束　戦線文庫16・9
空中の散歩者　富士16・10《横川》
千社札奇聞　にっぽん16・10《弓太郎④》
花盗人　にっぽん16・11《弓太郎⑤》
貧乏籤　戦線文庫16・11
沈黙のおけさ水兵　戦線文庫16・11
海底諜報局　『海底諜報局』熊谷書房16・
12《横川》＊書き下ろし長篇
＊再録『くろがね叢書』第二十五輯19・12
丸を書く女　にっぽん16・12《弓太郎⑥》
ポッケット婦人日記　ユーモアクラブ16・12
＊改題「ポケット日記」（『人間燈台』所収）
ちくてん奇談　にっぽん17・1《弓太郎⑦》
自若夫人　新青年17・3
＊改題「ほがらか夫人」（『ほがらか夫人』所収）
ジャングルの兵変　にっぽん17・3
ハワイ軍港掃海奇談　戦線文庫17・3
ここに家郷あり　豊橋同盟新聞17・3／31〜
8／15（118回）
マニラの混血娘　にっぽん17・4

南の処女林　にっぽん17・5
印度洋司令の帽子　ユーモアクラブ17・5
子は国の宝　講談雑誌17・5
動く珊瑚礁　にっぽん17・6
スエズ湾の軍艦旗　戦線文庫17・6
東印度の娘　にっぽん17・7
青春停車場　講談雑誌17・7
間諜満洲にあり　ますらお17・7《横川》
アラスカ狐　新青年17・8
五つの船渠　にっぽん17・8
氷河婆さん　にっぽん17・9
ソロモン海の羽搏き　戦線文庫17・10
百万人の正宗　読切講談17・12《横川》※
誓ひの魚雷　新国民17・12 ※
夜明けの甲板　新青年18・2
ガダル島総攻撃　戦線文庫18・4　＊大坂圭吉名義
人情馬車　富士18・6　＊大坂圭吉名義
村でたった一枚の結婚服　満洲良男18・6 ※
主なき貯金（大政翼賛会より依頼。掲載媒体不明。原稿発見済）18・7 ※
挺身　日本文学報国会編『辻小説』（八紘社杉山書店18・8）＊大坂圭吉名義
明るい街　講談倶楽部18・8　＊大坂圭吉名義
門出の靴　新天地18・8　＊大坂圭吉名義
山は微笑む　読切講談18・8　＊大坂圭吉名義
幽霊妻　新探偵小説22・6

本リストは、大阪圭吉「自筆作品目録」（初出、杉浦俊彦「三河にも推理作家がいた――大坂圭吉の《復活》」。岡崎高校『学友』昭和48年3月、掲載）をもとに、掲載誌を確認し、追加訂正を行ないました。同目録には、実際には活字化されていない作品も若干含まれています。原稿を送付したが掲載には到らなかったものと思われますが、本リストでは実際に雑誌にあたり掲載が確認できなかったものはこれを省きました。現時点で掲載誌を未確認のものには※を付しています。いまだ不完全なリストではありますが、探偵小説以外の作品については知られることの少ない大阪圭吉という作家の全体像をさぐる、ひとつの手掛かりになるのではないかと思います。追加・訂正情報をお持ちの方はご教示いただければ幸いです。

（作成協力＝小林眞）
《追記》

本書初版刊行後、左記の作品が確認されています。

花嫁の塑像　新城文学8・7　＊大坂圭吉名義。改題「塑像」（ぷろふいる9・8）
※「新城文学」は圭吉の地元新城の同人誌。
氷　新城文学8・8
浜田弥兵衛　未発表原稿（15）
マレーの虎　未発表原稿（17・6）
軍事郵便　原稿（執筆時期不明）
※一幕物喜劇台本。地元の催し用に書かれたものか。
また、書肆盛林堂より自費出版本として左記の作品集・資料が刊行されています。

『大阪圭吉作品集成』
『花嫁と仮髪《かつら》　大阪圭吉単行本未収録作品集1』
『マレーの虎　大阪圭吉単行本未収録作品集2』
『沙漠の伏魔殿　大阪圭吉単行本未収録作品集3』
『夏芝居四谷怪談―弓太郎捕物帖―』
『勤王捕物　丸を書く女』
『大阪圭吉　自筆資料集成』

（調査協力＝小野純一　二〇二〇・九）

【編集部後記】　本書に収録した作品のうち、「燈台鬼」「花束の虫」については『死の快走船』（昭和十一年／ぷろふいる社）を底本とし、初出各誌に当たって校訂した。その他の作品については初出誌を底本とした。「闖入者」「大百貨注文者」（単行本収録時に「百貨註文主」と改題）「人間燈台」については『人間燈台』（康徳十年［昭和十八年］／大東亜出版社）も参照した。各編の挿絵は初出誌に依る。

　本文は一部の例外を除いて常用漢字・現代仮名遣いによる表記に改めた。

　なお、現在からすれば表現に穏当を欠く部分もあるが、著者が他界している現在、みだりに内容に手を加えることは慎むべきことであり、かつ古典として評価すべき作品であるとの観点から、原文のまま掲載した。

　本書使用の挿絵、カットの中で、「花束の虫」「闖入者」「人間燈台」「幽霊妻」をお描きになった画家のお名前が不明です。ご存じの方がいらっしゃいましたら、ご教示くだされば幸いでございます。

検印
廃止

著者紹介　1912年3月20日愛知県生まれ。本名鈴木福太郎。甲賀三郎の推薦により「デパートの絞刑吏」を〈新青年〉32年10月号に発表し、探偵文壇にデビュー。『死の快走船』『人間燈台』等の著書がある。43年応召、45年7月2日ルソン島にて病歿。

銀座幽霊

2001年10月26日　初版
2020年9月11日　3版

著者　大《おお》阪《さか》圭《けい》吉《きち》

発行所　(株)東京創元社
代表者　渋谷健太郎

162-0814/東京都新宿区新小川町1-5
電話　03・3268・8231-営業部
03・3268・8204-編集部
URL　http://www.tsogen.co.jp
工友会印刷・本間製本

ISBN978-4-488-43702-2　C0193